講談社文庫

ハゲタカ4.5

スパイラル

真山 仁

講談社

目次

ハゲタカ4.5　スパイラル

ハゲタカ4.5　スパイラル◎主な登場人物

芝野健夫　事業再生家《ターンアラウンド・マネージャー》。マジテック専務取締役

藤村登喜男　なにわのエジソン社とマジテックの創業者。発明家

藤村浅子　登喜男の妻。マジテック社長

藤村望《のぞむ》　藤村夫妻の次男

田丸学　マジテック社員。望の親友で職人見習い中

久万田《くまだ》悟郎　元MITメディアラボ研究員

桶本修　マジテック製造本部長。腕利きの金型職人

藤村朝人　藤村夫妻の長男。家電メーカー研究所勤務

村尾浩一　浪花《なみはな》信用組合俊徳道支店長代理。芝野の三葉銀行時代の部下

小笠原純　浪花信用組合俊徳道支店の営業マン

正木希実《きみ》　先天性多発性関節拘縮症の少女

正木奈津美　希実の母親

安堂香寿子　希実の主治医

中森　大阪大学人間工学科准教授。希実の自立補助器具の製作に協力

曾根《そね》　東大阪工業振興協会事務局長

隅田穣治　ホライズン・キャピタル マネージング・ディレクター

ナオミ・トミナガ　ホライズン・キャピタル社長

田端　ADキャピタル債権回収担当首席調査員

鷲津政彦　サムライ・キャピタル社長

プロローグ　発芽

一九八六年八月　大阪市中央区心斎橋《しんさいばし》

日本経済のバブルは一九八六年一二月に始まったとされている。だが芝野《しばの》健夫《たけお》がバブルを実感したのは、もう少し後のことだ。

前年の八五年にプラザ合意がなされ、その後「円高不況」が深刻化していた。中小企業を中心とした「不況」は続いていたが、その一方で株式市場は活況に沸き、投資ブームは不動産に飛び火する。土地を買えば必ず値上がりするという土地神話とともに、投資家のカネは雪崩を打って不動産に拡散した。この年の流行語として「土地転がし」という言葉が選ばれたことからも不動産投機熱の凄まじさが窺《うかが》える。

土地の転売を繰り返し、それによって不動産価格をつり上げて暴利を貪《むさぼ》るという悪質な不動産売買を指す「土地転がし」は、まさにバブルの象徴的言葉のひとつだった。

国際金融に携わるバンカーを目指して三葉《みつば》銀行に入行した芝野もまた、そんな混乱と沸騰のど真ん中にいた。いや、そんな生やさしい言葉では言い表せないかもしれない。日航機墜落事故で賠償金を得た遺族からの預金獲得と、ゴルフ場やリゾート開発への投資、そして円高不況に喘《あえ》ぐ企業からの融資回収が至上命令の船場《せんば》支店では、どの業務に関わってもいずれもが〝地獄〟だった。

「ここで成果を上げなければニューヨーク行きはない」と上司から厳命されていた芝野にとって、焦りばかりが募る夏でもあった。

八月のうだるような酷暑の日、芝野は『ＯＨＫＩＮＩ《おおきに》』と名づけられた産官学共同研究開発プロジェクトの発足記念式に出席していた。

同プロジェクトの狙いは、大阪大学先端科学技術開発センターを中心とした大学の研究を企業と行政機関が連携して支援し、新しい産業創出を目指すことだった。

上司である営業第一課長の飯島亮介《いいじまりょうすけ》には「そんな一円の得にもならんもんに顔出して、何の益があるんや」と嫌味を言われたが、適当にやり過ごした。

産官学共同研究開発プロジェクトなるものは所詮《しょせん》キレイ事で、成果は見込みにくい、と芝野自身も理解している。

だから、声をかけられた時は、遠慮すると穏便に返すつもりだった。しかし、結局は「世のために人のために身銭を切ってご奉仕せなあかん。それでこそ、浪速《なにわ》の商人《あきんど》ちゅうもんや」と押し切られた。

そう断言して、芝野を強く誘ったのは、大阪に本社を置く老舗総合商社の専務だった。もともと繊維問屋から始まったというこの商社は、石油から航空機までを幅広く扱う巨大企業として、今では日本経済を牽引する超優良企業だ。

専務は創業者の孫で、育ちの良さが滲み出ている好人物だった。それも単なるぼんぼんにとどまらず、彼が手がけた新規事業は必ず成功するという才覚の持ち主でもあった。「ビジネスの成否は、常に攻め続けることができるかどうかや」と、芝野は彼と会うたびに説かれている。

また「生きたカネを使ってこそバンカー」という現頭取の言葉を座右の銘にする芝野は、日本が経済大国になるためには、さらなる成長を促す産業が必要だとも考えていた。

これからの日本にとって大事な産業とは金融ではなく〝ものづくり〟ではないかと予感していた。欧米が開発した製品を改良し安く売るというスタンスでは心許《こころもと》ない。

ものづくりに磨きをかけ先端技術を次々と開発して、世界をリードする必要がある。

商人の街と呼ばれる大阪だが、実際には製造業の優良企業が大手から中小まで多数存在する。なかでも中堅中小企業の強靭さは、そのまま日本経済の強さを下支えするほどだ。

そして、製造業を目利きし、投資や支援をしつつ鍛えて優良企業に育て上げるのが〝浪速の商人〟の真髄かもしれないと、芝野は考えるようになった。

「儲けて、なんぼ」

「笑《わ》ろてもろて、なんぼ」

この「なんぼ」は言い換えたら、「結果がすべて」という意味だった。最後に〝儲け〟という成果がなければ努力なんて意味がない、という発想が徹底している。それが、大阪だった。

部下になって以来、尊敬はおろか親近感すら一度も感じたことのない上司だが、飯島が放った嫌味は、あながち間違っていない。

心斎橋にあるホテル日航大阪で開かれた発足式には、二〇〇人以上の関係者と三〇人以上のマスコミが集まっていた。

こぢんまりした会だろうと踏んでいただけに、大宴会場を埋め尽くす人々の熱気に芝野は圧倒されてしまった。そのうえ、出席者の多くが芝野と変わらない若い世代だったことにも驚かされた。

「わしら爺さん連中は、今回は黒衣《くろご》に徹することにしたんや。つまり、三年間の期限付きでカネは出すけど口は出さん。若い連中で頑張りなはれ、ということやな」

専務はそう解説した。次々と挨拶にくる若者に励ましの言葉を投げかけながら、彼らに芝野を紹介した。

「今まで三葉っちゅうたら面倒な銀行やったけど、芝野君には男気がある。夢いっぱいの案件は彼に頼んだらええ」

「面倒な銀行」と呼ばれる原因は、飯島にあった。「夢より担保」を掲げ、預金獲得には腰が低いが、融資については将来性などほとんど目もくれず、担保の査定を徹底したからだ。

「それは心強いです。ぜひ一度、弊社の相談に乗ってください」

社長候補生とおぼしき二代目、三代目の〝ええとこのぼん〟が、名刺交換の時に言い添えた。

プロジェクトの幹事たちが勇ましい決意表明の後に威勢よく乾杯し、立食パーティーに移った。

芝野が知り合いの顔を求めて、宴会場を回遊していた時だった。

「誰や、そんなウソ教えてんのは！」という大きな声が聞こえて、思わずそちらを見やった。

視線の先で、ちりちりの髪に白い麻のスーツを着こなした男性が、オーバージェスチャーで若者を叱り飛ばしていた。

「ウソじゃないですよ、〝博士〟。エジソンは、天才とは一％の閃《ひらめ》きと九九％の汗であるって言ったんです」

「言葉は間違うてない。けど、意味が違う。エジソンは、自分ほどの天才でも努力が必要だと言ったんとちゃうぞ。一％の閃きがないのやったら、九九％の努力なんぞ無駄やっちゅう意味や」

初めて聞く解釈で、思わず聞き入ってしまった。天才エジソンをしても成功のためには努力のほうが大切だ、という格言だと芝野自身も理解していた。

だが、自信を漲《みなぎ》らせた〝博士〟は、頑として相手の反論を受け付けない。

「一生懸命頑張ったらそれでいいっちゅうキレイ事を、日本はそろそろ捨てるべきなんや。天才はそんな言い訳せえへんねん。無能な奴はなんぼ努力したかてあかん。新発明なんて到底無理や。そんな無駄するくらいなら天才をもっと大事にして、そいつからアイデアを絞り取らなあかんちゅうことや。この『ＯＨＫＩＮＩ』の目的もそこやろ。カネは出したる。せやから、天才ちゃんは頑張って閃けっちゅうこっちゃ」

乱暴だが一理ある。口角泡を飛ばしているこの人物に興味を抱いた。

「まあまあ〝博士〟、長広舌《ちょうこうぜつ》はそのへんにしといて。あんたに、ええ人紹介したるわ」

いつの間にか、専務が隣に立っていた。

「あっ、これは専務さん、お久《ひさ》です」

「こちら、三葉銀行の芝野さん。きっとあんたのような天才に投資してくれると思うで。芝野君、彼はね」と専務が言ったところで、〝博士〟が名刺を差し出してきた。

達筆な毛筆風の文字で「なにわのエジソン社」とある。

「なにわのエジソン社の藤村《ふじむら》います。よろしゅうに」

てっきり大阪大学の教授あたりかと思っていたが、東大阪市に本社を置く企業の経営者らしい。

藤村登喜男《ときお》の肩書きは「社長」とあるが、それより「工学博士」という文字のほうが大きく印字されていた。

「初めまして、三葉銀行船場支店の芝野です」

「船場支店？　専務、申し訳ないけど僕は遠慮しとくわ。あそこは鬼門やねん」

それが挑発なのは、分かっていた。なのに芝野は反射的に口を開いていた。

「もし、藤村さんが本物の天才さんなら、あなたの発明を実現するために私が汗をかきますよ」

それは芝野にとって一生忘れられない出会いとなり、また息苦しいほどの熱い試練の始まりでもあった。

そして、その経験を経て、芝野はそれまで拒絶していた飯島の格言の真の意味を知った。

——カネは毒にもクスリにもなる——。

＊

一九八六年一〇月　大阪市船場

刺激が足りない——。
鷲津《わしづ》政彦《まさひこ》は、苛立《いらだ》っていた。少し前までは、ピアノの前に座れば、すぐに陶酔できたのに。だが、今はなんのパッションも生まれない。先週、大阪フェスティバルホールに登場したキース・ジャレットのトリオライブを聴いて、世界のレベルとはどういうものかを改めて痛感したからだ。

キースの地位を脅かすような連中が、夜な夜なクラブで演奏している街に行きたい――。その衝動で、何も手に着かなかった。このままでは俺は終わる。どんなことをしてもニューヨークに行かなければ。

だが、レコード会社とつまらない諍《いさか》いを起こして契約を破棄され、金主だった父親とは絶交した。明日の生活費もままならないのに、ニューヨークに行けるわけがない。それどころか、お隣の神戸に行くカネすらない。

結局、この夜も不完全燃焼のままライブは終わった。客はどれも顔見知りばかり。ギャラは他のメンバーに全額譲って、鷲津は楽屋で安酒をあおっていた。

「今日の演奏は、きつかったなあ、ワッシー」

ムッとして顔を上げると、知った顔がにやけている。

「頼むわ〝博士〟、今日の演奏は忘れて」

自分と体格の変わらない小柄な〝博士〟はソファに座り込むと、テーブルのウイスキーのボトルを取って空のグラスに注いだ。

「まずい酒やな」

「あんた、人の酒飲んどいて、まずいはないやろ」

「そら失礼しました。けどなワッシー、こんな酒飲んでる奴にええ音楽はできんやろ」

言ってくれる。

「博士」と呼ばれる男は、東大阪あたりの町工場の主らしいが、やけにジャズに詳しい。いつから知り合いだったかもう記憶の彼方だが、ジャズクラブでピアノを弾き始めた直後から「ええもん持ってるなあ、あんた」と褒《ほ》めてくれ、何度もライブに顔を出してくれた。

キースのライブに行けたのも、彼がチケットを融通してくれたからだ。

「悪いけど〝博士〟、俺、今日は虫の居所が悪いねん。帰るわ」

立ち上がったところで、手首を摑《つか》まれた。

「おまえ、ニューヨークへ行け。そこで、必死にもがいて闘ってこい」

目の前に封筒が差し出された。

封筒の口から分厚い一万円札が見えた。

「何の真似《まね》です。貧しい中小企業のおっさんから大金を恵まれる理由が分からんのやけど」

「勘違いするな。これは施《ほどこ》しちゃうで。投資や」

「けど、利子すら払えへん」

封筒の中を見てみろと言われた。札束の帯封に用箋が挟んである。開くと汚い文字が綴られていた。

〝誓約書
藤村登喜男より金百万円の投資を受けた鷲津政彦は、三年以内に大阪の大ホールでジャズピアノのソロ、あるいはトリオのライブを行うことを誓います。〟

「あんた、カネをドブに捨てることになるで」

「そう思うんやったら、受け取らんかったらええ。言うたやろ、これは投資や。せやからリスクは承知のうえや」

「けど、俺がライブするだけやったら、あんたにカネは戻らんぞ」

そこでもう一枚、紙ナプキンを渡された。

そこにはこうあった。

〝コンサート開催の暁には、鷲津政彦の出演料の全額を藤村登喜男に支払うこととする。〟

鷲津にとって初めてのハイリスク・ハイリターンなディールだった。

＊

一九九七年五月　大阪市堂島

村尾《むらお》浩一《こういち》は、追い詰められていた——。勤務先の三葉銀行尼崎《あまがさき》支店から昨夜遅くに電話があり、朝一番で大阪営業本部に出頭するようにと言われたからだ。用件を尋ねたら、「来れば分かる」と返された。もっとも東京本店の資産流動化開発室という部署からの通達だったので、過去に焦げつかせた不良債権の聴取だとすぐに察した。

三葉銀行に入行以来、村尾は欲望に忠実すぎるために、悪どい連中に騙されたり脅されたりして危ない橋を相当渡ってきた。にもかかわらず、要領の良さと上司へのご機嫌取りのおかげで何とか生き延びてきた。上司の命とあらば、反社会勢力への融資やマネーロンダリングにも手を染めた。言ってみれば、三葉のドブ浚《さら》い的な仕事を引き受けてきた。その代償にいくばくかの見返りを得たが、罪の意識はまったく感じていなかった。

だが、銀行の不良債権問題が世間を騒がせ始めたことで、風向きが怪しくなってきた。銀行は自行の膿を出し、大損を承知で不良債権を叩き売った。さらに、不正融資や背任行為などの内部監査も厳しくなっていた。大阪営業本部内でも知り合い数人が左遷や辞職に追い込まれている。

自分は大丈夫、という楽観はもう限界だ。資産流動化開発室は、回収不能の不良債権を叩き売る部署だと聞いたことがある。正確に言うなら「資産流動化」の前に「不良」をつけると分かりやすくなるのだが、お上品な銀行は、そんな不名誉な部署名はつけない。不良債権を量産してきたと自覚しているだけに、一体どの案件で呼ばれるのかが気になった。

室長は新人時代の上司だったが、融通の利かない男だった。

堂島にある大阪営業本部に顔を出すと、第三会議室に行くよう告げられた。

暑さで緩めていたネクタイを締め直し、額の汗を拭った。そして、気を引き締めて会議室のドアをノックした。

部屋に入るなり、資産流動化開発室長の芝野と目が合ってしまった。

「御無沙汰しております、芝野さん。お忘れかもしれませんが、船場支店で新人時代に鍛えていただいた村尾です」

精一杯の笑みで芝野に挨拶した。

「どうも。こちらにお掛けください」

無駄なことは何ひとつ言わずに、芝野はテーブルを挟んだ向かいの席を示した。

芝野のほかに三人の男が待ち構えていた。資産流動化開発室の池上《いけがみ》と審査部の加《か》勢《せ》、それに大阪営業本部第三課長の岡本《おかもと》だった。

「早速ですが村尾さん、あなたが平成五年に担当された案件について伺いたい」

池上が切り出した。彼が開いたファイルの案件名を見て、村尾は肝を潰《つぶ》した。なんで、こんなものがここにあるんだ。この融資は、様々な意味で「ヤバい」案件だった。

「これは、リゾート開発会社プレミアム・ラグジュアリー社の子会社PPPへの一三〇億円の融資の書類です。この債権について幾つか教えていただきたいんです。まず、この融資には、まともな担保がありませんが」

さて、どう惚《とぼ》けるか。返答次第では、自分が犯罪者として告発される危険すらある。

「そうでしたか？　沖縄だか、ハワイだかのリゾートの土地と建物を担保にしたはずですが」

「いいえ、北海道のスキーリゾートとグアムのリゾートとなってますね。いずれも三番抵当です。しかも、すでに一番抵当権を有していた住倉《すみくら》銀行が売却してしまっている」

村尾は神妙な態度で記憶を辿《たど》るふりをした。

「そうだ、思い出しました。二〇億円ほどの定期預金をしてもらったんです」

「書類はその通りですが、変ですよね。そもそも一三〇億円の融資に対して、二〇億円程度の定期預金が担保になるという根拠を教えてください」

「いや、でも当時の課長決裁を戴き、最後は営業本部長と常務の承認も得ています」

当時の課長である岡本に目で同意を求めたが、視線を合わせようともしない。

「それはともかく、定期預金は一週間で解約されています」

「えっ……。今、初めて知りました」

ヒリヒリするような沈黙が漂った。だが、ここは踏ん張りどころだ。

「で、本件のどこが問題になっているんですか」

「この半年、利子すら払われていません」

「どこも不況ですからね」

「このPPというのは、確認したところペーパーカンパニーでした。ご存じでしたね」

芝野がいきなり切り込んできた。

「そんなの知りませんよ。こちらが要求した書類を揃えて担保を入れたうえで、二〇億円も定期預金をしてくださったんです。取引先として申し分ないと思いますが」

どうやら杜撰《ずさん》な与信《よしん》と飛ばし疑惑についての追及だけで済みそうだ。ならば切り札が使える。村尾はおもむろにテーブルに身を乗り出した。

「芝野さん、この案件は飯島案件ですよ。こんな風にいじって大丈夫ですか」

三葉銀行とは古いつきあいの上得意先で、かつ大阪本店の代表を務める飯島亮介常務が直接担当しているものを「飯島案件」と呼ぶ。パンドラの箱が多数存在する三葉銀行でも特別な案件で、いわゆるタブーとされてきた。芝野はそこに踏み込んできたのだ。

「飯島常務にはすでに報告しました。私たちが問題にしているのは、君の不正の事実だ」

決めつけるような芝野の厳しい声が会議室に響いた。

「冗談じゃない！　私は入行以来一五年近く、飯島常務の下でドブ浚いみたいな危ない仕事を続けてきたんです。その私を犯罪者呼ばわりするんですか」

啖呵《たんか》を切ってみたが、芝野はまったく動じなかった。

「君の頑張りと努力は、飯島常務も大変高く評価されていました。だから穏便に処理して欲しいとまでおっしゃられました」

助かった、と安堵した。

「なので、今ここで辞表を書いてください。そうすれば、あなたが着服した二億円は不問に付します」

着服じゃない。正当な報酬だ。PPPの社長が定期預金を引き出した時に、迂回《うかい》融資に汗をかいたお礼として払ってくれたのだ。

「あれは投資のキャピタルゲインです」

「だが、あなたは我が行にも税務署にもその収入について申告していない。詳細は言いませんが、あなたに二億円が渡ったという記録が残っているんです」

そんなはずはない。あれは、香港で飯島が運営している匿名口座に振り込まれたのだ。自分はそれを確認もしている。そんな記録が漏洩《ろうえい》するはずがない。

「ウチの部の者がPPPに債権の督促に行った際、PPPから、利子は村尾さんの香港の口座に支払ったと回答され、振り込み伝票も提示されました。それでもシラを切りますか」

「着服ではなく、キャピタルゲインです」

「プレミアム・ラグジュアリー社側は、これ以上同社の不正を暴こうとするなら、君を告発すると脅迫しています」

一体、何の話をしているんだ。

いきなり審査部の加勢が一枚のコピーを机に叩きつけた。

文書には、〝三葉銀行大阪営業本部村尾浩一氏のご厚意で、同行から受けた一三〇億円の融資について、元本返済は猶予を戴きました。そこで、金利のみを指定の口座に振り込みます〟と書かれてあり、金利の振込先として村尾の個人口座が記されていた。

「ここに、君の署名・捺印《なついん》もあるんだよ、村尾さん。それでも覚えがないのか」

ない！　こんな文書見たことがない。

だが、署名はまぎれもなく自分の筆跡だし、印鑑も実印に似ている。

「こんなのでたらめです！」

「捺印されたものが君の実印であることは、すでに確認済みなんだ。そして、金利はきちんと支払ったとPPPには抗議されたぞ」

加勢が畳みかけてくる。自分は嵌《は》められたのだとようやく気がついた。だが、認めるわけにはいかない。芝野が話を嗣《つ》いだ。

「飯島常務から、プレミアム・ラグジュアリー社から個人的なカネを絶対に受け取るな、と釘《くぎ》を刺されていたそうですね。それをあなたは破った。PPPはね、二億円の利子をあなたが勝手に着服したのだと言っています」

「でたらめだ」

「だと思います。しかし、不用意にも、利子を預かったという文書にサインをしている。しかも、金利が支払われた痕跡はない。そのうえ、君がその二億円を個人的に使った記録もあるんだよ。ならば、あなたが着服したと考えるしかない」

「じゃあ、訴えればいいじゃないですか。困るのは私だけじゃない。三葉だって困るはずだ。芝野さん、私はあんたのように出来が良くない。でも俺のような存在がいるから、あんたらはキレイ事ばかり言えたんだ。いわば陰の功労者ですよ。それを追い出すんですか」

芝野が呆れたようにため息を漏らした。池上が一枚の用紙と万年筆を村尾の前に置いた。

「二億円を返せとは言ってない。刑事告訴も民事提訴もしない。その代わり、そこにサインしたまえ。秘密を守るという誓約書だ」

破ると二億円のペナルティを科す、とある。

「武庫之荘《むこのそう》に一戸建てを買ったばっかりなんです。子供は二人とも私立に行かせている。カネがいるんです。今クビになったら、私はどうすればいいんです」

「悪いが、我々は就職の斡旋《あっせん》はしていない。私の気が変わる前に、サインして出て行きたまえ。支店に戻る必要はない。荷物はすべて自宅に送り届ける」

芝野は冷たく言い放つと、手元のファイルを勢いよく閉じた。その瞬間、三葉銀行員としての村尾のキャリアは終わった。

＊

二〇〇五年六月九日　大阪市中央区

正木奈津美《まさきなつみ》は、喜びの涙が止まらなかった——。

希実《きみ》が自力でベビーチェアに座っている！　生まれつき関節が拘縮《こうしゅく》を起こし、四肢が不自由になる先天性多発性関節拘縮症という病をもつ希実は、二歳になってもハイハイどころか指しゃぶりもできなかった。それが、椅子に座っているなんて。

それもこれも、奈津美の隣で笑っている〝博士〟のおかげだった。

〝博士〟こと藤村登喜男は、希実の関節の動きを助けるために、背骨を補強し、さらに四肢の動きを補正する補助器具を製作してくれたのだ。

「マジテック・ガード（MG）」と名付けられたこの自立補助器によって、寝たきりのまま一生を過ごす運命だと諦《あきら》めていた娘の未来に光が差した。

希実にも変化が実感できるらしく、嬉しそうに声を上げてチェアのテーブルを叩いている。

「お母さん、これを」

藤村が乳児用の鈴のおもちゃを渡してくれた。それを受け取った奈津美は娘の正面にしゃがみ込んだ。

「あっ、りんりん」

そのおもちゃは希実の一番のお気に入りだった。小さな手がおもちゃを力強く握る。

「さあ、希実ちゃん。一緒に鳴らしましょ」

藤村の補助器具開発に協力した小児科医の安堂香寿子《あんどうかずこ》が、鈴を持って手を叩いて見せた。希実が数回振り回すと、右手で持った鈴が見事に左手を打ち、軽やかな音が鳴った。

ああ、神さま、ありがとうございます！

いや、感謝する相手は神さまじゃない。

奈津美は〝博士〟に向かって深々と頭を下げた。

第一章　発起の時

1

二〇〇七年九月一三日　東京都汐留《しおどめ》

総合電機メーカー、曙《あけぼの》電機の役員会議は、まるで若い会社のように意見交換が活発だ。その熱意が実を結び、これまで規模の大きさゆえに埋もれてしまっていた、社としての問題点がどんどん顕在化している。これこそが芝野が目指していた企業のあり方だ。

企業規模の大小にかかわらず、責任者は、所管する部署の欠点を言いたがらない。それが結果的に、取り返しのつかない事態を招くとしてもだ。曙電機が倒産寸前にまで追い込まれたのも、隠蔽《いんぺい》体質と問題の先送り気質のせいだった。

問題から目をそらすなと、芝野はＣＲＯ（Chief Restructuring Officer＝最高事業再構築責任者）兼専務として口が酸っぱくなるほど言い続けた。また、トラブルや問題は社全体の課題として共有し、総合力で乗り越える重要性を訴えた。

先ほどまで続いた会議では、芝野イズムが遺憾《いかん》なく発揮された。さらに、問題の解決策についても次々と提案された。最後は若き経営トップによる判断で、方針が固められていく——。

もう、ここは大丈夫だ。

そう思った瞬間、何かがぷつんと切れた。

このあたりが潮時かもしれない。

長い会議を終えて専務室に戻ると、窓の外にイルミネーションの海が広がっていた。

芝野は不意に重い疲労感に襲われ、崩れるようにソファに座り込んだ。

会議が長かったせいではない。むしろ充実した内容で、時間が経つのを忘れるほどだった。

「俺も歳をとったということだな」

頬を膨らませて息を吐き出すと、ネクタイを緩めた。

この二年半、経営危機のどん底にあった老舗企業の再生に寝食を忘れて取り組んできたのだ。疲れが出ないわけはないが、まだ老け込む歳でもない。頭は銀髪の比率が高くなってきたが、体力的にも精神的にも老いを感じたことはなかった。

だが今日は遂に〝引き際〟を意識した。企業経営の中枢に関わるようになって以来、健全な経営の維持には新陳代謝が欠かせないと身に染みて理解している。

「老兵はただ去るのみ、か」

独り言に応えるようにドアがノックされ、秘書が入ってきた。

「専務、顔色がお悪いですよ」

目ざとく芝野の変調に気づいたようだ。

「大丈夫だ。ちょっと会議の熱気に当てられただけだよ」

芝野は空元気を言って、立ち上がった。デスクの時計は午後八時を回っている。

「こんな時間まで残っていてくれたのか。お疲れさん、引き上げてくれ」

「ではお言葉に甘えます。それと、ご不在の間に訃報のファックスがありました」

積み上げられた未決書類の一番上に、黒枠の用紙があった。

「確認するよ、ありがとう」

彼女が出て行くのを確かめると、芝野は椅子の背もたれに体を預けて目を閉じた。

今日はとっとと切り上げて帰るとするか。

体を起こすと、訃報を手に取った。最初に目に留まったのは、発信元の会社名だった。マジテック……？　馴染みのない社名に戸惑ったが、東大阪市森下という住所には見覚えがある。

まさかと思い、文面に目を走らせた。

芝野は思わず声を上げた。途端にノックとともに秘書が顔を出した。

藤村登喜男――永眠。

「専務、どうされました」

「これは何時に来たんだね」

「午後四時頃だったと思います。正確な時刻はファックスのヘッダーに印字されていると思います」

受信時刻は、一六時〇七分とある。

「供花の手配をしますか」

「頼む」と言ってすぐに、その程度でいいのかと思い直した。

「通夜は明日か。明日の午後の予定は？」

「変更可能なものばかりですが」

「通夜に参列するよ。手配してもらえるかい」

「かしこまりました」

嫌な顔ひとつせずに、秘書は手配のために再び部屋を出て行った。

在りし日の藤村登喜男の顔が、芝野の脳裏に浮かんだ。三葉銀行船場支店時代に世話になった、中小企業の社長だった。

――ええか、芝野さん。世の中で一番大事なんはな、諦めんことや。どんだけカネに困っても諦めたら負けや。仕事がなかったら自分で創るねん。

東大阪市にあった藤村の会社は、本来なら船場支店の営業圏外だったが、ひょんな縁で意気投合してからは、どっぷりとつきあっていた。

なにわのエジソンを自称する藤村は、大阪大学工学部で博士課程まで進みながら、教授と喧嘩《けんか》して研究室を飛び出し町工場を興した。持ち前の器用さと柔軟な発想を武器に、電気電子機器関係で数々の発明品を創り出し、時に海外からも依頼があるという〝天才〟だった。

藤村率いる「なにわのエジソン社」を初めて訪れた日のことを、芝野は今でも鮮明に覚えている。

五〇坪ほどの工場は外観こそ薄汚れて古くさかったが、見たこともない工作機械があちこちに置かれ、ユニークな製品と試作品が山をなしていた。

藤村が当時取り組んでいたのは、寝たきりの障害者が自立歩行できる補助器の開発だった。大阪大学人間工学科の助教授と共同で自立歩行のメカニズムを研究し、実際に伝い歩きができるレベルまでは開発が進んでいた。ほかにも、昆虫の羽の動きをヒントにして作った垂直上昇するラジコン機や、ファックスの画像をより鮮明にプリントするノズルの開発なども手掛けていた。

工場に溢れていた試作品の中で、製品化され採算が取れたのは一〇に一つもなかった。それでも、従業員五人のほか藤村夫人が忙しく働き、年に二度の社員旅行ができるほどには利益を上げていた。

藤村は人を惹きつける〝天才〟でもあり、そのせいで芝野は暇さえあれば、なにわのエジソン社に通った。そんな親交のおかげで、初めてバンカーとしてリスクを取って融資し、ひとつの製品が誕生するまでの全過程に立ち会うという貴重な経験をした。

融資を依頼されたのは、車のスライドドアが安全かつ滑らかに自動開閉する駆動制御装置の開発だった。もともと自立歩行器の開発のために考案したシステムを、スライドドアに応用したものだ。

工作や機械系の知識がない芝野は、試作品をテストする際のアシスタント役とコスト管理を主に担当した。頑固一徹に見えた藤村だが、素人である芝野の意見にも熱心に耳を傾け、製品の改良を続けた。顧客から突きつけられる無理難題を克服して製品を完成させた時には、芝野は柄にもなく泣いた。

銀行員は優良な融資先を見つけて、カネを押しつけるようにして営業すればいいと言い切る先輩も少なくなかったが、融資先の事業を分析したうえで将来の可能性に対して投資する意味を、芝野はここで学んだ。

藤村と会わなければ、事業再生家《ターンアラウンド・マネージャー》にはなっていなかったかもしれない。文字通り恩人とも言える藤村と最後に会ったのはいつだったか。

確か、社名変更したと聞いて、祝いに駆けつけた時だ。芝野が「なにわのエジソン社って気に入ってたんですけど」と残念そうに言うと、「ちょっと偉そうやなって、ようやく気づいてん」と藤村は縮れた髪を掻《か》いた。

〝博士〟の言葉とは思えなかった。実際、しばらく会わないうちにやけに老け込んでいたし、洒落者《しゃれもの》とは思えない皺《しわ》だらけのスーツに染みの付いたネクタイも「らしく」なかった。

——でも、マジテックもええ名前やろ。

「独創的な発想と技術力で、魔法のような発明を生み出す」という思いから生まれた社名らしい。

天才は、一%の閃きと九九%の汗でできているという格言の藤村流解釈——すなわち一%の閃きがなければ、九九%の努力は無駄になる。才能なき者は、無駄な努力をするな——。傲慢とも言えるその解釈こそ、そのまま藤村の生き様だった。

それを象徴する社名が消えるのは寂しかったが、藤村なりの考えがあってのことだろう、と深くは詮索しなかった。あの時、もうひとつ気になったのは、バブル崩壊の波をかぶって藤村の会社の業績が厳しくなったことだ。それでも藤村は「最後は、自分の力を信じたもんが勝つ。せやからちょっとぐらいへこんでも、心配なんぞしてへんよ。もういっぺん輝いてみせる」と自信たっぷりの笑みを浮かべていた。

「藤村さん、逝《い》くには早すぎるよ」

芝野が窓際に立つと、色とりどりのイルミネーションで彩られた夜の東京に、満月が昇ろうとしていた。

——欠けた月は、必ずまた満ちる。我々の仕事も同じや。大切なんは、自分を信じて辛抱できるかどうかやな。

町工場の喧噪《けんそう》の中で、藤村とともに缶ビール片手に満月を見た時に、彼はそう言った。それと同時に、芝野の中である決意が固まった。

2

二〇〇七年一〇月一五日　東京都成城

「曙電機から身を引こうと考えています」

「そうですか」

曙電機会長である堀嘉彦《ほりよしひこ》宅を訪れて思い切って切り出したのに、あまりの素っ気ない反応に芝野は拍子抜けした。

「驚かないんですね」

「あなたは正直な人ですからね。胸の内が顔に出ます。先月末でしたかな。役員会でお会いした時から薄々察していましたよ」

日銀理事からハゲタカファンドの役員に転身、その後は総合電機メーカーの会長と、海千山千のキャリアを積んだ堀には、芝野の腹の内などすべてお見通しだったようだ。

「一応、理由を伺ってもよろしいかな」

「曙電機での私の役目は終わったかと」

「つまり、曙電機の再生は完了したとお考えなわけですな」

「そうは申しませんが、これからは若い経営陣が自ら道を切り開いていく時だろうと考えました」

「まったく同感です。ただ、ご承知のように私も今期限りで会長職を辞します。二人いっぺんに去って大丈夫かな」

堀の退任は、半年前から決まっていた。筆頭株主の強い要請で会長職を引き受けたものの、当初から一年という期限付きだった。

「彼らを独立独歩で歩ませるには、それがベストではないでしょうか」

「CROのあなたがそうおっしゃるなら、私は反対しません。危なっかしいところはありますが、彼らも独り立ちの時ではありますな」

だが、何かが引っかかっているようだ。

「不安材料がありますか」

「諸星《もろぼし》君たちがあれほど自由闊達《かったつ》にやれるのは、あなたの存在があってこそですよ。あなたは曙にとって、言わば空中ブランコの安全ネットだ。それがなくなっても今まで通りに飛べると思いますか」

飛べなくてどうする。

「そういうご懸念があるのであれば、なおさら私は去るべきですね。私が長居をすれば、それだけ甘えの体質が強くなります」

静かな茶室に、鹿威《ししおど》しの音が軽やかに響いた。

「なるほど。ただ、あなたがお辞めになる理由は、ほかにもあるのでは？」

堀は微笑みながら鋭く突っ込んでくる。

「手助けしたい企業でも出ましたか」

「まだ、決心がつかないんですが」

芝野は、藤村の通夜で未亡人の浅子《あさこ》から相談されていた。

「会社とは言うても、所詮は〝博士〟あってのもんですわ。大黒柱を失って、正直、途方に暮れてます。芝野さんに来て欲しいなんて畏《おそ》れ多くてよう言いませんけど、代わりにどなたかええ人を紹介してくれませんやろか」

敬愛を込めて夫を〝博士〟と呼ぶ未亡人にいつもの朗らかさはなく、まるで抜け殻だった。だが、芝野にも妙案はない。彼女の言葉通り、社長のバイタリティと創意工夫で生き残ってきた中小企業にとって、社長の死は、同時に会社の死も意味する。

今期のマジテックは、好景気と藤村の営業力、浅子のやりくりもあって、三期ぶりの黒字を予想していた。しかし藤村の急死によって、複数の取引先が発注の一時中断を伝えてきた。そして何より痛かったのは新規受注した部品開発の見合わせで、数千万円という設備投資費が重くのしかかっているらしいことだ。浅子は粘り強く交渉を続けたが、最終的には白紙撤回された。

「今ある仕事をこなせれば、何とか半年はもちます。そっから先は真っ暗や。このままやったら、会社は畳まなあきません」

未亡人の行き詰まった様子に、芝野は思わず「じゃあ、私がお手伝いしましょう」と言いそうになった。だが、仮にも再建途上にある総合電機メーカーのCROを任された専務なのだ。情にほだされて、出来もしない約束をするわけにはいかなかった。その時は、「何とか探してみます」とだけ言い残して、恩人の家を後にした。その後は一度も連絡を取らず、再生を任せられる適任者を探すこともできないまま今日に至っていた。

黙って話を聴いていた堀が小さなため息をついた。

「マジテックに、再生の可能性はあるんですか」

そこは芝野にも悩ましいところだった。ようやく景気は上向きになりつつある。だが、平均的な中小企業の未来は暗い。

実際、曙電機が経営危機に陥った時には、数百社の下請け企業が倒産した。新生曙電機は、彼らの屍《しかばね》の上に立っていると言っても過言ではない。

幸いマジテックに曙電機との取引はなかったが、主業は家電メーカーの金型製造であり、その傍ら〝なにわのエジソン〟の特許で食いつないでいたのが現状だった。知恵袋を失ったマジテックでは、それまで取引がなかった先への新規営業は絶望的に厳しかった。

「まったく無縁の企業だったら、一刻も早く会社を畳んで、今ある資産を分配して出直すよう奨《すす》めます」

「なのに、あなたは救済のために飛び込もうと言うんですか」

バカな男だ……。そう言われている気がした。

「でも、放っておけません」

「その会社とは、どんなご縁があったんです？」

「銀行時代に、故人にお世話になりました。ものづくりの素晴らしさと難しさ、そして企業が生き残るためのスピリットを学びました」

「つまり、事業再生家の原点を学ばれた場所なんですな」

気取って言うならそうなる。だが実際は、汗と油にまみれた散々な日々という思い出しかない。

「その恩返しをしたいわけだ」

「恩返しができるかどうか分かりません。ただ、何と言えばいいんでしょうか。血が騒ぐんです」

堀が興味津々と言いたげな視線をぶつけてきた。

「巨大企業を再生するダイナミズムも魅力的ではあります。でも、どんなに力を注ごうとも所詮は組織やシステムを整える作業でしかないように思います。再生の主役は人だと言っても、従業員一人ひとりの顔なんて絶対に見えません。ただ、業績という数字によって企業が生まれ変わるのを実感するだけです」

堀は黙ってこちらを見つめている。

「でも、本当の再生とは、すべての従業員が一丸となって汗をかき、成果を上げることじゃないですか。時には、肩書きなど飛び越えての侃々諤々《かんかんがくがく》の議論があるべきだと思います。自信作ができたら、全員が新製品を手に営業に回るのもいい。そんな風に人の体温を感じる場所で仕事したいと思いました」

何を青臭いことを言ってるんだ、おまえは。そういう自覚はあったが、マジテック再生に手を貸したいと思っている理由に嘘はなかった。

「なるほど、いかにも芝野さんらしいなあ。私には到底できない。ただ、あなたの熱意が徒《あだ》になりはしませんか」

言葉に詰まった。藤村未亡人に対して、芝野が自分自身の考えを提案できないでいる理由も、その懸念にあった。

「つまり、今すぐ清算すべきだったのに、延命したことで大きな負債を抱えてしまうリスクですよね」

「左様」

「ないとは言えません。正直申し上げて、再生の妙案があるわけでもない。それどころか、藤村さんという社長兼開発責任者兼営業マンを失った時点で、万事休すです。

彼の代わりになれる者はおりません。そもそも私には金型製造の基礎知識すらありませんから。今、マジテックを支えているのは、未亡人のこのまま潰したくないという強い想いだけです」

「未亡人の想いは当然でしょう。愛する夫と二人三脚で頑張ってきた会社だ。夫を失ったうえに、二人の結晶とも言える会社まで死なせてしまうのは辛い。だが、彼女の意地を諭《さと》し、諦めさせるのも事業再生家の仕事では？」

堀の一語一語がこたえた。

「まさしくそうなんですが、どうも割り切れなくて……。なので、期限を一年間とするつもりです。そして、私自身もリスクを取ります」

「というと？」

「一〇〇〇万円を投資します。それで再生計画の目処《めど》が立たなければ、解散します」

堀は腕組みをして聞いている。

「いや、芝野さん、それはダメだ。あなたは部外者であるべきだ」

部外者だから、曙電機では不完全燃焼に陥ったのだ。

本気で再生に取り組むなら、リスクを冒してでも自分自身が当事者にならなければ。それによって、浅子未亡人や社員と同じ土俵に立てる。

「鷲津君は買収した企業が再生するまで、潤沢に資金を投入するじゃないですか」

「彼と君では、仕事の種類が違うでしょう」

「しかし、今度こそリスクテイクして再生に挑みたいんです」

鷲津が聞いたら大笑いするだろう。だが、笑いたければ笑え。これは単なる恩返しではなく、ターンアラウンド・マネージャーとしての芝野の原点回帰でもあるのだ。

季節外れの雷が鳴ったかと思うと、縁側のガラス戸を大粒の雨が叩いた。

3

二〇〇七年一〇月二三日　大阪市中央区

「もう五歳か。会うたびに大きくなっている気がするわね」

病院内のプレイルームで同世代の子供たちと遊ぶ希実を見て、安堂医師が目を細めた。

「自分で動けるようになったからだと思いますけど、食欲がとても旺盛で」

「良いことよ。体格もほかの子と変わらなくなってきたもの」

そうだ、良いことなのだ。だが、奈津美はこのところ眠れない日々が続いている。

希実が、普通の子供たちとほぼ同様の日常生活を過ごせるのは、マジテック・ガード（MG）のおかげだった。だが、成長を続ける希実の体に合わせて、MGも成長しなければならない。それができるのは藤村しかいなかった。藤村は毎月のように時間を見つけては正木家に足を運び、微調整したり成長に合わせた部品の交換を続けた。

なのに藤村は先月、急死してしまった。

藤村の妻、浅子から訃報を聞いた時、奈津美は神を呪った。

――私たちは、これからどうすればいいの！

藤村がいてくれたからこそ、ようやく娘の未来に希望が持てたのに。

しかし、浅子のあまりの落胆ぶりに、すぐにMGの今後について尋ねる勇気はなかった。

そこで、主治医の安堂医師に相談した。安堂は時期をみて浅子と相談してみると言ってくれたものの、結局、今日に至るまで回答はなかった。

「もう微調整では難しくなっています」

部品は成長に合わせて器具を拡張できるよう工夫されていたが、それもすでに限界に達していた。これ以上は新しい部品と取り替えるしかない。

「昨日、マジテックの浅子さんと話したの」

安堂の口調からあまり良い返事をもらえない気がした。

「共同開発した阪大人間工学科の中森准教授《なかもりせんせい》が、希実ちゃんに装着したMGのオリジナルデータを持っている。以前はそれを元に、マジテックの若いスタッフが調整用の金型を作っていたでしょ。浅子さんの話では、准教授《せんせい》に希実ちゃんをもう一度測定してもらえたら、新しい部品は作れるらしいの」

良かった！　なのにどうして、安堂の表情が硬いんだろう。

「何か問題があるんですか」

「まずは、費用の面」

「どういうことですか」

「今までは、藤村さんの厚意で格安で調達できたんだけれど、これからは難しいそうなの」

「お金で解決できるなら、何とかします」

夫は家電量販店に勤務していたが、希実のためにもっと実入りの良い仕事をと、長距離トラックの運転手に転職した。奈津美も希実を母親に預けて、パートを掛け持ちしている。住まいも、大阪市内からマジテックがある東大阪市内のアパートに移った。

「メンテナンスと部品の製作費として、年間最低でも三〇〇万円はみて欲しいと言われたわ」

「そんなに？」

「それでも儲けはないんだって。MGに使っているプラスチック素材は、体に優しく柔軟で、しかも丈夫という特殊なものだから、価格もそれなりなの。そのうえ、希実ちゃんの体にぴったり合うよう、メンテナンスのたびに試作品をたくさん用意していたんだって。その費用だけで、一回当たり五〇万円近いそうよ」

初めて藤村に会った時、彼が希実の頭を撫《な》でながら言った言葉を今でも鮮明に覚えている。

——希実ちゃん、もうちょっと待っててな。希実ちゃんがお人形遊びができて、ごはんもひとりで食べられるようにしたるからな。

「開発費用も莫大だった。私や阪大がいろんな補助金をかき集めたけれど、マジテックの持ち出しはかなりの額だったみたい。藤村さんはああいう性格だったからお金の話はしなかったけれど、主《あるじ》を亡くしてマジテックは経営が一気に厳しくなった。だから、これからは最低限のコストをみて欲しい、でなければ続けられない、と浅子さんが泣きながら謝ってこられたの」

希実や自分たちの生活は、大勢の善意に支えられて維持している。日々それを感じてはいたが、改めて藤村の厚意が身に染みた。そして現実は途方もなく残酷だ。

「分かりました。何とかします」

「費用については、私のほうでも考えてみる。難病の医療補助器具として保険が適用できないかと考えてるの」

奈津美は頭を垂れるしかなかった。

「それから、そろそろ外骨格全体を交換する時期がきていると、藤村さんがおっしゃっていたそうよ。でも、そうなると費用だけではなく、それを設計し製作できる人がいるかどうか……」

藤村が死んでも何とかなる！　と淡い期待を持っていたが、甘かったようだ。

奈津美はプレイルームで遊ぶ娘を見ながら、苦境を払いのけられない己《おのれ》の非力を呪った。

4

二〇〇七年一二月二四日　東大阪市高井田

曙電機を円満退職した芝野は、一二月二四日に東大阪に乗り込んだ。故藤村の〝降誕祭〟という名の法事に合わせて予定を調整した。

言うまでもなく、この日はクリスマス・イヴ、すなわちイエス・キリスト誕生前夜だ。「生前〝博士〟は、死んだらキリストさんのようにクリスマスに戻ってくる、と言ってたので、みんなで迎えるために法事を営むことにした」と、未亡人は張り切っているらしい。

趣旨は不明だが、今後の話を浅子に相談するのに良い口実だ。

〝降誕祭〟は、三〇坪ほどの高井田集会場に人が溢れかえるほどの盛況ぶりだった。セーターに作業ズボン姿の地元の同業者に混じって、取引先の大手メーカーや銀行マンのスーツ姿も見え、〝なにわのエジソン〟の人望の厚さが偲《しの》ばれた。

会が始まってしばらく経ってから、ようやく浅子と話す機会を得た。

「芝野さん、せっかく来てくれはったのに何のお構いもできんと、ほんまにすんませんﾞ」

　ふくよかな体を二つに折り曲げるように、未亡人は頭を下げた。

「私も楽しませてもらってますから、お気遣いなく」

「そう言うてもらえたら、お呼びした甲斐がありましたわ」

「少しだけお話しできますか」

　彼女は集会場の応接室に芝野を誘った。といっても、来客らのコートやジャンパーが所かまわず並べられて、座る場所もない。

「コートはそこいらへんにどけて、遠慮せんと座ってください」

「立ち話で大丈夫ですよ」

　芝野はそう言うと、ドアを閉めた。

　未亡人は思い出したように、腕まくりしていた喪服の袖を伸ばした。

「以前、頼まれていた件ですが」

「どないです。誰かええ人、見つかりましたか」

「なかなかこれといった適任者が見つからなくて」

　浅子は肩を落として、一気にしょげかえってしまった。

いる。

「お通夜の席では、いずれ会社は朝人君が継がれるという話でしたね」

今年二八歳になる朝人《あさと》は藤村の長男であり、現在は家電メーカーの研究所に勤めている。

「そのつもりなんやけどねえ。本人にその気がないんです」

浅子の曖昧な反応が気になった。

「今日もお見かけしませんでしたが」

「必ず来るようにきつく言うたんですけど、何や仕事が終わらんとか抜かしよってねえ。ほんま、親不孝もんですわ」

朝人の勤務先は、奈良県生駒《いこま》市にある。近鉄けいはんな線を利用すれば、高井田の実家に近い。にもかかわらず朝人が顔を見せないのは、仕事だけが理由ではないように思えた。

「立ち入ったことを伺いますが、朝人君にマジテックを継ごうという意志はおありですか」

「お恥ずかしい話やねんけど、ここ数年、父親とはうまくいってませんでしてん。そのうえ、嫁と私の相性も悪くて」

朝人は研究所の同僚と職場結婚したと聞いている。

「ちゃんと継いでもらえるかどうかは、まだ分からないわけですね」

「いいえ、あの子はマジテックを愛してます。大学出てすぐに継ぎたいというのを、〝博士〟が無理やり大学院に行かせ、武者修行や言うて今の会社に放り込んだんです。あの子は、きっと戻ってきます」

悲痛な響きがあった。浅子を励ましてやりたいが、日本中の中小企業が似たような悩みを抱えているのを知る芝野は、軽はずみなことが言えなかった。裸一貫で父親が立ち上げた会社であっても、ある親は息子に辛い思いをさせたくないと会社を畳み、ある親は息子に期待を寄せながらも想いが届かず、後継者不在を嘆いている。

通夜で会った時の朝人は、少年の頃のイメージと大きく変わっていた。父親に憧れの眼差《まなざ》しを向けていた当時の彼の目は輝いていた。藤村も早くから朝人を後継者にと考えていた。

だが、想いが強ければ強いほど軋轢《あつれき》も生まれる。そのうえ、藤村はたとえ相手が最愛の息子であっても、仕事では容赦しなかったろう。社会人となり一流の研究所に勤めるプライドを、藤村がどれほど慮《おもんぱか》ってやれたのかは疑問だった。

「従業員は何人いらっしゃいますか」

「私を含めて八人です」

「営業関係は、藤村さんがされていたんですよね」

「そうです。まあ、営業いうても、ウチの場合、〝博士〟の噂を聞いて全国からお客さんが来てくれますから、外回りする必要はなかったんです」

だが、これからはそうもいくまい。

「今後については、何か話をされているんですか」

「特には。実際、職人と言えるのは昔っから働いてる桶本《おけもと》ぐらいで、あとは見習い以下ですわ」

「外国人もいらっしゃいますよね」

「そうです。日系ブラジル人を二人、中国人の研修生を二人雇てます」

「あとの二人は」

「望《のぞむ》と田丸《たまる》君です」

「望君って……もしかして、金髪の彼ですか」

通夜の席でも降誕祭でも、金髪の青年が甲斐甲斐しく立ち働いているのは気づいていた。それが次男の望だったとは。

「バンドばっかりやりよって、工業高校も中退してね。バンドかて中途半端で、半年前から見習いで使《つこ》てるんです」

長男と次男に対する浅子の扱いには、明らかに差があった。期待の星である兄と不出来な弟――、これもまたよくある構図ではあった。

「望君が継ぐというのは、あり得ないんですか」

「あほなこと言わんといてください」

浅子は表情を強《こわ》ばらせて断言すると、ソファに小山を作っていたジャンパーを無造作に脇にやって座り込んだ。

「あの子は何をやらしてもあきませんねん。長続きせえへんし、ズルばっかりしよる」

「お通夜の時も今日も、一生懸命手伝っておられるように見えましたが」

「気まぐれです。あの子はお父ちゃん子でしたからね。生きている間ずっと心配ばっかりかけてたし、罪滅ぼしのつもりとちゃいますか」

家族の問題は、部外者には分からない。

「田丸君というのは」

「望の友達ですわ。ずっと引きこもってたのを、主人と望が引きずり出してね。陰気な子ですけど手先は器用で、桶本のおっちゃんは筋はええと言うてます」

〝天才〟藤村は製品作りのことになると利益度外視する、困った経営者だった。それでもマジテックが事業として成り立ったのは、藤村のアイデアを形にする〝手〟があったからだ。金型職人の桶本修《おさむ》は、藤村のどんな無理難題にも応えてきた。

「当面だけでも桶本さんが社長を継ぐという線は考えていないんですか」

「何度も頼んでます。けど、あの頑固爺は絶対に首を縦に振ってくれませんのや」

「なぜです？」

「わしは職人や、の一点張りですわ。確かに、おっちゃんに経営まで任せるのは酷な話です。けど実際のところ、おっちゃんが頑張ってくれてるから何とか回ってるんです」

「次々と立ち入ったことを聞いて申し訳ないが、会社の財務状態はその後いかがですか」

「悪くなる一方です」

あっけらかんと言い放っているが、浅子の表情は冴えなかった。

「気づきはったやろ、金融系の連中がいるの」

「ええ、藤村さんの人気を改めて感じていました」

「アホな、そんなんとちゃいますよ。あれはちょっとでもウチが傾いたら、カネになるもんを我先にと手に入れるための偵察ですわ」

言葉がなかった。だが、十分考えられる話ではあった。

「ひとつ提案があります」

「なんでっしゃろ」

「奥さんは、〝博士〟の代わりになる人を探してくれ、とおっしゃいました。でも、それは無理です。〝なにわのエジソン〟はこの世にたった一人です。〝博士〟の代わりになんて誰もなれません」

うつむいていた未亡人の目から、不意に涙がこぼれ落ちた。

「芝野さん、その通りなんです。私も改めて今、そう思てます」

「今、マジテックに必要なのは優れた経営者だと思います」

彼女が顔を上げた。涙で化粧が崩れていた。

「そして現有商品と現有勢力で、生き残るための手だてを考えるべきじゃないかと思うんです」

「でも、ウチみたいなしょぼい会社に有能な経営者が来てくれるはずもおまへんやろ」

「有能かどうかは分かりませんが、私を使ってみませんか」

浅子は口を開けて、芝野を見ていた。

「何、アホなこと言うてますねん。クリスマス・イヴやから言《ゆ》うて、冗談もほどほどにしてください」

「奥さん、私は本気ですよ」

「本気て、芝野さん……。曙さんは、どないしますねん。それを捨ててこんな所に来るやなんて正気やないです」

「私は正気ですよ、浅子さん。曙さん。曙はすでに辞めてきました」

5

マジテックの女社長と話していた男に気づいて、村尾は瞠目《どうもく》した。

まさか……。

「今、社長と一緒にいた男が誰か知っているか」

部下の小笠原《おがさわら》に尋ねた。彼は〝降誕祭〟に集まった半数以上と顔見知りだという。

「すみません、見ていませんでした。どんな方でした？」

「五〇代くらいの銀髪の男だ」

「あ、あのエリート風の方ですか。あれは曙電機の方だと聞きました」

「芝野健夫、か」

思わずフルネームで呟いてしまった。

「村尾さん、ご存じなんですか」

「ちょっとな」

知らないはずがない。こんな大阪のボロ信組に埋もれる原因を作った張本人だ。

「そうか！　あの方も三葉銀行出身でしたよね。じゃあ、その頃に」

イケメンで愛想が良いだけの小笠原は、何につけ無邪気だ。

「まあ、そんなところだ」

芝野に関わる不快な記憶が一気に蘇《よみがえ》ってきた。

「一体、曙電機の偉いさんが何の用だ。マジテックと取引があるのか」

「ないはずですけどねぇ。どうしてかなあ」

暢気《のんき》にビールを口に運ぶ部下の頭をはたき、様子を探ってこいと命じた。

一人になると、再び憎悪が頭をもたげてきた。

忘れもしないあの査問で、村尾の人生は転落した。

当時の取引先に転職を試みたが、不首尾に終わった。すぐに有り金は底を突いた。

横領したカネはギャンブルと株に注《つ》ぎ込み、銀行を退職した時にはすでに失っていた。そして一戸建ての家を手放した時、妻は二人の子供を連れて出て行った。当時つきあっていた女も、カネの切れ目が縁の切れ目とばかりにそっぽを向いた。もはやホームレスになるしかないと嘆いていた時、三葉銀行で上司だった飯島から紹介されたのが浪花《なみはな》信用組合だった。

給料は半分以下、しかも取引先は自己開拓して、所期のノルマが達成できたら正規採用という酷《ひど》い条件だったが、もはや選択の余地はなかった。

あれから一〇年、肩書きこそ支店長代理になったが生活は荒《すさ》んでいた。

いつか、あいつに復讐《ふくしゅう》してやる。メディアで芝野を見かけるたびに心に誓ってきた。それが、彼の原動力でもあった。

その憎《に》っくき相手が突然、自分の目の前に現れるとは。

「村尾さん、分かりましたよ」

赤ワインが入ったグラスを差し出して小笠原が言った。

「社長がマジテックの経営を任せられる人がいないかと、芝野さんに相談されたそうです」

大会社の役員が、そんなことのためにわざわざ東京から来たのか。

「それで見つかったのか」

「それは分かりません。でも、あの方は日本一のターンアラウンド・マネージャーなんでしょ。良い人が見つかるんじゃないですか」

どこまでお人好しなんだ、おまえは――。小笠原を睨《にら》みつけてみたが、当人はお構いなしだ。石切《いしきり》の大地主の三男坊で、就職先がないところを数億円の預金がある親に頼み込まれて入行したという、ふざけたガキだ。

「マジテックが本当に立ち直ると思っているのか」

「思いたいですよ。だって、僕が初めてお取引を始めた会社ですし、亡くなった藤村さんにも浅子さんにも、息子のように可愛がってもらってますから」

バカにつける薬はない。

「おまえが毎月提出している試算表を見ても分かるだろ。仕事の受注が激減している。しかも、新規や単発仕事は皆無だ。もはや資産を食い潰すだけだ」

「でも、みんな頑張ってますよ。先日も次男の望さんと飲みに行ったんですけど、それまでバンドやって遊んでいたのに、今は必死で工場の仕事を手伝っています。あの熱意があれば何とかなるんじゃないですか」

「バカ。熱意だけでハッピーエンドになるなら誰も苦労せんよ」

おまえもマジテックと一緒に逝ってしまえ。

「でも、こんなにたくさんの人が藤村さんを偲んで集まっているんですよ」

「背広着た奴は銀行マンか、ここに何らかの貸しがある連中だ。おまけに工業団地の連中はあわよくば、ここの得意先を分捕《ぶんど》ってやろうという魂胆だ」

「村尾さん、いくらなんでも言い過ぎですよ」

小笠原にかかると、みんな良い人になる。さらに、頑張れば必ず報われると真剣に信じている。

「あっ、出てきましたよ」

女社長と芝野は、やけに親密そうに見えた。彼女の表情を見る限りでは、芝野が何らかの朗報をもたらしたのかもしれない。

女社長に見送られて集会所の玄関を出たところで、村尾は声を掛けた。

「芝野さん、御無沙汰です」

「失礼ですが、どこかでお会いしましたか」

芝野は、自分が誰か分からないようだ。

「以前、三葉銀行船場支店でお世話になりました村尾浩一です」

そう言われても、芝野の記憶はすぐには蘇らなかったようだ。数秒じっと見つめた後、思い出したようで「ああ」と声を発した。

「あの村尾君、ですか。いや、すっかり見違えちゃったなあ」

　そりゃそうだろ。三葉銀行在籍時は豊かだった髪も、今や側頭部にわずかに残るだけだし、体はだらしなくたるんでいる。

「色々苦労したもので」

　名刺を差し出した。

「浪花《なにわ》信組ですか」

「それで、なみはなと読みます。マジテックさんはウチの取引先なんです」

「それは奇縁だね。応援してあげてください」

　白々しい微笑みと口調が、神経に障った。

「芝野さんこそ、どうしてここに？」

「君も知っているように、亡くなった藤村さんには船場支店時代にお世話になったのでね」

「噂では、現社長が芝野さんにターンアラウンドをお願いしているとか」

「まあ、将来が不安だということで相談は受けたよ。お宅は、どの程度のつきあいですか」

「浅いですよ。でも、今はメインに近いかもしれません」

実際の融資額は、総額で五〇〇〇万円ほどだ。しかも、その七割は信用保証協会の特別保証制度を利用しているので、デフォルトの心配はない。だが、メインと言ってどういう反応をするのかが見たかった。

「そうか。いや、それは幸運かもしれないな。いずれ相談に乗ってもらうこともあると思います。その際はよろしく」

何か言い返そうとしたら、芝野はタクシーを拾って乗り込んでしまった。

本気であのゴミ会社を助ける気か。そうであれば、神さまは俺を見捨てていなかったということだ。

――芝野さん、今の言葉しっかり受け止めましたよ。

第二章　茨の道

1

二〇〇八年二月一日　東大阪市森下

「今さら挨拶するのも何ですが、本日からマジテックの専務取締役を務めます芝野健夫です」

底冷えのする工場二階の事務所で、芝野は緊張しながら挨拶した。

聞いているのは、社長の浅子、次男の望、職人の桶本、そして見習いである田丸の四人だけだ。外国人の工員や研修生らは全員、昨年末で退職している。

「私がマジテックに来たのは、この会社をもう一度光り輝かせるためです。社のデータを徹底的に検討しましたが、その可能性は十分にあると考えました」

企業の再生は、実はとてもシンプルだ。常に黒字が出る構造にすればいい。

そのためには、利益の上がらない部門を切り捨て、余剰人員を減らし、利益を上げている事業の売上を伸ばせばいい。この収益構造を構築するだけで、企業の未来図は描ける――。だが、言うは易く行うは難《かた》しの諺《ことわざ》通り、それを実行できる企業は少ない。

マジテックもこの問題を抱えていた。藤村が生きていた頃からの課題でもある。ビジネスより社会貢献を重視するため、時に利益を度外視して製品を作る。それでも何とかやりくりが可能だったのは、古い取引先からの恒常的な受注があったからだ。藤村の死後はそれも半減し、しかも、受注分の半数近くが逆ざやになっていて、いくら製造しても利益が出ないのだった。

この一年というもの、大手メーカーを中心に業績の上がった企業が多い。しかし、その背景にあるのは「激烈な下請けいじめ」といえるコストカットだった。景気が悪くなると、大手企業はあっさりと下請け企業への発注額を落としにかかる。それを拒めば町工場が潰れるのを承知で、半ば強制的にその額を呑ませる。

この不確定要素にどこまで耐えられるのか。そして、その対策として、新規の工作機械やMGのような製品をもっと開発できる人材を探すのが急務だった。

現在、マジテックの債務残高は二億四〇〇〇万円余りある。年間の売上が三億円あるが、いかんせん利益率が悪く、大半は金利を返すので精一杯だ。

ただ、浅子はやりくり上手なうえに交渉力があり、多くの金融機関とつきあっていた。「最も臆病かつ強欲な」メガバンクは避け、地銀、信金、信組、さらには公的な公庫などと取引し、それぞれ五〇〇〇万円程度の額で融資を受けていた。その一方で、常に一〇〇〇万円近くの現金を金庫で管理していた。

これも賢明な判断で、この現金のおかげで資金繰り倒産の危険から逃れられる。それにしても、こんな多額の現金を持っていて、金融機関に金利だけの《リスケジュール》返済をよく納得させたものだ。

いずれにしても、資金についてはこの先も半年くらいは何とかなりそうだった。最悪の場合は、芝野が用意した資本金もある。専務就任にあたり、一〇〇〇万円をマジテックに入れるつもりだった。ただし、浅子から「急にお金が入ったって分かったら、またハイエナどもが群がります。それは当分の間、芝野さんの口座で預かっといてください」と返されてしまったが。

とりあえず資金的な余裕のあるうちに、〝博士〟の後継者となる頭脳を探す必要があった。

「これからも辛い日々が続くでしょう。とはいえ、これまでのように、金型をどれほど造ろうとも報われないような状態からは脱します。頑張った分だけ売上が立つようにもします。さらに、新しい仕事を探す努力を最大限に致します。なので、皆さんはとにかく良い物を作り続けてください」

芝野がそう締めくくると、浅子らが盛大に拍手した。

「あんたら、こんなありがたい話ないで。経営難で苦しんでいる日本中の会社が助けてくれって、芝野さんに頼みに来てるんやで。それを全部断って、マジテックのために一肌脱いでくれはる。なんとしても、この恩に報いなあかんよ」

浅子が発破をかけるのを、みな真剣に聞いている。

「最後にもうひとつ、お知らせがあります」

芝野は前に進み出て発言した。浅子が嫌な顔をするのを見ないようにして、一気に話してしまおう。

「売上向上のためには営業部隊が必要です。その責任は私が負うつもりですが、もう一人営業で汗をかいてもらうことにしました」

そこで望の名を呼んだ。金髪を黒に戻し、いかにも新人営業マンらしいヘアスタイルに変わった望が、芝野の隣に立った。耳や唇のピアスもない。そして、白いワイシャツにネクタイをきっちりと締めて、濃紺のスーツでボタンも留めている。

「今日から、マジテック営業部員となる藤村望君です」

「ほお、馬子にも衣裳やなあ」

桶本が茶々を入れた。

「おっちゃん、やめてや。こんな似合わん格好して恥ずかしいねんから」

「なに言うてんねん、あんたは！」

すかさず母親に叱られて、望は頭を掻いた。

「マジテックが生き残るために、僕も何か役に立ちたいんです。芝野さんという師匠のそばで、とにかく頑張ります」

いいぞ、望君。

年末に望と飲みに行き、彼のマジテックに寄せる想いを聞いた。

「僕は出来損ないなんで」と何度も繰り返すが、会社に対する愛情は母親に負けてない。

「僕の親父は、天才でした。その才能は兄ちゃんにしか遺伝せんかったかもしれません。けど、マジテックの製品でみんなに喜んでもらいたいという気持ちは、僕にもあるんです」と最後は涙ながらに語った。

ならば、君がマジテックを日本中に知らしめる営業マンになればいい――。そう返した時に望は文字通り破顔した。

そのことを浅子に伝えると「挨拶ひとつでけへん子に、そんな恥ずかしいことさせんといてください」と大反対されたが、自分が責任を取るからと説き伏せた。

芝野は、新人営業マンの挨拶に惜しみない拍手を送った。

2

二〇〇八年二月一五日　大阪市中央区

「新しく来られた専務がわざわざ、私に何のご用があるんでしょうか」

奈津美は気が気でなく、約束の時刻より三〇分以上も早く病院に到着した。希実はプレイルームで同世代の子供たちと一緒にお絵かき遊びに熱中している。

「奈津美さん、あまり思いつめないで。ウチの病院からも研究費が出そうだし、中森准教授《せんせい》も費用については当分はご心配なくと言ってくれているから」

主治医の安堂はそう言ってくれるが、奈津美の不安は収まらない。

一体、何の用なんだろうか。

すでに奈津美は、新専務の芝野とは挨拶を済ませている。にもかかわらず、希実のリハビリの様子を見たうえで話がしたいというのは、「良くない話題」だからではないか。初対面の印象では、芝野は優しそうで情に厚い人に見えた。だが、芝野はマジテックの経営立て直しのために専務になったと聞いている。その意味を考えると、不安は尽きなかった。

その時、プレイルームで笑い声が上がった。希実がお友達と遊んでいるのだ。MGで自立できるようになって、希実は本当に明るくなった。不機嫌になったり怒りを爆発させることも減った。あの子の笑顔に、マジテックの支援は必須だった。

ガラス張りのプレイルームの向こうに、芝野と浅子、さらに3DCAD《キャド》を担当している田丸の姿が見えた。中森准教授が彼らに何か説明をしている。

その様子を見る限り、芝野は良い人に見える。熱心に中森の説明に耳を傾けているし、時折、希実を見遣《みや》る視線にも優しさが感じられる。

奈津美は、その印象にすがって、とにかく必死で支援の継続を懇願するしかないと改めて覚悟した。

スライド式のドアが開き、一行が入ってきた。

「奈津美ちゃん、お邪魔します！　忙しいのにわざわざ時間を作ってくれてありがとう」

いつものように浅子が奈津美に抱きついた。その愛情たっぷりの抱擁が、さらに奈津美を勇気づけた。

「芝野さん、マジテックさんが大変なのは私も知っています。でも、何とか希実の支援だけは今まで通り続けていただけませんか！」

最後は声を張り上げていた。

「まあまあ奈津美ちゃん、そんな怖い顔せんと。とにかくみんな、座りましょ」

浅子に宥《なだ》められ、打ち合わせ室に移動してテーブルを囲んだ。奈津美の正面に芝野が腰を下ろした。

「今日は、今後のことを検討するためにも、現状を伺いたくてお時間を戴きました。弊社の藤村は、希実さんの成長をサポートし続けたいと申しております。私自身も、その気持ちに異存はありません。とはいえＭＧについては、故藤村と阪大の中森准教授が中心となって開発してきた製品です。現在のマジテック社員では理解できない部分があります。その点について早急に解決する必要もあります」

開いた資料に視線を落とすことなく芝野は、奈津美をまっすぐに見つめて話し続けている。その目から感情は読み取れない。

「まず、急いで解決しなければならないのは、希実さんの腕と肘の部品交換です」

そうだった。希実の成長に追いつけず、部品の限界が迫っていた。

「それについては本日、こちらで製作してきた物と交換します。テストしてよろしいでしょうか」

後ろに控えていた田丸が、カバンから部品を取り出した。

奈津美は、田丸らとともにプレイルームに入った。

「希実ちゃん、田丸君が来てるよ。部品の交換がしたいんだって」

「もうちょっと後でいい？　今、お家《うち》作ってんねん」

テーブルの上で、希実がレゴを使って二階建ての〝豪邸〟を建築中だった。

「おててが動きにくいって言うてたやん。先に部品変えてもらったほうが、素敵なお家ができると思うけど」

だが、希実は聞く耳を持たないようだ。

「ひゃあ、えらい豪華なお家やな。おばちゃんもここに住みたいわ」

浅子が会話に加わった。

「本当？　じゃあ、おばちゃんには希実の隣のお部屋をあげる」

「ありがとうな、めっちゃ嬉しいわ。完成が楽しみやね」

そこで浅子は奈津美の方を向いた。

「ここは私と田丸君で、あんじょうやるよって、芝野さんと中森准教授《せんせ》と話し合ってください」

浅子が同席してくれないのを心細く思ったが、素直に従った。

打ち合わせ室に戻るなり、「ひとつご相談があります」と芝野が言いにくそうに切り出した。

「ご遠慮なくおっしゃってください」

たまらず奈津美は前のめりになっていた。

「ＭＧと希実ちゃんの頑張りを支援したいという企業が現れました。先方の希望を受け入れた場合、最低でも一〇〇〇万円の支援金が出ます」

「ほんとですか！」

でも、こんな良い話をどうして渋い表情で言うんだろう。

「スポンサーとして名乗り出ているのは、生命保険会社です。同社のイメージＣＭに、希実ちゃんに出演して欲しいとの依頼がきているんです」

「おっしゃっている意味が分からないのですが」

「清和《せいわ》生命という生保が新しい医療保険を発表します。それには、希実ちゃんのご病気も対象にした難病特約もあるそうです。そのPRに協力するのを条件に、希実ちゃんとMGの開発を最低でも三年間支援してくれるというオファーがありました」

つまり、娘を晒《さら》し者にして生命保険会社のPRをしろという意味か。

「資金面だけを見れば悪い話ではありません。また、今の希実ちゃんの姿は多くの人を励ますでしょう。しかし」

そこで芝野は言葉を切った。

「ご両親を誹謗《ひぼう》する輩《やから》が現れる懸念があります」

なんだ……そんな事を心配してくれていたのか。希実のためならどんな犠牲も厭《いと》わない――、そう夫婦で決めていた。なのに、奈津美は即答できなかった。

プレイルームにいる娘が歓声を上げた。大きなお家が完成したようだ。

3

二〇〇八年四月一二日　東大阪市森下

「オオカミ少年と化した上海の買収王・脅威より不気味と関係者困惑」

新聞の見出しに釣られて記事に目を通していた芝野は、曙電機での苦労を思い出した。

日本最大の自動車メーカーであるアカマ自動車に対する上海の買収王・賀一華《ホーイーファ》の買収提案は、「来週こそＴＯＢをかける」と本人がマスコミにリークしながら一度も実行されないまま、すでに四ヵ月が経過していた。

しかしその間、賀が何もしていなかったというわけではなかった。中国国内の独立系自動車メーカー八社を手中に収めたのを皮切りに、中国撤退を検討していたフランスとアメリカの合弁会社も呑み込んでいた。さらに、カナダの総合部品メーカーとの間で合弁会社を設立するなど、自動車産業への意欲的な投資が続いていた。

そうした買収や投資を発表するたびに、賀は「これはアカマさんと一緒にビジネスをやるための基礎体力づくり」と繰り返していた。賀の動きについて様々な臆測が飛んでいるが、確実な情報はなく、結局は道楽息子の単なるお遊びではないかと、記事は締めくくっていた。

だが、芝野にはそうは思えなかった。この男は見た目ほどバカじゃない。いや、バカなふりをしているんだ。何か企んでいる——。

「いややなあ、芝野はん。もうホームシックでっかあ」

浅子のからかうような声が耳に飛び込んできて、芝野は顔を上げた。組合の寄り合いから戻ってきた浅子が事務服を羽織りながら、図星だろうと言いたげだ。

彼女はさっそく二人分のお茶を用意すると、ひとつを芝野のデスクに置いた。

「アカマ自動車の記事を読んではったんでしょ。何でも、中国のバカぼんに振り回されて往生してるらしいね。朝のニュースで言《ゆ》うてたわ」

「みたいですね。だけどそれで、どうして私がホームシックになるんです」

「アカマみたいな大企業で腕を振るいたくなってますやろ?」

「呼ばれもしないのにですか。あり得ませんよ」

芝野は乾いた笑い声を上げた。

「ほな、呼ばれたらどないしはるんです」

浅子はいつになく執拗《しつよう》だった。

「どうもしませんよ。私は、マジテックの再生担当専務なんですよ」

不意に浅子が深々と頭を下げた。

「すんまへん、しょうもないこと言いました。堪忍やで」

「よしてください、浅子さん。別に謝ってもらうような話じゃない。それより、組合の話って何だったたんですか」

「つまらん与太話ですわ」

彼女は手近にあった回転椅子を芝野のデスクの前まで引きずってきて、腰を下ろした。

「鉄の材料費値上げ反対を組合として訴えようという話が出ました」

世界的な原材料費の高騰により、コストが大幅に上昇している。その一方で中小企業に対しては、納入価格を引き下げよという発注元からの圧力がある。一個数十銭にしかならないような製品を作っているところも多い中小零細企業にとって、この〝二重苦〟は即、死活問題になる。

「それはまた大層な話ですね」

「まあ、一応の理由はあるんです。知ってはりますか？　大日《だいに》本製鐵《ほんせいてつ》とアカマ自動車が裏取引してるという噂」

芝野は出涸《でが》らしの番茶をすすりながら、首を横に振った。

「去年の秋頃でしたけど、大日鐵から仕入れる鋼材の値上げをアカマが承認したという記事が出ましたやろ」

「あれは、日本中のメーカーにとって打撃でしたね。アカマが値上げを承認してしまうと、日本中のメーカーが値上げを呑まざるを得なくなりますから」

〝ものづくり大国〟と言われる中で、アカマ自動車はその象徴的な存在だ。それゆえにプライスリーダーとなり、「アカマの方針は日本の方針」とまで言われていた。

口寂しくなったのか、浅子は立ち上がると部屋の隅にある食器棚からせんべいの袋を取り出してきた。芝野も勧められたが、手をつける前に裏取引の詳細を質《ただ》した。

「大日鐵はんが日本中の取引先に値上げを頼みにいちいち行かんでもええように、アカマに頼んだ。その見返りとして、アカマとだけは従来通りの金額で取引を続けるという密約があった、というんです」

派手な音を立てて大判の草加せんべいを食べる浅子に向き合いながら、芝野は噂の真偽を吟味していた。

「どない思います」

「にわかには信じがたい話ですね。それが本当なら、大日鐵とアカマは業界トップである立場を利用して横車を押したことになる」

似たような噂話は、大手の横暴として芝野も何度か耳にしたことがあるものの、現実に起きたという例は少ない。ただし、大手に対してのみ〝特別な配慮〟がなされることは少なくない。それが噂の元になり、尾ひれがつくのだ。

「私としては、ない話やないと思てますねん。どっちもえげつない会社ですから」

草加せんべいのかけらを口から飛ばしながら、彼女は断言した。

「えげつないって。取引されたことがあるんですか」

「まさか。ウチみたいな弱小なんて相手にしますかいな。とはいえ、ウチも金型造ったり工作機械を開発してますから、鉄屋さんとの繋がりは結構ありますねん。で、〝博士〟はあんな人やったし、発注する時は材料の鉄にも色々注文をつけましてん。そしたら文句ばっかりグダグダ言うたあげく、とんでもない金額をふっかけてきました」

芝野には鉄の知識はない。だが、特殊鋼や合金には相応のカネがかかるものだというくらいは分かる。

「もちろん、こっちかて特注オーダーしてますねんから高いのは当たり前やと思ってます。けど、〝博士〟の試算からしたら絶対あり得へん額を、平気でふっかけてきよるんです。あんまり酷いんで、もっと大量に鉄を仕入れている大手のお客さんに頼んで代わりに交渉してもろたら、すんなり半額ですわ。ほんま、アイツら中小企業を舐《な》めてます」

芝野にも耳の痛い話だった。大手金融機関や大手企業に籍を置いた時間が長いだけに、彼女が説明したようなケースで恩恵に与《あずか》った経験が何度もあったからだ。

「よほどの確たる証拠でもない限りは、裁判で勝つのは難しいですよ」

「せやから私も言いましてん。そんな無駄な抵抗やめましょってね。長いもんには巻かれといたらよろし。ほんで連中が何か困って泣きついてきた時、復讐したったらええんです」

彼女はそう言うと、二枚目のせんべいを手に取った。

この強かさこそが、中小企業のド根性なのだろう。マジテックで働き始めて二ヵ月余りではあったが、彼らの雑草のようなしぶとさに芝野はいつも驚かされている。

「もうひとつ話がありましてね」

お茶でせんべいを流し込んだ彼女は、再びまくし立てた。

「来月、中国へ視察旅行にでかけようかって計画がありますねん」

初めて聞く話だった。

「ちょっと前から持ち上がってた話なんやけどね。ここの組合って風呂屋の息子みたいな奴ばっかりの集まりやから、話半分やと思て、芝野さんには言いませんでしてん」

「何です、風呂屋の息子って」

「知りません？〝湯う（言《ゆ》う）ばっかり〟って意味ですわ」

うまいことを言う。駄洒落に感心している芝野に構わず、浅子は喋《しゃべ》り続けた。

「どうも中国が全額出してくれるそうで」

「全額って、渡航費やホテル代をですか」

今どき、豪勢な話だ。

「なんか、オイシすぎですやろ。よくよく聞いたら、向こうの工業団地にウチらを誘致したいという下心があるらしいんです」

「つまり中国に工場を造るってことですか」

「もっと厚かましい話です。会社ごと移ってこいと」

「会社ごとですって。しかしあの国はＷＴＯ（世界貿易機関）に加盟はしたものの、法の整備もなかなか進まず、日本人が企業を興すのは大変ですよ」

近年、中国では積極的な外資誘致が続いているが、トラブルは絶えない。

「それも全部面倒みてくれはる、言うんですわ」

怪しい話だ。

「そんな胡散臭《うさんくさ》い話に、誰も乗るはずないと思うやないですか。けどね、一〇社ぐらい行く気になってます」

「一〇社もですか」

「みんな藁《わら》にもすがる想いなんでしょうね」

彼女は見下すように、突き放した。景気回復、ものづくり大国復活と浮かれていた日本に再び暗雲が垂れこめている。国外で起きた〝サブプライムローンによるバブル崩壊〟のせいだ。年明けから株価は急落して円高になり、景気は一気に冷え込んだ。

かつて銀行マン時代に海外勤務も経験した芝野にしてみれば、新世紀に入ってから続く日本の株式市場の上昇気運は、二〇世紀のそれとは似て非なるものだった。

もう少しで四万円に届くところまで市場が膨張した一九八九年頃は、投資家の大半は日本人だった。つまり当時のバブルは、日本国内の投資熱だけでそこまで膨らんだのだ。

一方、近年の株価を下支えするのは、投資総額の半分近くを占める外国人投資家だった。彼らはリスク分散投資《ポートフォリオ》のひとつとして、比較的堅調な日本市場に投資しているに過ぎない。サブプライムローン問題で、多くの外国機関投資家が損失を抱えた今、保有資産を売却してカネに換える必要に迫られており、それが株安と円高を生んでいるのだった。

そんな世界市場の変動のツケをもろに被《かぶ》ったのが、日本の中小零細企業だった。技術力は世界一と言われながらも、人件費などの製造コストが高いため、中国やベトナムなどに受注の大半を奪われた挙げ句に廃業する会社が東大阪でも後を絶たない。

芝野は、日本の産業構造の状態を示すバロメーターは中小企業の健全度にあると考えている。

大手なら、大ナタを振るう気になりさえすれば一時的な改善を図ることも容易《たやす》い。だが、その安易な応急処置が、ものづくりのクオリティを支える中小企業を圧迫し、破滅に追いやる。この構造が続く限り、ニッポンはものづくり大国だと胸を張るなど、おこがましいにもほどがある。

「それとね、こんな話も出てましたわ」

浅子はお茶を注ぎ足して話を続けた。

「最近は中国のブローカーが、後継者のいない日本の中小企業を買い取る事例が増えてるんやそうです」

湯飲みを両手で抱えていた芝野は、怪訝《けげん》そうに浅子を見た。

「息子には後を継がせたない、せやけどカネは欲しい。それで会社を丸ごと売っ払う甲斐性なしが、世の中にはぎょうさんいてるみたいですよ」

「東大阪でもいるんですか、そんな人が」

「さすがに仲間の手前は恥ずかしいのか、その場では無関心な風でしたけど、寄り合いの後で何人か残ってなんや相談してましたわ」

底なしのコストカットのせいで、後継者問題がさらに深刻化している。父や祖父が創り上げた企業を子孫が継ぎたがらなかったり、たとえ継いだとしても結局会社を潰してしまうというケースは昔からあったが、近頃では親が我が子に継がせたがらないという事態が起きている。

浅子は長男にマジテックを継がせたいと言い続けているようだが、こういう例は珍しくなってきた。

「その場合、従業員も一緒に引き受けるんですか」

「そのつもりみたいです。というか、中国人が一番欲しいのはウチの桶本さんみたいな熟練工ですねん。けど、桶本さんが中国の田舎に行くとは思えませんけどな」

芝野は腕組みして考え込んでしまった。

「中国って厄介な国やわ。今や、あの国がなかったら安い服やら日用品がなくなって家計が苦しなります。せやけど会社やってる立場から言わせてもらえば、ほんま迷惑やわ」

彼女のぼやきは、おそらく日本のトップ企業から零細まで共通の悩みだろう。

「あかんわ、芝野さん。すっかり脱線しましたわ。で、お話って何です」

芝野は、機会のある時に二人だけで話したいと、昨夜のうちに伝えていた。事務所にいるのは幸い彼ら二人だけだ。

「いくつかご相談がありましてね。まず、希実ちゃんのCM出演についてです」

「何か言ってきましたか」

奈津美からは条件付きで承諾を得ている。奈津美が提示した条件というのは、次の四点だった。

・難病特約があれば希実はこの病気にならなかった、という誤解を招く見せ方はしない。

・同情を誘うような表現方法は避ける。

・姓を伏せるなどして、個人が特定されるのを避ける。
・テレビ放映する前に、チェックしたい。

CM出演を依頼してきた広告代理店にその旨を伝えたところ、最初の三点については「努力します」と返してきたのだが、事前チェックの項目に難色を示した。スポンサーが確認したCMは、それ以降の変更は不可能だからというのが理由だった。ならば、スポンサーに見せる前にチェックしたいと要望すると、「検討します」と返された。

その後、三月中旬に代理店の担当者から連絡があり、「ご要望には応じられない」という回答が来た。それでも粘り強く交渉して、「撮影前の構成台本の段階なら、検討の余地がある」という言質《げんち》までは取った。

そして、希実ちゃんの両親が決断して撮影の準備が始まったのだが、CM制作会社が関与し始めてから、当初の約束が曖昧になってきてしまったのだ。

「構成台本では、いまひとつ曖昧な部分があったので、もう少し具体的に説明して欲しいとお願いしたんですが、最後は清和生命の宣伝部長から『自分を信用して欲しい』と言われてしまいましてねえ」

芝野と奈津美が気にしているのは、ニュアンスの問題だ。制作側は配慮しているつもりでも、当人は傷ついたと感じることがある。だから、「悪いようにはしない」と曖昧に返されると、うまく丸め込まれたようで不信感が頭をもたげるのだ。

「なんか厄介やなあ。最初に聞いた時には天にも昇るような思いで感動してましたけど、いざCMに出るとなると、やっぱり色々気を揉《も》むことが多いですなあ」

マジテックも正木夫妻も結局は、総額一〇〇〇万円もの支援というカネに屈しているのだ。そもそも経済的な心配がなければ、CMなんかに出る必要もない。

「もう少し詰めますが、このあたりが手を打つタイミングかなとは思っています」

「ほんまお金がないっちゅうのは嫌なもんや。人を卑屈にさせてしまう」

残念だが、それは認めざるを得ない。カネがなければ何もできないという現実は、人の行動を制約してしまうものだ。

「この話、浅子さんから上手に正木夫妻にお伝え願えませんか」

自分が言うと、どうしてもドライな冷たい言い方になる気がしていた。こういう時は、浅子を頼るに限る。

「了解。あとで、ご自宅に行って話してきます」

「それから、営業についてもちょっとご相談が」

「あっ、ウチのバカ息子がなんか粗相《そそう》しましたか」

相変わらず浅子は、望を信用していない。確かに頑張りすぎて空回りすることもあるが、なかなか奮闘している。小さな仕事だが、すでに二件も受注できたのは彼の熱意の成果だ。

「望くんは頑張ってますよ。それは、浅子さんもご存じじゃないですか。実は、営業の範囲を関東にも広げてみようかと思いまして」

「関東、ですか。けど、名古屋から先の所とは、一度もおつきあいしたことないよって効果ないんと違うかなぁ」

同じことを望も言っていた。だが、芝野の人脈はむしろ関東のほうが多い。

「この二ヵ月、関西で精一杯営業活動をしてきました。そこをもう一度回っても成果は期待できない気がするんです。ならば、目先を変えてみるべきじゃないかと。関東なら、私も色々と伝手《つて》もありますから」

「それは、曙電機さんとかに頼んでくれるちゅうことですか」

あまり頼りたくはなかったが、背に腹は代えられない現状では、表敬訪問ぐらいはするつもりだった。

「ほかに、大田区にも行ってみようかと」

大阪の東大阪と並ぶ町工場の雄がひしめく中小企業団地で、町工場振興に辣腕《らつわん》を振るっている人物を訪ねたいと思っていた。

「まあ、芝野さんなりに色々考えてくれてはるんやろし、反対はしませんけど。関東に行くとなると経費もかかりますやろ。しっかりと仕事を取ってきてもらわんとねえ」

「もちろん！　全力で頑張って、ちゃんと仕事取ってきます」

「失礼しまぁす」

明るい声が響いた。浪花信組の営業マンの小笠原が戸口に立っていた。

「ひゃあ、純《じゅん》ちゃん、いらっしゃい」

浅子が相好を崩して迎え入れた。

実は、もうひとつ大切な話があった。それは、まさにこの優男《やさおとこ》に関連する話だった。だが、当人の前では話せない。

「すんません、話の続きはまた後で」

浅子は切り上げると、小笠原を応接室に連れて行った。並み居る借金取りも銀行マンも物ともしない浅子の唯一の弱点が、あの若造だった。

アイドルのような容貌だけではなく、母性本能をくすぐる笑みと話術が、浅子をとろけさせているようだ。

それだけならば、大した問題ではないのだが……。芝野が気になるのは、業績が決して良いわけでもないのに浪花信組だけが追加融資に積極的なことだ。

頭脳と技術を失った中小企業に対して、なぜそんな対応をするのか。

芝野の脳裏には、ある男の顔が浮かんだ。

村尾浩一――。かつて芝野自身が銀行から追い出した男だけに、何か画策していないとも限らない。その懸念を伝えておきたかったのだが。

応接室から浅子の嬉しそうな笑い声が上がった。

4

二〇〇八年四月二四日　栃木県宇都宮市

「よろしくお願いします」

芝野の隣で、望が頭を下げていた。今日一日だけで八回目の平身低頭だ。相手は困った顔で、望ではなく芝野に目を向けた。

「ほかならぬ芝野さんのお願いです。できることはお手伝いさせてもらいますよ」

「ほんまですか！　ありがとうございます！　精一杯やらせてもらいます」

驚きと喜びが混ざったような表情で、望が大声を上げた。

「いや、まだ、何も決まったわけじゃないですよ。あくまで試しにお願いしてみようかというだけですから。発注するかどうかは、試作品を拝見してからの判断なんで」

可能性のある対応に喜ぶ望を見て、神経質そうな総務課長は慌てて言い添えた。制服の胸ポケットに刺繡されたえびすのほうが、着ている本人よりも元気そうだった。

今や北関東圏随一の規模と売上を誇る中堅スーパー恵比寿屋《えびすや》本舗は、芝野が最初に企業再生を手がけた会社だ。総務課長が「ほかならぬ芝野さんのお願いです」とひと言添えたのも、そうした理由からだった。

関東での営業行脚を始めて四日目になる。二人は栃木県宇都宮市にまで足を延ばしていた。

当初は、曙電機の関連企業を重点的に回った。昨年まで同社のCRO（最高事業再構築責任者）として関わったため、いくらかは社の事情も分かるし、あわよくば過去の人脈が受注に繫がるかもしれないと期待したからだ。

だが、応対に出た担当者は最初こそ礼を尽くしてくれたものの、いざ営業となると途端にビジネスライクな態度に変わった。

「御社のご高名は、かねてから伺っています。ただ、現状は新規のお取引を行う余裕がなく」という返事がほとんどだった。

中には、藤村の後任が〝空席〟では話にならない、ときっぱり断るところもあった。

どうせ飛び込みで営業するなら、縁のある企業のほうが少しは期待できるかもしれないと楽観していた芝野も、さすがに気落ちしてしまった。それだけに恵比寿屋本舗の返事を聞いた時は、芝野自身も望と同じ心境になった。

「いずれにしろ予算的な問題もありますからね」

総務課長が念押しするように芝野を見た。芝野は「特別扱いは無用」と言ったが、恵比寿屋からすれば、それは無理な相談だった。芝野と前社長の宮部《みやべ》みどりがいなければ、今の恵比寿屋本舗はない。

総務課長は二人を迎えた時点ですでに、三件の試作の依頼を検討していた。そのうえ、結果次第で製造を任せてもいいと言う。提示された予算内で工賃と輸送費を考えても、多少の利益は出そうだった。

スーパーえびす屋は、一部の郊外型大規模店を除くと店内の通路が狭いため、既製の買い物カゴやカートが使いにくい。そこで、特別仕様のカゴとカートを作りたいとのことだった。さらに顧客サービスの一環として、自社キャラクター〝えびす〟のキーホルダーや携帯ストラップをプレゼントしていたのだが、そのリニューアルもマジテックに任せたいと言ってくれた。

幸いマジテックは、関西に点在する恵比寿神社から恵比寿や七福神のキーホルダー製作を受注し評判を取っていたこともあって、恵比寿屋の依頼はお手の物だった。

「期限は、どうしましょうか」

「ご都合に合わせて納品いたします」

望の言葉に、総務課長は苦笑を浮かべた。

「じゃあ、二週間でどうです」

「承知いたしました！」

望は即答した。

「いや藤村、製作現場のことは我々では判断できない。納期については一度持ち帰って製造本部長に相談してから、お返事したらどうだね」

製造本部長とは、桶本の肩書きだ。断固として嫌がる桶本を口説き落として、最近になってようやく本部長に就任してもらったのだ。

注意されても望は「大丈夫ですよ、二週間もあれば十分」と言い張った。

「我々は急ぎませんよ。それより自信作を頼みます。いくら芝野さんの御依頼でも、粗悪な物は使えませんから」

「任せてください。大至急、製造本部長に相談してからお電話いたします」

そう言って望は何度も頭を下げた。

総務課長は望の肩をひとつ叩いて励ましてから、「今晩のお泊まりは」と芝野に尋ねた。

「宇都宮のビジネスホテルに泊まります」

「社長がお食事をご一緒したいと申しているんですが」

最初に連絡を入れた日も、社長から直々に誘われていたが、芝野は固辞した。久しぶりに恵比寿屋の話をじっくり聞いてみたいという気持ちはあったものの、今は、できるだけ望と行動してコミュニケーションを図りたかった。

「芝野さん、俺のことやったらええですよ。飯ぐらい適当に一人で食えますから」

「よろしければ藤村さんも、ぜひ」

望はまんざらでもなさそうだったが、彼に接待などという甘い汁を吸わせたくなかったので、芝野は丁重に断った。

「我が社の製品が晴れて採用された暁に、ご一緒させてください」

まだ未練がありそうだったが、総務課長は渋々引き下がった。

芝野と望は、玄関先まで見送ってくれた総務課長に一礼して、車に乗り込んだ。

〝なにわの発明王が、あったらいいなを叶えます!!〟という謳《うた》い文句と、マジテックの社名を大書きしたワンボックスカーだ。これは望の発案で、経費が安上がりになるのと、実際に営業先にマジテックの商品を持参して実物を見せることを考えたからだ。一〇年落ちの薄汚れたワンボックスカーは、乗り心地が良いとは言い難いが、男二人の気楽さはなかなか良いものだった。

「ありがとうございます」

車を発進させるなり、望が礼を言った。

「望君からお礼を言われるようなことを、何かしたか」

「恵比寿屋さんで受注できたんは芝野さんのおかげです。俺一人で行ったら、きっと会《お》うてもくれませんでしたよ」

「そうかな。私は、望君の熱意が引き寄せた成果だと思うな」

「そんなはずないです。だって、さっきの課長さん、ずっと芝野さんの方ばっかり見て話してはりましたもん。俺は透明人間みたいやった」

あまり強く否定できるものでもなかった。むしろ望が落ち着いて、相手を観察していたことを芝野は評価した。

「いつか、お客様が君だけを見て話すようになって欲しいな」

「できるようになりますかねえ」

「そのためにも、簡単に安請け合いしない。そして、相手の話を聞く姿勢が必要だな」

「そうですね。俺、焦るとついお喋りになってしまいます」

「誰でもそうだよ。私だって、昔は君と同じだった。俺は何をやってもダメと思わないで、落ち着くことだ」

望は素直に頷《うなず》いた。夕刻の渋滞が始まっていた。

不意にラジオのニュースが芝野の耳を捉えた。

〝上海の若き買収王と呼ばれる賀一華《ホーイーファ》氏は、昨年秋からアカマ自動車の大株主となり、経営参加を求めていました。今回の賀氏のジャパン・パーツ買収は、アカマ自動車への圧力になるのではと関係者は見ています〟

ジャパン・パーツと言えば、ホライズン・キャピタルが中心になって、日本の有力自動車部品メーカーを買い集めて再編し、話題になった巨大部品メーカーのはずだ。

鷲津がホライズン・キャピタルにいた頃の遺産ではあったが、賀による今回の買収は、鷲津への挑発行為のようにも思える。

「あの、組合で行くっちゅう中国視察旅行に、俺を行かせて欲しいんです」

望が遠慮がちに話しかけてきた。

「中国で営業でもするのかい」

――あの子は、いちいちこすいんです。ちょっとでも得したり、楽ができる話があったら、何でもやりたがる。

浅子が愚痴っていたのを思い出した。

「親父の夢、知ってます？」

「藤村さんの夢？　さあ、聞いたことないなあ」

「空気を汚さんエンジンの開発です」

「空気を汚さないエンジンって、ハイブリッドってことかい」

「あれは、結構ガソリン使《つこ》てますよ。違います。ディーゼルエンジンです」

それが中国とどう繋がるのか、芝野には分からなかった。

「親父はね、ホンダの本田宗一郎さんに憧れとったんやそうです。あの人みたいに自分でエンジン造って、それでレースに出るんやと言うてました」

初めて聞く話だった。だが、ロマンを持ち続けた藤村の言いそうなことだ。

「人間はもっと地球に感謝して生きなあかん。それも親父の口癖でした」

「それで、空気を汚さないエンジンか」

「自動車雑誌で読んだんですけど、最近のヨーロッパ車ってハイブリッドやなくて、クリーンディーゼルエンジンが主流やそうです」

「車は詳しくないんだ」

ようやく渋滞を抜けた車はホテルを目指した。

「アカマやトヨタのハイブリッドカーはもうすぐ、ディーゼルに取って代わられるって書いてました」

「ディーゼルエンジンのほうが、地球環境に悪いんじゃなかったっけ」

「そうです。けど、ディーゼルで問題になってるのは、二酸化炭素やなくて窒素酸化物のほうなんです。最新鋭のクリーンディーゼルエンジンは、窒素酸化物の量を減らすのに成功したとか、もうすぐしそうとかで注目されてます」

ついこの間まで、金髪にピアス姿だったパンク青年の口から思わぬ知識が飛び出して、芝野は面食らっていた。

「あ、やっぱこんな話ダメですか？」

母親譲りの察しの良さで、望は芝野の反応に気づいたらしい。

「いや、凄い話を知っているなあって、感心してたんだ」

「俺、音楽は二〇代で辞めて、その後は親父と一緒に夢のクリーンディーゼルエンジンを造ろうって、男同士の約束をしてたんです」

――夢ばっかり言いくさるアホです、あれは。そんな似んでもええとこだけ、〝博士〟に似よりましたんや。

浅子の嘆きが、再びよぎった。

「それで、その話が、中国への視察旅行とどう繋がるんだい」

「すんません。あの、これも雑誌で読んだんですけど、中国って星の数ほど自動車メーカーがあって、中にはマジで手作りで車造ってるとこもあるって」

「そうみたいだね。でも、なかなかうまくいってないようだ」

〝二万元カー〟というのが独立系の中国メーカーから発売されたそうだが、坂道でエンコしたり、走行中にラジエーターが壊れたりと散々な噂も聞いていた。

「だから俺、中国で勝負してみたいんです」

青年よ、大志を抱け――そう言ってやりたかったが、正直なところ現状では、望の夢は画《え》に描いた餅ですらない気がした。

「なるほど。そのためには望君、まず君が技術者として腕を磨く必要があるんじゃないか」

「筋としてはそうなんですけど。でも俺、不器用で。だから、俺は経営者になって同じ夢持っている奴と一緒にやってみたいんです」

望の意気込みは買いたいが、この話はあまりにも現実性に欠ける。大きな夢を持つことも大事だが、それが仕事の場合は、実現可能かどうかについても考える習慣をつけてもらわなければ。

どうアドバイスしたものかと悩んでいたら、車はホテル専用のタワー駐車場の前に辿り着いていた。

5

二〇〇八年四月二八日　東京都大田区

「中国への進出かあ、私はお奨めしないなあ」

大田区産業振興協会の理事、大村泰平《おおむらたいへい》はそう言うと、派手な音を立てて紅茶を啜《すす》った。頭髪は真っ白だが、見るからにエネルギッシュで歳を感じさせない。

関東地方での営業活動の最終日、芝野と望は東大阪と並ぶ〝町工場の牙城〟といわれる東京都大田区を訪れた。

大村は長年、大田区内の町工場の生き残りに精力を注ぎ、〝町工場振興の旗振り役〟として一目置かれている。芝野は以前に講演を依頼された縁で、大村とは顔見知りだった。そこで、マジテック再生の知恵を借りようと、大田区南蒲田《かまた》にある大田区産業プラザで再会した。

望の亡父とも交流があった大村は二人を歓待し、マジテックと大田区内の町工場が連携する可能性を探ることを約束してくれた。さらにマジテック再建の肝である〝博士〟の後継者問題についても「難題だが何か力になれないか検討してみよう」とまで言ってくれた。

そこで暇《いとま》を告げようとした時、望が中国進出への可能性について熱く語り出したのだ。望の意図が見えた途端、大村は苦笑いした。

「人件費考えても、日本より利益が出ると思うんですけど」

望はムキになって、大村に抗《あらが》った。

「中国の人件費に期待したら、失敗しますよ。もはや安い労働力なんて期待できないし。特に優秀な職工は取り合いですからねえ。引き抜きも凄いですしね」

大村によると、今や中国に対しては消費市場としての期待が高まっているという。

「でも、中国の自動車産業は未熟やと聞いています。それなら、日本のメーカーがリードできると思うんです」

「あれ、マジテックさんって自動車部品も扱っておられましたっけ」

「これから参入しようと考えてます」

「だったら、なおのことおやめなさい。今のところ日本の自動車メーカーは、増収増益で活況です。けど、部品メーカーレベルで言えば、どんどん淘汰されてます。部品メーカーの大手でも、コストダウンや新しい技術に対応できずに倒産しているんです。新規参入してどうにかなる余地なんてありませんよ」

「それは既存の部品を調達する下請けやからでしょ。僕らは新しいエンジン開発を中国メーカーとやりたいんです」

大村が呆れたようにため息をついた。

「芝野さん、ちょっと甘すぎやしませんかね。若者が夢を持つのは大いに賛成しますが、現実を直視できなければ絵空事で終わる。それぐらいのこと、あなたがそばにいながら教えてあげないんですか」

町工場に必要なものはチャレンジ精神と現実直視だと、大村は常々言っている。二律背反する思考の両立こそが、新しい町工場の可能性を広げる。厳しい言葉だったが、芝野も同感だった。望の夢が無謀と紙一重なのは重々理解している。だが……。

このジレンマをどう伝えればよいのか、芝野には分からなかった。

「絵空事って何ですのん。ガソリンで走る車は、世界からもうすぐ消えますよ。なのに、次世代自動車の開発が日本で進んでいるようには思えません。中国では毎年爆発的に自動車の台数が増えているんです。そこに新世代エンジンの車で参入したら、市場を独占できます」

望が鼻息を荒くして反撃を始めた。大村は鼻の下の髭《ひげ》を撫でた。

「中国自動車市場の独占ですか……。目標が大きいのは賛成ですよ。でも、世界の一流自動車メーカーが必死で競い合っている新世代エンジンの開発を、自動車の部品すら造ったことのない町工場でやるなんて、現実味のない話だと思われませんか」

大村の意見は正しい。現状では、誰に聞いても同じ答えしか返ってこないだろう。

「これから一〇年で、ハイブリッドカーやクリーンディーゼル車が世界のシェアの二〇％程度に伸びるだけでも、大成功だそうですよ。藤村さんがお考えなのは、それよりもっと進化したエンジンですよね。そんな先のものを町工場でやれるんですか。その開発費だけでも莫大《ばくだい》です」

　自動車は「走るIT」といわれるほど、先端技術が集積されている。新世代エンジンの開発には、その先端技術の先を行く必要がある。残念ながら、唯一無二レベルの〝匠の技〟が町工場にあっても、研究開発の分野でリードするのは無理だった。もっとも、死んだ藤村なら活路を見出せたかもしれないが。

「だから、中国メーカーと一緒にやりたいんですよ」

　望の考えは、あまりに虫が良すぎた。

「いや望君、中国側に資金提供を求めるのは厳しいかもしれないよ。中国政府が国産ブランドを作ろうとしても、研究開発に投資する企業は圧倒的に少ないと聞いたことがある。酷い話だけれど、あの国はものづくりへのこだわりより金儲けに熱心だからね」

「僕もそれぐらい知ってます。金儲けが好きやからこそ、世界のどこにもないエンジンを造ろうと思うんとちゃいますか」

　望の強情さに呆れたのか、大村が唸った。

「とても日本的な発想ですな。私も何度となく中国の自動車メーカーを視察しました。確かにそういう情熱を持っている技術者や経営者もいます。しかし現実は、リスクを取らずに金儲けをしたいという発想が強いように見えましたよ。彼らは独自で研究開発するより、技術を持つ会社を買うほうを選びます。最近、中国の投資家がアカマ自動車へ買収を仕掛けているそうじゃないですか。あれなんて、まさにその好例ですよ」

　思わぬところで、気にかけている話題が出た。

「だけど、中国でもう一回やり直せへんかって誘ってきてるんですよ？」

「それも同じ理由でしょう。連中は、日本の町工場の金型技術を喉から手が出るほど欲しいんですよ。つまり、アカマ買収は無理な連中も、町工場なら買えると思っているのでしょう。実際、中国各地で金型造りを指導する日本人の熟練工や町工場の元社長さんは、大勢いらっしゃいます。でも、その選択が正解かどうかは微妙ですよ」

　バブル崩壊以降、日本の中小企業は衰退の一途を辿っている。ピーク時は約九〇〇〇社を数えた大田区の中小製造業も、今では半減した。IT革命の到来が職人の技術力を凌駕《りょうが》したからだ。今後もこの傾向は止まらないと見られていた。

　日本で事業ができなくなった金型メーカーの社長や熟練工の一部が、復活を期して中国に渡っているのは芝野も知っていた。そこで成功した人もいるが、大村の指摘通り、それが本当の意味で復活といえるのかどうかは疑問だった。

「厳しいことを言いますがね、藤村さん。日本でうまくいかない企業は、どこに行ってもダメですよ。まずは、日本国内で他社を圧倒する技術力を身につけることです」

大村のひと言に、望は唇を嚙んだ。助け船のつもりで、芝野は腹案を相談してみる気になった。

「中国進出とは別に、単なる部品メーカーではなく最終製品までを行いたいと考えているんですが」

「ぜひ、そうしてください。亡くなった藤村さんもそういうお考えだったし。いずれにしてもまずは、国内で他社を圧倒する製品をお作りになることではないですか」

そう言う大村たちも、同じ地区にある町工場同士をネットワーク化しようと、大田区全体で取り組んでいる。それによって脱・下請けを目指そうというのだ。

夢をあっさり退《しりぞ》けられたのが気に入らないのか、望はすねているのを隠そうともせず俯《うつむ》いている。髪型や服など身なりを整えても、社会の現実を直視するだけの度量がないのだ。チャレンジ精神と現実直視のバランスの難しさを少しでも望に分かってもらおうとする大村のアドバイスに、芝野は感謝した。

「藤村さんは生前、東大阪のお仲間と一緒に宇宙ロケットを打ち上げるんやとおっしゃってましたよね」

気まずい雰囲気を破るように、大村が話題を変えた。

「今も頑張ってはるおっちゃんらはいますけど、僕らが手伝えることはもうないんで。死んだ父も参加してましたが、計画の途中で外れてますし」

望は顔も上げずにぼそぼそと話した。

「ああいうプロジェクトはいいと思うんですよ。東大阪も大田区も町工場がひしめき合っていますが、他社が何をしているか意外に知らない。地域のコミュニケーションをもっと深めて、技術とノウハウを連携するという風土が必要だと思いますよ。コーディネーターというか、プロデューサーが必要なんですよね。私は、芝野さんこそ適任者だと思いますがね」

自覚はあった。だが、町工場レベルの技術についての知識があまりにも浅薄《せんぱく》なうえに、マジテックの新参者である芝野に、東大阪の未来を託したいと思う経営者など皆無だろう。

「私には荷が勝ちすぎですね」

「何をおっしゃる。恵比寿屋をはじめ、いくつもの中堅企業を再生させ、曙電機でもご活躍だったじゃないですか」

「町工場の強みについて私の理解が浅すぎるんです。まずそれを学ばなければと思うのですが、あまりにも多種多様すぎて……」

「技術ばかりに目が行く町工場の社長より、大所高所から地域の産業を見ることができるんじゃないですか」

「確かに僕も、そういうのを芝野さんにやって欲しいなあ」

さっきまでふて腐れていたくせに、望まで大村の意見を後押ししてきた。

「一度考えてみます。いつか、そんな活動をするようになったらぜひご支援ください」

「私でよろしければいくらでも」

大村の厚情が素直に嬉しかった。それにマジテック――、いや東大阪の工業団地が取り組むべき課題も見えた気がする。

6

二〇〇八年五月一三日　東大阪市高井田

「マジテックさんの債権をそちらがお買いになりたい理由を、正直におっしゃっていただけませんか」

東大阪銀行高井田支店の副支店長は、村尾の説明など一ミリも信用していないという態度を隠そうともしなかった。

村尾はすぐには答えず、すっかり冷めたお茶で舌をしめらせた。

本当の理由は言えない——では通用しないだろう。

「ご存じでしょう。最近、弊社が債権取りまとめ事業に力を入れておりますことを。その一環ですよ」

「〝おまとめ君〟とかいう商品ですか」

債務で首が回らなくなった企業は、複数の金融機関から借金している。しかもその内訳は、A銀行のローン返済のために、B信金からカネを借り、それを返すためにC信組から借金するという悪循環で、問題の先送りでしかない。結果として、雪だるま式に負債が膨らんでしまう。

そこで、複数の債権を全部取りまとめてひとつにするというビジネスが金融機関では広まっていた。

善意の固まりに見えるビジネスだが、結局は他の金融機関の債権を安く買い取りながら、債務者側には額面通りの債権で、利回りの高いローンを組むというやり方だった。

　無論、取りっぱぐれるリスクはあるが、返済さえ続けば、取りまとめた金融機関には利益が出るという仕組みだった。

「ウチは理事長の大号令で、この商品に厳しいノルマが課されているんです。そこで、マジテックさんにも乗ってもらおうと思っておりまして」

　まだ、マジテックの社長から承諾を得ているわけではない。だが、小笠原の熱意と愛嬌で、あと一歩のところまできている。

　たとえ承諾は無理でも、とにかくマジテックの債権を増やしておきたいのだ。村尾の計画がうまく進めば、いずれ同社を制圧する武器になる。

　副支店長は腕組みをして村尾を見つめている。まだ、信用していないようだ。

「貴行にとって、悪い話ではないと思いますよ。マジテックさんへの融資は、利息を取るのが精一杯でしょ。そのうえ、前社長の急死で会社が傾いてきている。いずれ、それすら取れなくなりますよ。ここは売り時では」

「でも、あそこは今、障害者向けの補助器具が注目されて、追加融資を検討している金融機関もあるそうじゃないですか」

「これをお読みになったんですね」

すかさず日経新聞の記事コピーを見せた。マジテックが開発した補助器具MGによって難病で椅子に座ることもできなかった少女が、自力で食事し、ブロック遊びもできるようになったと報じている。また、スポンサーも見つかり、今後は本格的に製品化を目指すとあった。

「そうそう、これ。とても性能が良いそうじゃないですか。注文も殺到していると聞いていますよ」

だが小笠原の話では、実際のところ製品化については何も進んでいないらしい。どうせ、あのオバハン社長が大ボラ吹いたんだろう。

「大変失礼なことを伺いますが、横井《よこい》副支店長、貴行のマジテック担当は出来がお悪い方なのですか？」

何を失礼な、という表情が浮かんだ。それを宥めるような薄笑いを村尾は浮かべる。

「確かMGと言いましたっけ。あの補助器具を前社長が考案したのはご存じですよね」

「そう聞いていますし、この記事にもそうある」

「亡き藤村さんは、なにわのエジソンと異名をとった発明家です。ところが彼の死後、その技術継承ができていないんです。だから、この少女が成長した時にどう対応すべきか、マジテックは相当悩んでいます。それに、製品化の目処はまだ立っていませんよ」

やにわに横井副支店長がコピーを手にして、記事を読み始めた。

「そんなことは、どこにも書かれていませんが」

「当たり前です。あの強かな女社長が、そんな話をするはずがないでしょう。でも、ウチの担当者は、技術継承できる人を探して欲しいと社長直々に泣きつかれているんですよ」

それは、本当の話だった。記事が出る前に、気のいい小笠原はオバハン社長に言われた通りに、故藤村の後継者探しについて村尾に相談してきたのだ。

「それが事実だとしたら、お宅こそなぜ、追加融資している金融機関に債権を売り払わないんですか」

「ですから、申し上げたじゃないですか。ウチは、理事長命令で〝おまとめ君〟の推進をしているんで、そういうことができないんです」

横井副支店長は腕組みをして天井を見上げている。あとひと息で落とせそうな気がした。

「完全に合点がいったわけじゃないですが、ウチとしては債権をお譲りするのは、やぶさかではありません。ただ、買い取り価格がねえ」

ならばと、額面の二割で売って欲しいと提案した。

「二割ですか……。しかし一応、利子だけは払ってもらっていますからねえ。別に無理に売却する必要に迫られているわけじゃないし」

やれやれという態度をわざと露骨に示した。

「本当に貴行の担当者は大丈夫ですか。ウチの担当は、すでに社長から再度のリスケを相談されていますよ。その相談がないということは踏み倒すつもりでは」

横井副支店長から余裕が消えた。

「再リスケを相談されているですって！　それは本当ですか」

ウソだが、横井には確認しようがない。

村尾は答えず、曖昧に頷いた。

「うーん。しかし、それでも二割はねえ」

「二割五分でいかがです。それがギリギリです」

本当は三割で買っても元は取れると計算していた。だが、安いに越したことはない。

「手数料を横井副支店長にお支払いしますよ」

ここに来る前に、副支店長に関する噂を集めてみると、結構ギャンブル好きらしい。ならば、カネに困っているに決まっている。実際に会っても、清廉潔白なタイプには到底見えない。

「何の話だ。君、私を愚弄《ぐろう》するのか」

「失礼しました」と言いながら、村尾は上着の内ポケットから無地の封筒を取り出した。中には、一〇〇万円が入っている。怪しい取引先も多い浪花信組にとって、その程度は何とでもなるカネだった。

横井の視線は封筒に釘付けになっている。

「三日以内でご検討いただけませんか」

そう言って村尾は立ち上がった。封筒を突き返さないなら商談成立ということだ。

村尾は最後に精一杯の笑顔を作った。

「お忙しい中、お時間を戴きありがとうございました」

支店を出て営業車に乗り込むなり、村尾はタバコに火を点《つ》けた。

煙を吐き出しながら、新聞記事のコピーを取り出した。これを目にしなければ、こんな計画は考えつかなかっただろう。

「ものづくり大国の宝の持ち腐れ解消」

見出しに続いて、外資系ファンドのホライズン・キャピタル社長のインタビューが載っていた。同社が検討しているという、独自性の高い特許を有する日本の中小企業を統合するビジネスについて聞いている。

「後継者がいない中小企業は、特許を持っているのにそれを利用もできずに潰れていく。その貴重な資産の有効活用を考えている」と、まだ三〇代にしか見えない女社長が語っていた。具体的には、後継者がおらず、特許を有しながらその強みを生かせない企業を統合し、それらを有効活用するビジネスを構築中だという。

ならば、マジテックはまさにハゲタカファンドの好餌《こうじ》ではないかと村尾は考えた。なにしろ多数の特許を取得しているにもかかわらず、それを商品化できるだけの後継者がいないというだけでマジテックはお手あげ状態になっているのだ。ハゲタカたちはその特許を手に入れるために買収の触手を中小企業に伸ばそうとしている。

記事では、同社はアメリカの国防総省や軍需産業から依頼されて、日本の先端技術を買い漁るように指示されているという噂があると言及していた。

つまり、日本の宝をアメリカ政府が横取りするお先棒を担ごうということだ。

面白い。だったら、マジテックをホライズン・キャピタルに売りつけてやろうと考えた。

すでに、この女社長には接触していた。社長本人からはまだ返事がないが、部下から一度お会いしてお話を伺いたいという連絡はもらっている。

そのためにも、マジテックの債権を買い漁り、連中の手足を縛る武器を用意する必要があった。

後で知ったのだが、ホライズン・キャピタルというのは、鷲津政彦という日本屈指の買収者がかつてトップを務めたファンドだった。そこに、芝野が必死で再生しようとしている会社を売り払うのだ。

それが成功したら、どれほど痛快か。想像するだけで村尾は笑いが止まらなかった。

気を引き締めて粛々と事を進めなければならない。笑うのはもっと先だ。

村尾はイグニッションキーを回すと、次の交渉先を目指して車を発進させた。

7

二〇〇八年六月四日　東大阪市森下

午後八時を回っていたが、作業場内で過ごしているうちに芝野は時間の感覚がなくなっていた。汗まみれになって金型を研磨する見習い工の田丸学《まなぶ》を、製造本部長の桶本が厳しい顔で指導している。

田丸は高校一年で引きこもりになり、〝博士〟と望が家から引きずり出すまで、プラモデル作りとゲーム漬けの日々を送っていた。人見知りが激しいために、人前に出ると滝のような汗を流し、時には過呼吸にすら陥る気弱な青年だった。ところが、藤村に説得されて見習工として入ったマジテックでは、そんな素ぶりも見せずに桶本の下で熱心に修業していた。

機械いじりや地道なものづくり作業が、田丸の性に合っていたのだろう。

今、彼が取り組んでいるのは、恵比寿屋本舗から依頼されたキーホルダーの金型製作だった。顧客サービス用キャラクター〝えびす〟の景品用キーホルダーが大好評で、遂に商品として売り出されることになった。そのため、様々なバリエーションのえびすと、七福神すべての金型も追加注文されたのだ。

金型技術の中では、プラスチック製人形用の成型は、さほど難しい技術ではない。だが「易しい物ほど難しい」と言う桶本は、繊細な模様と美しい曲線の金型を田丸に要求した。

田丸は五日間で十数種の金型を造っていたが、いずれも桶本の眼鏡にかなわず突き返された。全長三センチほどの人形に髪の毛や目尻の皺まで金型に刻むように指示されていたのだが、いくら細かい描線を金型に刻んでも、成型された人形には反映されなかった。

「何べん言《ゆ》うたら分かるねん。おまえのは金型やのうて、彫刻や。材料流路の発想がないんや」

材料流路とは、材料である液状のプラスチックが流れる溝を指す。金型に樹脂を流し込むと、金属の温度で樹脂が固まり、そこに圧力を掛けることで成型する。そのため、型全体に瞬時に樹脂を行き渡らせる必要がある。そうしなければ、中に空気が溜まったり、形が中途半端な欠陥品になる。

子供の頃からプラモデル作りで鍛えたというだけあって、田丸は細かい手作業は得意だが、一方で金型独特の経験則の理解に甘さがあるというのが、桶本の見立てだった。

失敗と判定された金型でも、芝野が見れば十分上出来に見える。だが桶本に言わせると、商品の完成時に表面に空気ムラができたり、細工の最先端部分まで樹脂が行き渡らず欠陥商品の原因になるらしい。

「CAEのシミュレーションでは、これでうまくいくはずなんです」

田丸が気弱な声を出した。CAE (Computer Aided Engineering) とはコンピュータによる事前検証のことで、樹脂の流れもシミュレーションできた。唯々諾々《いいだくだく》と指示を守るだけでなく、田丸なりに試行錯誤と研究を続けているのだが、なかなか成果に繋がらない。

「いくはず言うても、いかへんのが金型なんやで。コンピュータが何でも正しいと思うのもやめろて言うたやろ」

田丸は夜学で、CAD《キャド》やCAEなどを用いた計算機援用工学を学んでいた。もともとコンピュータプログラミングもこなせるだけに、覚えは早いと桶本も感心している。だが、弟子の前では、そんな甘い顔は絶対に見せない。

「すんません。あの、桶本さん。教えてください。何があかんのでしょう」

「これだけ小そうて繊細なものを成型するには、先端部分に細かい樹脂の逃げ道を作ったらなあかんのや」

「先端部分にそんなん付けたら、変なバリが残りますやん」

金型の合わせた部分から薄くはみ出した余分のことだ。桶本が手本の技をゆっくりと見せた。

「逃げ道をすぼめて、加圧した時だけ、そこに流れ込むようにするんや。そしたら、バリにならんと本体からちぎれる」

桶本の鮮やかな手際を見ていると、田丸との差を歴然と感じた。

「すぼめる半径ってなんぼぐらいです」

「あほ、そこは試行錯誤するしかないんや」

田丸が泣きそうな顔になった。

「明日が期限やぞ。できんかったら、望君に詫び入れるんやで」

捨て台詞のように言い残すと、桶本はこちらに近づいてきた。

「お待たせしました。行きまひょか」

田丸に励ましの声をかけようかと芝野は逡巡《しゅんじゅん》したが、結局、適当な言葉が見つけられず桶本に続いた。田丸に必要なのは、時間と自信、そして苦難に立ち向かう勇気だと、桶本が言っていた。ならば、とやかく言う時ではなかった。

芝野は事務所に戻るとネクタイをはずし、スーツの上着もロッカーにしまって、ブリーフケースだけを手にした。桶本に相談事があったので、二人で近くの焼鳥屋で一杯やるつもりだ。

帰り支度を整えた芝野が作業場に降りると、私服に着替えた桶本が再び田丸をかまっていた。

――今の時代、厳しく突き放すだけが修業じゃない。単なる徒弟制度では弟子は育ちませんのや。大事なんは、弟子に対する愛情や。

桶本は、生前の藤村からそう教わったのだという。

芝野は作業場のドアの陰で、二人のやりとりを眺めていた。芝野には、味わったことのない世界だった。金融業界に師弟関係など存在しない。そもそも金融業界には伝承される技も経験もない。

最後に桶本は、午後一一時には作業を終えて帰るようにと田丸に言った。田丸は夢中になると時間を忘れるタイプで、放っておくと朝まで作業場に居続けてしまうからだ。

――頑張れよ、田丸君。みんな期待しているんだ。

芝野は心の中でエールを送り、桶本と連れ立った。

近鉄布施《ふせ》駅前の焼鳥屋で、芝野はウーロン茶を、桶本はキープしてある焼酎を頼んだ。

「お疲れのところ、すみませんね」

桶本の顔に疲れが見て取れて、芝野は詫びを口にせずにはいられなかった。

「疲れるのは歳のせいですから。それより専務に誘ってもらえるなんて、光栄ですわ」

いくら言っても桶本は芝野のことを〝専務〟と呼ぶ。もっともそれは嫌みでも拒絶でもなく、職人としての桶本のルールのようだった。

「そう言ってもらえると助かりますよ。それにしても、田丸君は根気強くなったじゃないですか」

以前は、叱られたりうまくいかないと田丸はすぐに音を上げていた。それが最近、ずいぶんと我慢強くなった。

「そうでんなあ。久しぶりですわ、鍛えれば鍛えるほど強うなる子は」

あまり人を褒めない桶本にしては珍しい評価だ。

「マジテックにとっては、明るい材料ですね」

「まだまだですけどな。でも筋はええし、腕もある。何より辛抱強うなってきたんが、よろしいわ。まあ、一人前の金型職人になるには、最低でも一〇年ぐらいはかかりますやろな」

気の長い話だった。

恵比寿屋本舗の仕事はさほど大きな利益にならないが、望と田丸の経験値を増やすために、芝野は喜んで請け負った。この方針に、桶本も賛成してくれた。

「桶本さんには、まだまだ頑張ってもらわないと」

芝野はネギマをかじりながら、桶本の反応を窺った。この一ヵ月は口にしなくなっていたが、それまで何度も退職を願い出ていた。

「そうやって引き留めようとしても無理でっせ。わしの技術は、もってあと三年。できたら、この年末あたりで終わりにして欲しいんですわ」

体力の衰えと藤村を失った喪失感が、桶本に退職を決意させたらしい。

「まあ、そう言わず、これからも末永く我々を助けてくださいよ」

芝野は焼酎の水割りのお代わりを作りながら、桶本の情に訴えた。

「なんか、変な気分ですなあ。来て半年も経たへん専務にそんな風に言われるのは」

「何言ってるんです。私こそあと半年も保《も》たないかもしれませんよ」

「いや、ようやってはりますよ。三月《みつき》続いたら焼酎一本おごるって浅子さんと賭けしたんですけど、わしの負けですわ。エリート街道まっしぐらの人に、こんな油まみれのしょぼい仕事なんて絶対無理やと思ってました」

笑えない話だったが、なぜか芝野は嬉しかった。すぐに弱音を吐くと誰もが思っていたはずだ。おそらく自分自身も。なのに、気がつくと四ヵ月が経っていた。

芝野は苦笑いを浮かべ、ウーロン茶のお代わりを頼んだ。

「本当は、私自身も驚いているんです。でもね、さっき桶本さんと田丸君の様子を見ているうちに何だか胸が熱くなってね。ここで仕事できて良かったったってしみじみ思いましたよ」

「まあ、浅子さんも気張ってはるし、望ちゃんも張り切ってる。おかげで、辞めさしてくれと言えんようになってしまいました」

「それは願ったり叶ったりです。私は、もう一度、東大阪にマジテックありって言われるようにしたいんです」

「ほんま、けったいな人やな」

桶本はそう言いながらも笑顔になった。

「どうです、一杯。梅干し割、いけまっせ」

「ありがとうございます。戴きます。ただし焼酎抜きで」

芝野はある理由から酒を断っている。それを知っている桶本は氷と炭酸水、さらに大きな紀州梅をひとつまるごとグラスに放り込んで、芝野に渡した。

「ほな、けったいな専務に乾杯しましょか」

芝野はどう応えればいいのか分からないままに乾杯した。酒は入ってなくても十分うまかった。

「梅がええんです。女将が紀州出身で、実家で作った梅を自分ちで漬けてるんですわ。漬け方にコツがあるそうで、この味を知ったら他の梅では飲めません」

桶本も旨そうに梅干し割を飲んだ。

「それで専務、お話って何ですか」

芝野は望と宇都宮を回った時に聞いた「父子の夢」の件を話した。

「望ちゃん、その話、専務にしたんですか」

クリーンディーゼルエンジンの自動車を造るという藤村の夢を、桶本も知っているようだった。

「残念ながら、あれは与太話の類《たぐい》ですな。今日びの自動車なんぞは最先端技術のデパートみたいなもんです。町工場のオヤジが手作りでできるシロモノやない」

　桶本の見解は正しいと思った。芝野自身も調べてはみたものの、ガソリンエンジンとディーゼルエンジンの違いを述べた解説を読むだけで目眩《めまい》がするほど、自動車は高度なハイテク製品だった。

「なのに藤村さんは、研究してたんですよね」

「やってましたな。けど、クリーンディーゼルエンジンの仕組みを理解できるもんなんて、ウチには誰もおりません。まあ、望ちゃんが〝博士〟の遺志を継ぎたい気持ちは分かりますけど、知識を身につけるのは、田丸が一人前の職人になるより時間がかかりますやろな」

　実のところ、そこに突破口が開けるのではないかという淡い期待が、芝野にはあった。だが桶本の反応を見る限り、とてつもなく無謀なようだ。だからといって、簡単に諦めるのも癪《しゃく》だった。

「藤村さんの研究開発を継ぐ人さえ見つかれば、実現できるものなんでしょうか」

「何とも言えまへんなあ。せやけどな専務、町工場がロケット造ったり、クリーンディーゼルエンジンを独自で開発したりという発想は、捨てはったほうがええなあ。わしらにできるんは、その中の限られた部品一個の金型をきっちり作ることだけですわ。ただし、それがなかったらロケットは宇宙まで飛ばへんし、エンジンはクリーンな排気ガスが出せへんような部品なんやけどね」

つまりクリーンディーゼルエンジンでもそういう部品が製造できるなら、マジテック再生のための打ち出の小槌《こづち》になるかもしれないということだ。

芝野は梅干し割ソーダをひと口飲んで、桶本に尋ねた。

「その発想は藤村さんにもあったのでは？」

「何の発想です」

「その、クリーンディーゼルエンジン製造の決め手になる部品を開発するという発想ですよ」

「どうかなあ、何か言うてはった気もしますけど、覚えてまへんなあ」

もしかしたら藤村が遺《のこ》した膨大な資料の中に、お宝が眠っているかもしれない。今まで萎えていた気分が一気に吹き飛んで、芝野は腰を上げた。

「どないしはったんです」

「ちょっと会社に忘れ物したのを思い出しました」

桶本は呆れ顔で見上げていたが、止めはしなかった。

「色々ありがとうございました、桶本さん。ここの支払いは私がしますので、好きなだけ飲んでください」

彼はそう言うと、戸口で梅干し名人の女将に、一万円札を渡して店を出た。湿っぽい六月の風が芝野の頬を撫でた。だが今夜は、それが爽快に思えた。

8

二〇〇八年六月七日　東大阪市西堤《にしづつみ》

雨がさらに激しくなってきた。雨音がやたらと耳を打つ。それが藤村家にいる芝野のいたたまれない気分を増幅した。鯛の活け造りや大きな寿司桶、大瓶ビールなどが置かれたテーブルを挟んで、浅子と二人の息子が顔を揃えていた。藤村が亡くなってから実家に寄りつかなくなった長男の朝人が、この日久しぶりに帰ってきたのだ。

会社がある森下から歩いても一〇分もかからない西堤に、浅子は望と二人で住んでいる。七〇坪の土地に建つ二階建ては、四人家族の藤村家には程よい広さだったのだろうが、二人暮らしになった今では広すぎるようだった。一階の座敷から眺める庭は雑草が伸び放題で、浅子の日々の暮らしぶりが察せられた。

「何やて、あんたもういっぺん言うてみい」

終始明るく振る舞っていた浅子の顔が歪み、声を張り上げたことで、芝野は室内に視線を戻した。

「ずっと行きたかったんだよ、オランダに。あそこは今、ウチとフィリップス社との合弁会社があって」

「そんなこと聞いてへん。あたしが聞いてるのは、マジテックをどうするつもりかってことや」

母親から詰問されると、朝人は箸をテーブルに置いて答えた。

「正直に言えば、今のところ、戻るつもりはない」

「何やてえ、あんた、どういうつもりや！」

母親から怒りをぶつけられた朝人は、神経質そうに眉間に皺を寄せた。芝野の記憶にあるのは、銀行マンとしてなにわのエジソン社を再三訪れていた頃の朝人だった。朝人少年は、おとなしいおっとりした印象があった。とにかく工作が大好きで、父親の仕事を熱心に眺める目は今もよく憶えている。

その彼も、今や二八歳になっていた。少年時代の面影は消え、少し猫背気味の姿にはサラリーマンの悲哀が滲んでいる。いくつもの企業を再生してきた中で芝野が出会った、典型的な〝技術系社員の顔〟だった。

「僕は技術者としてまだ半人前やねん。こんなんでマジテックに戻ったかて、何の役にも立たへん。とにかく今は、一流になるチャンスを失いたくない」

「都合のええこと言わんといて。その間にウチの会社が潰れてしもたかて、大手メーカーの会社員のあんたには関係ないことやしな」

「お母ちゃん、兄貴がまだ話してるのに、しょうもない嫌み言うのやめたれや」

望がたまらず仲裁に入った。兄と母のやりとりをじっと聞いていたが、遂に我慢できなくなったのだろう。

「どこが嫌みなんよ。この子は、自分のことだけ考えてるんやで。嫌みのひとつも言わな、やってられへんわ」

「兄貴、気にせんでええで。言いたいことあったら言いや」

弟に促されて、朝人は再び口を開いた。

「今が正念場やねん。僕はずっと会社の主力であるパネルディスプレイをやってきたんやけど、去年の年末から、次世代テレビの開発セクションに移った。会社で一番優秀な人らが集まってんねんけど、僕はそこで自分の未熟さを思い知った」

入社三年余りの朝人は、企業内技術者として最初の壁にぶち当たったのだろう。芝野には、朝人の状況がよく理解できた。

「毎日、僕だけチームの中で置いていかれてるみたいな気分なんや。大学で勉強したことも、入社してから積んできたキャリアも、全然歯が立たへん。そんな時、オランダの研究機関へ留学する話が来たんや。省エネテレビの開発という分野の違うもんやけど、日本にいるより勉強できることが多そうなんや」

「さっきから自分の話ばっかりやないか。お母ちゃんが聞きたいんは、あんたはマジテックをどう思ってるのか、ちゅうことやねんけど」

朝人はしばし躊躇するように目を伏せたが、やがて首を左右に振った。

「ごめん、今は自分の将来のことしか考えられへん」

「この恩知らず！　あんた、誰のおかげで大きなったと思てんねん！」

浅子が怒鳴りながら手元のふきんを朝人に投げつけた。勢い余ってふきんは彼の頭上を越えて、後ろの壁に当たり畳の上に落ちた。

「もうええやんか。兄貴の好きにやらしたったら」

望が兄に加勢して、浅子の怒りはさらに激しくなった。

「さすが、アホなだけあるわ。あんた、兄ちゃんのこんな勝手な言い分聞いて腹立たへんのか」

「兄貴は立派やと思うよ。ちっちゃい頃から、お父ちゃんとお母ちゃんの期待を押しつけられて、自分の好きなことを我慢してきたんや。会社に勤めたんかて、お父ちゃんに言われたからやないか。今まで何にも我を通したことのない兄貴が、初めて自分でやりたいと言うてんねん、やらしたったらええやろ」

予想外の反撃に浅子は呆然としている。

芝野も、望の言葉に驚いていた。以前の望は何事にも「損得勘定」を基準にするところがあった。「俺ばっかり貧乏くじ引かされて、しんどいことばっかり押しつけられてる。それに引き替え兄貴は一流企業に就職してるし、きれいな嫁はんもろてる。おまけに、家にも寄りつかへんねん。ひとりだけ逃げたんや」と愚痴っていたのを聞いたこともある。

「第一、今の状態で兄貴に戻ってこられて、何やってもらうねん。まともに製品ひとつ作れへん中途半端な技術者もどきがマジテックを立て直せると思てんのやったら、お母ちゃん、相当甘いで」

望はそう言うと、仕出しのにぎり寿司をひとつつまんだ。

「あんたは、ほんまにそれでええんか。このままやったら、兄ちゃんが日本に戻ってきた時には、マジテックはこの世から消えてるかもしれへんねんで」

「おかん！　あんた、ほんま失礼なおばはんやな。芝野さんの前でそんなん言うやんて、どんな神経しとんねん。日夜マジテックのために走り回ってくれてる芝野さんの努力を、おかんはバカにするんか。俺らみたいな出来損ないばっかりを抱えて毎月給料が払えてんのは、芝野さんや桶本のおっちゃんのおかげとちゃうんか。それを忘れて、こんなやる気のない男に何を期待すんねん」

浅子は何か言い返したいようだが、興奮のあまり言葉が出ないらしい。

「いや、私は大してお役に立ってませんから、気にもしていませんよ。しかし浅子さん、外野がとやかく言うことではないと思いますが、望君の意見は筋が通っていると思います」

「芝野さんまで、そんな。うちが気にしてんのは、そういうことやないんです」

もどかしそうに訴える浅子の目には、うっすらと涙が浮かんでいた。芝野には、彼女の気持ちも痛いほど分かった。

「分かりますよ。家業が苦しい時に、長男の朝人君が無関心のように見えるのが悔しいんでしょう」

浅子は全身の力が抜けたように頷いた。

「本当は朝人君だって色々考えていると思いますよ。ただ、物事には時期やタイミングがある。大企業の一技術者としてのキャリアを積もうとしている朝人君に、いきなり中小企業のトップになれというのは、無理な話です。彼が戦力となるのは、しっかりと研鑽を積んでからでしょう」

「いや、芝野さん。僕はそんな立派やないです。正直、自分のことで精一杯です。せやから、母にどんなに罵声浴びせられてもしゃあないんです。ただな、お母ちゃん、ひとつだけ言わせて欲しいねん」

朝人が、改まって浅子に向き直った。

「マジテックを僕以上に愛しているのは、望やねんで。こいつ、芝野さんが来てからめちゃくちゃ変わった。立派な営業マンになったし、会社のことを真剣に考えてる。せやのに、お母ちゃんは望を一向に認めんと、僕にばっかり期待を寄せてる。それでは、望があんまり可哀想や」

望が、わずかに身じろぎした。

「兄貴、やめてくれ。僕らを捨てて自分だけヨーロッパに逃げていく奴に同情されたない」

つっけんどんな物言いだったが、望の表情はどこか晴れやかだった。

「実はな、最近は望と外でよく会《お》うてるねん。こいつ、マジテックのことで相談しに来よるんや」

「兄貴、それは内緒やろ」

望が困ったように言ったが、朝人は気にも留めずに続けた。

「お母ちゃん、こいつは、ほんまに一生懸命やで。寝ても覚めてもマジテックのことしか考えてへん。芝野さんを心底尊敬してるし、修業している親友の田丸君をずっと励まし続けてんねんで。お母ちゃん、知ってるか？　こいつ、ヘトヘトになって帰ってくる田丸君のために食事の用意したり、代わりにコインランドリー行ったりしてるんやで」

「兄貴、もうええて。何の取り柄もない俺には、それぐらいしかでけへんだけや。大したことしてへんのに、そんなに持ち上げんといてくれ」

朝人はやめなかった。

「なあ、お母ちゃん、今のマジテックを陰で支えてんのは望やで。こいつこそ後継者や、と僕は思う。せやから、望の頑張りをもっと認めてやって欲しい。ふがいない長男でお母ちゃんには申し訳ないけど、望がいてくれるんやったらマジテックは踏ん張れると思う」

「何や、あんたら。お母ちゃんの知らんとこで勝手にそうやって何でも決めて。あほらしなってきた。もうやめや」

何かが弾けたように、浅子が開き直った。親はなくとも子は育つの例えではないが、親が気づかないうちに子供は逞《たくま》しく成長する。尊敬する父の死と家業の危機によって、藤村家の息子たちは一回りも二回りも成長したのだろう。

「まあ、おかんも拗《す》ねとらんと一緒に頑張ろうや。なんせ俺らは、あんたにケツ叩かれな働かへんよってなあ。ねえ、芝野さん」

「おっしゃる通り。浅子さんが睨みをきかせてくれないと、会社に緊張感が生まれませんから」

「嫌やわ、芝野さん。そんなんまるでオニ婆《ばば》みたいですやんか」

浅子がシナを作ると、子供たちが気味悪がってのけぞった。

雨降って、地固まる――。藤村家全員が久々に笑い声を上げた瞬間を見て、芝野は改めて逆境がもたらす結束力を感じていた。

「ところで浅子さん、不躾《ぶしつけ》なお願いなんですが、藤村さんの書斎を拝見できませんか」

藤村が遺したお宝――桶本と飲みに行った夜からずっと気になりながら、遠慮が先に立って言い出せなかった。ビールをうまそうに飲んでいた浅子が、怪訝そうな顔をした。

「芝野さん、急にまた、何ですのん？」

「藤村さんが研究していたというクリーンディーゼルエンジンの資料を、先日から望君と一緒に捜しているんですが、会社では見つからないんです。もしかしたら、ご自宅にあるんじゃないかと思って」

そう聞いてもまだ、浅子にはピンとこないようだった。芝野は、桶本から聞いた藤村の夢をかいつまんで説明した。

「へえ、〝博士〟、そんなこと考えてたんですか。それは知りませんでしたわ。ほんなら、好きなだけ捜してください」

芝野を案内しようと、望が腰を上げた時だった。朝人が、弟を止めた。

「クリーンディーゼルってコモンレールに関することですか。いや、その資料なら僕が預かってます」

なんだって！

「父が亡くなる半年ぐらい前です。コモンレールについて僕の意見を聞きたいと言うて、いきなり研究所に来て資料を押しつけて帰ったことがあったんです。ただ、僕にはディーゼルエンジンの構造なんて分からなかったんで、大学時代の友人で、自動車メーカーに就職した人間に聞いてみようと思いながら、そのままになってました」
どうやら、神さまはときどき粋《いき》な計らいをするようだ。

第三章　限界

1

二〇〇八年六月一四日　兵庫県高砂

芝野は藤村家の二人の息子とともに、播磨灘《はりまなだ》に面した鍛造メーカー、針間鍛工《はりまたんこう》を訪れていた。朝人の伝手でコモンレールについて詳しい人物を見つけたので、無理を言って休日に講義を請うたのだ。

鍛造とは金属に圧力を加える技術で、金属内部にある微細な隙間を潰し、強度を高める金属加工を言う。日本では、日本刀や火縄銃の銃身の製造技法のひとつとして古くから盛んだったが、その技術が現代で進化したとも言える。最近では、自動車エンジンのピストンやカムシャフトなど高温高圧で激しい動きをする部位にも使われていると、朝人が教えてくれた。

針間鍛工はその分野のトップメーカーで、かつてはマジテックも鍛造工作機械の改良品や金型を納品していた。休日にわざわざ時間を割いてくれたのも、そのよしみと思われた。

社長の伏見《ふしみ》忠則《ただのり》は芝野と同世代で、鍛造一筋にやってきた職人らしい風格があった。伏見はポロシャツにチノパンというラフな姿で出迎え、挨拶もそこそこにスクリーンが用意された会議室へと三人を案内した。日差しの強い蒸し暑い午後だったが、部屋は冷房がよく効いていて、スーツを着ていた芝野は人心地がついた。

「コモンレールシステムを理解するためには、まずディーゼルエンジンとは何かを知ったほうがいいでしょうね」

全員が席に着くと、伏見は技術者らしく前置きなしに本題に入った。車の仕組みについて知識のない芝野は、エンジンのイロハから説明してもらえることに素直に感謝した。

部屋に暗幕カーテンが引かれ電気も消されると、スクリーンに画像が浮かび上った。

「基本中の基本を言えば、ガソリンも軽油も、元は石油です。原油を加熱すると、成分ごとに沸点が異なるために分離します」

ガソリンは約三〇～二〇〇度、軽油は約二〇〇～三五〇度が沸点と言われている。

「ガソリンのほうが揮発性が高く、常温でも引火しやすいが、軽油の場合はそうでもありません。ただ、軽油は高温高圧時に自然発火しやすいという特徴があります」

ガソリンと軽油の対比図がスクリーンに映し出された。メモをとろうとした芝野を見て、伏見がファイルを配った。

「同じものをまとめてあります。後ほど、DVDにデータを焼いてお渡しします」

「助かります。まるで素人なもので」

芝野はファイルの中からスクリーンの図と同じプリントを探しながら、礼を言った。

「まず、エンジンの仕組みを単純にご説明します。エンジンとはシリンダーという筒で燃料と空気を混ぜた混合気を燃焼させ、そこで発生した熱エネルギーでシリンダー内のピストンが動き、車が駆動するというものです」

スクリーンに、ガソリンエンジンのアニメーションが現れた。混合気が圧縮・着火・燃焼した後に運動エネルギーとなる様子が、分かりやすく説明されていた。

愛車の基本ですら理解するのがひと苦労な芝野には、順を追ったアニメーションでの説明はありがたかった。一方、望は隣で夢中になって聞いている。

「ガソリンエンジンで重要なのは、点火プラグです。片やディーゼルエンジンは高温高圧によって自然発火を起こすため、点火プラグの必要がありません」

ガソリン車とディーゼル車の大きな違いは、混合気の圧縮率の違いだ。ガソリンエンジンの場合は、混合気は一〇分の一程度まで圧縮されるが、ディーゼルエンジンなら、およそ二〇分の一まで圧縮される。気体温度は圧縮によって上昇し、それによってディーゼルエンジンのシリンダー内は六〇〇度にまで上昇し、そこで軽油が自然発火、シリンダー内のピストンが運動を始めるのだ。

「東京都知事が、煤《すす》を詰めたペットボトルを手にして、『ディーゼルエンジンは空気を汚している。けしからん』とディーゼル車を糾弾したことがあるのを覚えていますか」

「確か一九九〇年代の終わり頃でしたよね。ディーゼル車は、汚い、うるさい、臭いと言われて、東京都では以来、規制値を満たさないディーゼル車が走れなくなった」

〝ディーゼル車NO作戦〟と名付けられた政策のうねりは、その後全国に広がった。

当時、ディーゼル車の行末《ゆくすえ》に興味はなかったが、都知事のパフォーマンスは妙に芝野の記憶に残っている。

「都知事が空気を汚していると非難したのは煤です。二酸化炭素の排出量は、実はガソリン車より少なかったんです。煤とは軽油の燃えかすです。シリンダー内ですべての軽油を燃焼し尽くせば、さほど排出されないのですが、ディーゼルの場合はシリンダー内で混合気を作るために、どうしてもムラができてしまう。そのため燃え残りが出てしまいます」

ディーゼルトラックが排気口から黒煙を吐き出すことがあるが、これも燃焼ムラが原因だ。またアイドリングの際に、ディーゼル車独特の高いエンジン音がするのも同様だった。

「ディーゼル車の大きな課題は、混合気をいかにムラなく燃焼させられるかにありました。その切り札が、コモンレールシステムなんです」

冷えた缶コーヒーを配りながら、伏見は淡々と説明する。スクリーン上に細いパイプのような画像が映し出された。パイプからは下向きに四つの接続口が伸びている。

「これがコモンレールです。日本語では蓄圧室と呼ばれています。やや意訳ですが、このレールの先にインジェクターという軽油噴射ノズルが付き、そこにＥＣＵという電子制御装置が接続されるとコモンレールシステムになるわけです」

芝野は噴射ノズルを食い入るように見つめた。藤村が書き遺した〝夢のクリーンディーゼルエンジン開発〟というノートにも、同じイラストが描かれていたのを思い出した。

「このシステムによって煤の発生がグッと抑えられたんです」

従来のディーゼルエンジンとコモンレールシステムのクリーンディーゼルエンジンとの対比図が、映し出された。明らかにコモンレールシステムのほうが、シリンダー内の燃え方が均一かつシャープであるように芝野には見える。望も身を乗り出し、両者を見比べて唸り声を上げた。

「コモンレールによって、一万分の数秒単位で軽油の噴射時間を調整することが可能になりました。シリンダー内の最適燃焼を常にマネジメントできるようになり、窒素酸化物とPM（粒子状物質）を低減できるわけです」

この複雑なシステムを、芝野はほとんど理解できなかった。ただ、涙ぐましい努力によって、一〇年前に比べ八五％も有害物質の排出量を減らしたというのは分かった。同時に、そんな超高度な技術に、果たしてマジテックが対応できるのかと不安になった。

「ECUの主な役目は何です」

朝人が家電の開発者らしい質問を口にした。

「コモンレールシステムがデリケートかつ瞬時に反応するための〝司令塔〟ですね」

「自動車は走る先端科学と言う人がいますが、まさにその通りですね。すべての部品からボディのフォルムまで、世界の最高の技術が集積されている気がします」

少年のように目を輝かせた朝人を見て、芝野はつい〝いつか、マジテックでこんな姿を見せてくれればいいのだが〟と思ってしまった。

「さて、そこでお尋ねの藤村さんのノートですが。まあ、私のような鍛造屋が言うのは甚《はなは》だおこがましいんですが、この図面のレベルで開発に参画するのは厳しいでしょうね」

「コモンレールシステムには、まだまだ開発の余地があるそうやないですか。いずれクリーンディーゼル・ハイブリッドも開発されるとか。以前、プリンタのインジェクター開発を手がけたことがあるんですけど、それを応用するのは無理ですか」

望が負けじと返すと、伏見は缶コーヒーのプルタブを引いてから答えた。

「ウチはある会社に頼まれて、このインジェクターの外枠やコモンレールを作っているんです。ただ、我々が分かるのは外枠だけですから、知り合いに尋ねてみました。その誰もが、コモンレールのインジェクターを作る技術レベルは、プリンタとは比較にならないほど高いと言ってます。先ほど朝人君が言ったように、自動車は今や最先端のハイテク機器がふんだんに使われています。失礼を承知であえて言いますが、町工場が太刀打ちできるレベルにはありません」

まるで死刑宣告だった。望はがっくりと肩を落とし、朝人は唇を嚙んでいた。芝野の不安が的中した。

伏見は缶コーヒーをひと口飲むと、「甘いな」と言って顔をしかめた。

2

二〇〇八年七月二二日　大阪市梅田

大阪市梅田にあるホテル、ザ・リッツ・カールトン大阪は開業以来、国内ホテルランキングで常にトップクラスを維持している。

その情報だけで、村尾の足を運ぶ気持ちは萎える。前に来たのは三年前の冬だ。火を入れた暖炉のある瀟洒《しょうしゃ》なロビーで待つ間、周囲の客と自分を比べて「明らかに場違いで浮いている」と僻《ひが》み、そして落ち込んだ。クソ丁寧に応対するホテルスタッフにもバカにされた気がした。以来、努めてこのホテルには足を向けないようにしていたのだ。

なのに、今日は先方がこのホテルのスイートルームでの面談を求めてきた。

午前中ですでに三〇度を超える暑さでへバっていたのが、さらに苦手な空間に身を置いて、不快指数はハネ上がった。

待ち合わせ相手とおぼしき人物の姿はまだ見つからない。村尾は仕方なく、派手な花柄ワンピースを着た恰幅《かっぷく》の良い中年女性が座っているソファに腰を下ろした。

今日の暑さは格別で、空調の行き届いた館内に入ってからも、汗は一向に引かない。ネクタイを緩めワイシャツの第一ボタンを外し、汗臭いハンカチで首筋や顔の汗をぬぐった。

最悪なことに、隣の女性の香水の臭いがきつすぎて噎《む》せそうだった。何となく視線を感じて女性を見ると、顔をしかめられた。お上品なホテルのロビーにおまえはふさわしくない、とでも言いたげだ。

ばかばかしいと思ってタバコをくわえた。

「ここは、禁煙です!」

女性のヒステリックな声が飛んできた。

火は点けてないと屁理屈《へりくつ》を返そうとしたが、大人げないと思いなおして頭を下げた。

「失礼ですが、村尾さんですか」

顔を上げると、このくそ暑い中、スーツのボタンをきっちり留めた男が立っていた。ネクタイや時計など身につけている物はどれも高級品ばかりだ。

「ホライズン・キャピタルの隅田《すみだ》と申します」

声も渋い。絶対にツレにはならんなと思いながら、村尾は卑屈な笑みとともに名刺を差し出した。

「浪花信用組合の村尾と申します」

「暑いですね」

エレベーターホールに向かいながら、隅田が親しげに話しかけてきた。

「大阪の夏は格別です」

「確かに。東京も暑いと思いましたが、こちらの暑さはその上をいってます」

「太閤《たいこう》さんの怨念が街を焼いているからや、と言う人もいます」と口にしてから、アメリカ人には意味不明だろうと後悔したら、「徳川家への怨念ですか」と即答されて驚いた。

「まあ、逆恨みでしょうな。それにしてもよくご存じで。隅田さんは日系アメリカ人ではないんですか」

「私は、生まれも育ちも日本ですよ。出身は広島です」

「そうですか。トミナガさんがアメリカ生まれだと伺っていたので、てっきり隅田さんもそうかと思いました」

「よく言われますが、私がアメリカにいたのは五年ほどです」

そこでエレベーターが目的階に到着した。部屋に入る前に隅田がおもむろに立ち止まった。

「ひと言だけお断りしておきます。弊社のトップに、お追従《ついしょう》や世辞は無用です。彼女が求めているのは事実だけです」

村尾は心得たという意味で、強く頷いた。

「それと、彼女を見た目で判断しないでください」

「どういう意味ですか」

「一見、日本人女性ですが、頭の中は生粋のアメリカ人、しかも生き馬の目を抜くウォール街で成功した猛者《もさ》です」

それがどうした、ここは大阪やと言ってやりたかったが、おとなしく了解したと返した。

ドアの前に立つ隅田の背中が、心なしか緊張したように見えた。

案内された部屋は、やたらと広いスイートルームだった。女社長は窓際にある大きなソファに座っていた。

「浪花信用組合の村尾さんをお連れしました」

童顔の丸顔が白い歯を見せた。村尾がインターネットで調べた情報では、ウォール街ではハードネゴシエイターとして知られ、アメリカ本社の最年少パートナーになるのではと目されているほどの凄腕だとあった。だが、どう見ても小娘にしか見えない。

「ハゲタカ」と呼ばれる〝人種〟に初めて会った村尾は、拍子抜けした。それでも気を取り直して、前夜から練習してきた片言の英語で挨拶した。

「初めまして、浪花信用組合の村尾と申します。このたびは、私の提案に注目いただき感謝申し上げます」と言ったつもりだった。

相手は笑顔で何度か頷いたが、隅田と英語で何か会話したのが聞こえ、それが村尾を傷つけた。「日本語でいいわよと言ってあげなさい」と言った気がしたのだ。

ようやく引きかけていた汗が再び噴き出した。

「私が通訳しますので、日本語でどうぞ。トミナガは、村尾さんの提案に大変強い興味を持っています。なので、これからのミーティングが楽しみだと」

女社長は立ち上がるとダイニングテーブルに向かった。豪華な革張りの応接セットがあるにもかかわらずだ。おそらく自分は客と見なされていないのだろう。

「早速ですが、私たちのほうでもマジテックという会社を調べてみました」

席に着くなり隅田が話し始めた。村尾は慌てて革鞄の中から資料を取り出した。

「技術的に面白い特許をたくさん持っているようですね」

「そうなんです。ざっと調べただけでも約三〇〇ほどの特許を保有しています」

「ただし、海外での特許取得数が少ない。ほぼゼロに近い」

それは知らなかった。

「何か問題がありますか」

「マジテックが日本で特許出願した後に、欧米の会社がほぼ同様の特許を出願しています。その結果、その特許を用いた製品が当該国に輸出された場合、法的衝突が発生する可能性があります」

「それは、国際特許というやつですか」

小笠原にマジテックが保有している特許権の数と内容を簡単に調べさせただけで、

村尾は特許に詳しくない。

「国際特許という概念はあるのですが、制度はありません。国内で特許出願されると、一定期間の後は保護されますが、やがてそれを基に他国でも出願できる制度として特許協力条約《PCT》というのがあります。ただし、それも出願を簡便化するあたりまでは多くの国で実現していますが、最終的な特許権取得はそれぞれの国で審査される必要があります」

それはまた面倒な話だ。

「では、マジテックの特許は無意味だと？」

それまで沈黙を守って隅田の通訳を聴いていたトミナガ社長が、村尾の問いに反応した。

「無意味なのではなく無価値だと、社長は言っています」

意味は一緒だろ。

隅田の通訳は続いた。

「我々としては、買収した企業が保有している特許権は、主要先進国でも有効であって欲しいと思っています。したがって、マジテック保有の特許内容をしっかりと精査《デューデリ》する必要がありますね。評価はそれからです」

「そのデューデリは、そちらでお願いできるんですか」

いきなりトミナガ社長が小馬鹿にしたように鼻から息を抜いた。

「何でしたら業者はご紹介しますが、費用はそちらでお願いします」

隅田は丁寧な口調だが、交渉の余地は与えないつもりのようだ。

「それと、御社で確保されている債権の額ですが」

隅田が話題を変えた。

「今のところ額面で五〇〇〇万円ほどです」

「それは、総額の何割程度ですか」

「五分の一ですかね」

呆れたように女社長が首を振った。

「私たちが動いていると知れば、債務者は皆、債権の値《ね》を上げますよ。そうなれば、買収の最適額を超えてしまう可能性があります」

隅田が口にするのは否定的な可能性ばかりだ。大事なのは結果だろうが。

「過程はともかく、私たちがマジテックを買って、そちらに転売できれば問題はないんでしょう」

「その通りです。しかし、弊社の買収額の条件は変わりませんよ」

ホライズンが提示した額は五〇〇〇万円だった。そのためには、約二億五〇〇〇万円ほどの債権を一割五分以下で買い集めるのが理想だ。当初は、平均三割で買い集めれば儲けが出ると考えていたのだが、さすがにハゲタカはシビアだった。

すでに一〇〇〇万円近い費用がかかっている。このままだと債権を買うだけで予算をオーバーする可能性もある。ある程度は、村尾が信組内で粉飾して誤魔化すつもりだった。はっきり言ってしまえば、上手に信組のカネを使い、自分が損しなければそれでいいのだ。

マジテックをホライズンに叩き売った暁《あかつき》には、浪花信組を退職してやる。そのために、この〝ディール〟では私腹を肥《こ》やすことも計画していた。

「なぜ、債権買い付けに、そんなにもたついているんです？」

トミナガ社長が質問を発し、隅田が訳した。

「お恥ずかしい話ですが、当組合に資金力がないためです」

「資金力がないって、たかだか五〇〇〇万円のことでしょう。いくら零細信組でも、その程度のカネが動かせないでどうするんですか」

通訳する隅田の口調にも憤りが混ざっている。

「まったくおっしゃる通りです。しかし、大阪の零細信組なんてそんなものです。そこでご相談があります」

　ここは腹を括《くく》るしかない。

「私にご融資いただけませんか」

「村尾さん、おっしゃっている意味が分かりませんが」

　隅田が通訳せずに尋ねた。

「先日、お電話でご説明したように、この案件について上司をはじめ組合の上層部は及び腰になっています。ついては、私個人でビジネスを進めたいと考えています。もちろん、最終的には信組の追認を取ります。しかし、こういうものは結果オーライのほうがうまくいくんです」

　二人は理屈は理解したようだ。村尾は続けた。

「先日お約束した成功報酬を頂戴できるのであれば、それを担保に私に二〇〇〇万円、ご融資いただきたい」

　明らかな背任行為だった。だが買収が完了すればすぐに、今つきあっている女と二人で海外に行き、贅沢《ぜいたく》三昧に暮らすつもりだ。たとえ背任が明るみになっても、その時はもう日本にいない。

　トミナガ社長が一方的にまくし立て、それを隅田が穏やかに返すというやりとりが、五分ほど続いていた。その間に村尾はタバコをくわえかけたが、トミナガ社長が鋭い一瞥《いちべつ》とともに「NO！」と言うので、おとなしく従った。

水一杯出してくれないために、喉の渇きが限界に近づいていた。

「お水を一杯戴けますか」と口を開きかけた時、彼らの会話が終わった。

「村尾さん個人に融資する話は、法的な手続きを踏んでもらえれば了解します。ただ、そのためには条件があります」

喉の渇きが辛かったが「何でしょうか」と返した。

「マジテックを買収する際、同時に『なにわのエジソン社』も手に入れてください」

「なにわのエジソン？　その会社が今のマジテックなんですけど」

「あなた、そんなことも知らないでビジネスを持ちかけたの！」

いきなりだった。トミナガ社長が立ち上がり、日本語で怒りをぶつけてきた。

「日本語が、おわかりになるんですか」

カラカラに涸《か》れた声を振り絞った。

「そんなことは、どうでもいいわ。あなた、勉強が足りないわよ！」

トミナガ社長は仁王立ちして睨みつけている。しばらくその姿勢を崩さなかったが、やがて立ち上がった時と同様に勢いよく椅子に座った。

「なにわのエジソン社は一九九六年に、大阪市内に本社がある英興技巧《えいこうぎこう》という中堅企業に売却されています」

隅田が説明してくれたが、村尾には戸惑いしかなかった。

「申し訳ありません。意味が分からないんですが」

「つまり、マジテックは、なにわのエジソン社が社名変更したわけではなく、まったくの別の会社だということです」

「しかし、マジテック本社はエジソン社があった東大阪第二工業団地にありますよ」

「なにわのエジソン社を売却する直前に登記変更をして、なにわのエジソン社の本社は移転されました。そして、同社が保有する特許権と社名を英興技巧が買収したのです」

特許と社名だけを買収しただと。

「そんなことが可能なんですか」

「珍しいですが、不可能ではありません」

「英興技巧に何の得があるんですか」

「同社は、なにわのエジソン社が保有する特許権が絶対必要なヒット商品を有していました。特許が切れるのは随分先だったようです。さらに、英興技巧が開発を目指している他の商品でも、エジソン社保有の特許権が必要だった」

村尾が話についてきているのかを確認するように、隅田が視線を投げてきた。

「一方のエジソン社は大きな負債を抱えていたため、自社の特許権とブランドを売ることで、リスタートを切った。そういう事情のようです」

支店に戻ったら、小笠原に蹴りを入れようと思った。こんな重要な情報をあいつが伝えないから、俺は今、外資の連中にバカにされている。

「なにわのエジソン社を売却したのは随分前ですよね。同社が保有していた特許権もすでに期限切れではないのでしょうか」

「特許権の存続期間は、出願から二〇年と日本の特許法で定められています。したがって、大半は生きています」

隅田は機械のように回答した。

「なるほど。それにしても十数年前の特許なんて欲しがる人がいるんですか」

「それは、あなたの考えることじゃないわ。とにかく私たちは両方同時に欲しいの。You know what I mean？」

苛立ちを隠そうともせず、トミナガ社長が村尾を指さした。

「失礼しました。では、その方向で検討します」

「いや村尾さん、検討では困ります。それが最低条件です。両社を同時取得することを条件に、五〇〇〇万円をご融資します」

隅田に突き放されたことより、融資額に驚いた。俺は二〇〇〇万円でいいと言ったんだ。なのに五〇〇〇万円も出すということは、なにわのエジソン社保有の特許権にそれだけの価値があるという意味に違いない。

「エジソン社とセットでのご提供なら、買収価格も一億円にしてもらわないと」

「七五〇〇万円。弊社の査定では、それで十分だと判断しました」

これ以上の反論は無用だった。取引もない英興技巧への接触方法も、同社が保有している元なにわのエジソン社の特許権を買い取る方法も、今はまったく思いつかないが、ここはすべてを呑み込むのが得策だ。それが無理なら、俺は貸し付けてもらったカネを持って逃げればいい。

「すべて了解しました。では、ご融資のほうをよろしくお願いいたします」

「早急に契約書を作成します。その後、弊社の顧問弁護士から連絡させます」

そう言ってトミナガ社長の方を見ると、彼女はブラックベリーにしきりに何かを打ち込んで、こちらを見ようともしない。

すでに用件は終わった、という意味なのだろう。

3

二〇〇八年七月二二日　東大阪市小阪《こさか》

　奈津美は、操《あやつ》り糸が切れたように脱力してしまった娘の両腕を正視できなかった。胸が張り裂けそうだった。二度とこんな状態にさせないと誓ったのに。なのに……。

　昨日までは何とかやってきたのだが、今朝装着すると「痛い！」と叫んだのだ。しばらくはこれで我慢してと懇願して聞き分けてもらったのだが、やはり痛くて耐えられないようだった。遂に腕の部分の装置を外してしまった。

「ママ、大丈夫だよ。田丸ちゃんが直してくれるから」

　本人が一番辛いであろうに、希実は気丈に母を励まそうとする。奈津美は頬を伝った涙をぬぐい、娘を抱きしめた。

「そうだね。田丸ちゃんが来たら、またブロック遊びできるわね。それにしても遅いね」

　すでに連絡してから、二時間余りが経っている。自宅とマジテックの距離は、歩いても一〇分だ。奈津美は携帯電話を取り出して社を呼び出した。

「ああ、奈津美ちゃん、ごめん！　今、工場を出たから。もうちょっと待ってて」

電話に出た浅子の話では、連絡を受けてすぐに田丸と桶本の二人がかりで、新しい部品の製作に取りかかったそうだ。

「中森准教授《せんせ》が海外出張中なんよ。それで余計に手間取ってますんや。ほんまごめんねえ」

そんなに謝られたら、奈津美には何も言えなくなる。マジテック社には一銭の利益にもならないであろう作業なのに、希実のために最優先してくれているのだから。

やはり、別の方法を考えるべきなのだろうか。

中森は今回の海外出張で、アメリカで同様の難病と闘っている患者のサポート体制を調査してくると言っていた。場合によっては、費用はかかるがアメリカに製造を発注することも検討する、とも言われた。

ただ、体のサイズは患者一人ひとりすべて違う。そのためアメリカで作る場合は、希実を現地に連れて行って測定する必要があるとのことだ。

そんな費用をどうやって捻出すればよいのか。口にこそしたくはないが、結局のところ幸せはお金で買うものだという実感ばかりが募る。

ようやく玄関のチャイムが鳴った。

「えろう遅なってしもて、すんません！」

田丸が顔中に汗をかいて飛び込んできた。

「こんにちは」

笑顔で頭を下げる桶本も首筋の汗をぬぐっている。

「こちらこそ、いつも急ですみません」

「いや、もっと早《はよ》う僕が準備しておくべきやったんです。ほんま申し訳なくて」

何度も頭を下げる田丸を、娘の部屋に案内した。

「もう遅いわあ、田丸ちゃん！」

希実はふくれっ面をしているが、目は嬉しそうだった。

「ごめん、ごめん。えらい待たせてしもた。ほんま、堪忍や」

謝り続ける田丸を、「はよ、作業をせんかいな」と桶本は注意してから、手にしていたレジ袋を希実に向かって掲げた。

「部品の交換が終わったら、おっちゃんと一緒にたべような」

アイスクリームだった。

「うわあ、希実の大好物！　おっちゃん、ありがとう」

桶本は「どういたしまして」と希実の頭を撫でた。

「お気遣いいただいて、すみません」

「いや、こちらこそ田丸のボケナスをお許しください。私が知ってたら希実ちゃんにこんな思いをさせせんかったのに」

希実の成長にMGが対応できなくなっているという現状を、田丸は桶本に報告していなかったのだという。

「MGは自分の仕事だと思って報告を怠ったそうです。それでこんなご迷惑をかけることになってしもて、ほんますみません」

そう言いながら桶本は希実をベッドに寝かせて、上半身からMGを取り外した。田丸はMGを受け取ると新しい部品との交換作業にかかった。今まで好々爺《こうこうや》の眼差しだった桶本の目が厳しくなり、眼鏡をかけてMGに取り付けた新部品を丹念にチェックしている。

「とりあえず、これで試してもらえ」

田丸がMGのテストをさせて欲しいと頼むと、希実は素直に頷いて背筋を伸ばした。背中、肩、腕へと器具を装着していく。田丸がねじを締めてMGをしっかり固定すると、ベッドの上に希実を起き上がらせた。

「希実ちゃん、ゆっくりこっちの手から動かしてくれるか」

桶本が右手を挙げるように言うと、希実はその通りに動く。

二人の職人の目は二の腕部分の器具を見つめている。

良かった、ちゃんと動いている。希実もしっかり自力で座っている。

「希実、良かったね！　桶本さん、田丸さん、本当にありがとうございます」

「お母さん、こちらこそ心配かけて申し訳なかった。それにしても希実ちゃんは賢いなあ。我慢強い。おっちゃんの孫とは比べものにならへんわ」

「ママがいつも一緒だから、希実は平気なの」

「なるほどなあ。けど、ほんま希実ちゃんは頑張り屋さんや」

その間に、田丸が仕上げの微調整を終えた。

「田丸、ちゃんと交換部分の写真撮っとけ」

桶本に言われて、田丸がリュックからカメラを取り出した。

「今後は私もしっかり気を配るようにしますよって、ご安心ください。それと、ちょっとでも気になることがあったら、遠慮なく私に相談してください」

桶本がいてくれるからこそ、こんな急な対応もできる。だが桶本は高齢だし、田丸だけでは作業は覚束《おぼつか》ない。そう思うと、たまらなく不安になる。

「ママ、アイスクリーム食べたい！」

希実が元気な声を上げた。奈津美は大急ぎでアイスクリームを取りに台所へ駆けて行った。

4

二〇〇八年七月二三日　大阪市本町《ほんまち》
「総額一〇億円のプロジェクトですか」

商談が始まってから、ずっと畏《かしこ》まっていた望の表情が明るくなった。だが芝野は、むしろ相手の意図を図りかねた。これまでに何度営業をかけても、担当者すら会おうとしなかった企業が提示してきた〝ビッグプロジェクト〟には、喜びよりも警戒心が先に立つ。

「携帯電話は、この先数年でまったく異なるステージに進化すると予想されます。実はそれに関して、藤村さんから数年前にご提案を戴いておりました」

大手家電メーカーであるエッヂ社の情報機器開発部の部長が資料を広げた。

液晶テレビで好業績を挙げているエッヂ社とマジテックとのつきあいは長い。かつてはテレビや携帯電話、ノートパソコンなどにも藤村のアイデアが採用されただけではなく、工場ラインの金型をいくつも受注していた。しかし、藤村の死後は受注数が減る一方で、この半年は一件もなかった。

「ウチの親父はそんな前から、ｉＰｈｏｎｅみたいなもんを考えとったんですか」

スマートフォンと呼ぶアップル社製の端末を手にして望は感心している。

米国パソコンメーカーのアップル社が開発したｉＰｈｏｎｅなるものが存在するのは、芝野も知っていた。それがより進化したニューモデルｉＰｈｏｎｅ　３Ｇとして、今月、全世界で発売された。日本でもｉＰｈｏｎｅ初上陸として、社会現象になるほど話題となった。

そこでエッヂ社は、ｉＰｈｏｎｅの対抗機種として日本版のスマートフォンを発売するという。

「藤村さんからご提案いただいたのは、もう少し大きめのサイズだったんですけどね。これからは電話もできるパソコンの時代が来るとおっしゃったのを今でもよく覚えています」

さすが藤村だと感心した。翻せば、斬新な発想の転換力と具現する創造力が、今のマジテックには欠けているのだ。

「親父の言いそうなことです」

藤村を失った痛手の大きさが改めて身に沁《し》みる芝野とは違って、望はむしろ誇らしげである。

「藤村さんのご存命中に実現したかったんですけどね。なかなか予算がつかなくて」

それが液晶テレビの大ヒットで収益が上がり、予算に余裕ができたらしい。すでに研究開発は終わり、今は商品化に向けての微調整の段階までこぎつけたのだと部長は説明した。

「今日お越しいただいたのは、我々だけでは解決できない部分のご相談と、金型製造のお願いでして」

「ウチでできることは、何でもやらしてもらいます」

内容も聞かず、望が前のめりになっている。

「いや藤村、そんな安請け合いはむしろ失礼だ。ちゃんとお話を伺ってからお返事しないと」

「すみません、あまりの嬉しさに、つい熱うなりました」

口ではそう言いながらも、望の全身からやる気が漲っている。

「ぜひ、熱くなってください。社内もヒートアップしていますから。それで、いかがでしょうか芝野さん、相談に乗っていただけますか」

部長は交渉相手を芝野と判断したらしく、こちらに話を振った。

「具体的なご要望をお聞かせ願えますか」

同席していた技術課長が、スマートフォンの試作品のレプリカを取り出してテーブルに並べた。携帯電話よりもひと回り大きいが、厚みは半分ほどの薄さだ。

「申し訳ないのですが、試作品そのものをご覧いただくことはできません。これは、弊社が開発中の二つのモデルと同形状のものです」

並べられたｉＰｈｏｎｅと、見た目はほとんど変わらない。

「ｉＰｈｏｎｅはディスプレイにガラスを、フレームには金属を使っています。しかし我々は、より軽量かつ安価にするために、弊社で開発した特殊アクリルをディスプレイに使用し、フレームも強化プラスチックが使えないかと考えています」

望は一心不乱に、課長の話をメモしている。

「それでマジテックさんに助けていただきたいのは、強化プラスチックのフレームの角の部分の金型なんです」

課長はそう言いながらレプリカを分解した。フレーム部分を補強するために内側が厚くなっている。

「ここの細工がなかなか難しいんです。我々でやってみたんですがムラができる。内部には、ノートパソコン級の精密な基板が入るために、どれだけ微細なムラでもトラブルの原因になり得ます」

「ちょっと拝見」と言って、望は内側のカーブに指を滑らせながら状態を確認した。

「なるほど、もっと滑らかに仕上げるんですね」

「それと、もう少し薄くしたいんですが。金型が難しくて」

問題点が具体的すぎた。もしかすると、同業他社で試してみてダメだったものを、持ち込んできたのかもしれない。だが、望はとにかく熱心に話を聞き、カバンからデジタルカメラを取り出すと四方から撮影して細かく記録した。

「このレプリカは、預からせていただけるんですよね」

芝野が尋ねると、課長はお伺いを立てるように部長を見た。

「そうですな。ただ、取り扱いには十分ご配慮ください。何しろ他社さんも今、躍起になって開発しているところですから」

「もちろんです。細部の図面も戴けますよね」

課長が差し出した図面には細かいデータがすべて書き込まれていた。受け取った望が食い入るように見つめている。努力の甲斐あって、最近の望は随分図面を読めるようになっていた。

「では、持ち帰って弊社の製造本部長と相談させてもらいます」

「受けてくださるということであれば、もうひとつお願いがあります」

丁寧にレプリカを仕舞い込んでいる望を横目で見ながら、芝野は話の続きを待った。

「弊社の敷地内の工場で、金型を製造していただきたいのですが」

相手の提案の意味が分からなかった。望も同様に怪訝そうな顔をしている。

「どういうことでしょうか」

「ご存じのように、このプロジェクトは、私どもの社運を賭けたものです。とにかく情報管理を徹底したい。そこで、作業についてはすべて弊社内で行って欲しいんです」

「つまり、御社の工場内に出張《でば》ってこいと」

応対している二人が、同時に頷いた。

5

東大阪市森下

「それはまた、けったいな話やなあ」

マジテックに戻った芝野がエッヂ社からの依頼を説明すると、浅子が嘆息した。

「新製品の開発なんやし、しゃあないやろ」

すっかりその気になっている望は、思案顔の母を説得にかかった。

「せやけど、移転費用の半分をウチで持てっちゅうのはちょっと無理な話やろ」

芝野もそれを気にしていた。開発製造をエッヂ社内で行うことに付随する経費は折半だというのだ。形式上は「業務請負」として契約するからだ。

「けど、それもエッヂが融資してくれるて言うてんねんで。ラインができたら大量に金型が必要になる。その三分の一をウチでやらせてもらえるんや。安いもんやないか」

「あんた、どこの営業マンや。相手の口車にすっかり乗せられてるやないの。スマートなんやらいうのが商品になり損ねたら、ウチは大損やで」

浅子と同じ懸念を芝野も抱いている。

「けど、これからはスマートフォンの時代なんや。携帯が登場した時に、あっという間にポケベルがなくなった時とおんなじことが起きるで」

そういう時代もあった。

「甘い甘い。電話まではともかく、誰が手のひらサイズのパソコンなんて欲しがんねん。それにアップル言うたら、〝博士〟がアメリカで尊敬できる数少ない超一流メーカーやて感心しとったところやろ。そこが作ったもんを、エッヂごときに超えられると思うか？」

そういうリスクもある。アップル社は他の追随を許さない独創的な商品を次々と発表している。そのうえ、営業力も凄まじい。ものづくりには自信があるエッヂ社でも、ｉＰｈｏｎｅを凌《しの》ぐ製品はそう簡単にできないだろう。

「けどなあ、おかん。もともと親父が提案したもんやねんで。それをやらんでどうすんねん」

望は痛いところを突いてきた。予想通り、浅子は怯《ひる》んだようにスマートフォンのレプリカを手にした。

「〝博士〟の考えたもんを形にする手伝いができるのは、ほんまに嬉しいねんで。けどなあ」

「桶本さん、技術的にはどうですか」

三人の議論に加わらず、図面とレプリカを隅々までチェックしていた桶本が首を傾げた。

「どんなプラを使うのかにもよります。ただ、こういう小《こ》まいもんの微妙な塩梅《あんばい》は、ウチの得意技や。技術もあります。やれると思いますけどな」

「ほな、決まりや。社長、ここは英断してください、な？」

望が詰めよった。

「いや、望君。もう少し、相手としっかり交渉しようじゃないか。ひとまず桶本さんに、先方の要望に応えられるかどうかをじっくり考えてもらおう。その間にこちらは予算について詰めておこう。それに、彼らの敷地内での出張作業をする件についても、可能な限りウチでやれるように交渉してみるべきだと思う」

今までも試作品の金型製造を依頼された例はあった。だが、相手の工場内で製造せよと言われたことはない。いくら企業秘密とはいえ、それに伴う経費をこちらが半分負担して、ビジネスとして成立するのかは疑問である。

「分かりました。確かに慌てたらあきませんね。もっと細かいところまで詰めるべきやというのには、僕も賛成です」

望も渋々ながら納得したようだ。何でも勢いとノリで決めてしまいがちだった頃からの成長ではある。

いずれにしてもエッヂ社の依頼は、先細りが続いていたマジテックにとって朗報だ。だからこそ、慎重に対処すべきだった。

昨年度末のマジテックの決算収支は、六四〇〇万円の赤字だった。前々年度も赤字だったため、今期は黒字転換しないと、融資先から全額返済を求められる可能性が高い。MGが話題になり、追加融資に応じてくれた金融機関が複数あったのと、スーパーえびす屋のキャラクター製造などもあって、今年度は少し持ち直している。しかし、ルーチンで受注していた取引先数社から発注を断られていた。最終黒字を目指すためには、最低でも二億円以上の新規受注を獲得する必要があった。

エッヂ社の案件は大チャンスではあるが、果たしてどれだけ稼げるかは分からない。プロジェクト総額は一〇億円かもしれないが、試作品の金型製造に、彼らがいくら払おうとしているのかは不明だ。藤村がいた時ならば開発部分に積極的な意見が言えるが、今のマジテックにできるのは、桶本の技術で相手のニーズに応えることだけだ。

「そういえば、芝野さんがお留守の間に、こっちにもビジネスの相談という電話があったんですよ」

浅子の声で、芝野は我に返った。

「スプラという化粧品の会社を知ってはりますか」

「アメリカの大手化粧品メーカーですよね」

「そうです。そこが〝博士〟が以前開発したカプセルの技術を新商品に利用したいそうで、相談があると言うてはりますねん」

「急にウチにラッキーの風が吹いてきたみたいやんか」

望が嬉しそうに顔をほころばせている。

運気の巡りとはこんなもんだ。不運も好運も波状攻撃のように立て続けにやって来る。

6

二〇〇八年七月二四日　大阪府堺市

金型製造のためにマジテックに用意された建屋は、エッヂ社が誇る最新鋭工場の一角にあった。

規模こそ体育館ほどの大きさではあるが、すっかりくたびれた年代物だ。中に入るとあまりにも埃《ほこり》っぽくて、芝野は息苦しくなった。そのうえ、淀んだ空気がこもって不快な暑さだ。

「いかがですか」

案内に立った技術課長の殿間《とのま》は、神経質そうに何度も鼻をかんでいる。同行した桶本は埃などまったく気にならないようで、構内を丹念にチェックしていた。彼に寄り添う望は手帳を開いてしきりにメモしている。

「この工場では以前は何を作ってたんです？」

「やはり金型メーカーが使ってました。製造していたのはまったく違う部品ですが」

道理で、天井から相当な重量にでも耐えられそうなクレーンが二基ぶら下がっていたり、鋼鉄製の作業台が残っているわけだ。

「しばらく使っていなかったのですか」

「半年ほどですかね。お使いいただけるなら、機械搬入前に清掃しますよ」

遂に凄まじい埃に耐えきれなくなったのか、殿間はハンカチで鼻を押さえている。

「設備的には問題ないと、おっちゃんは言うてます」

桶本の確認作業を手伝っていた望が言った。だとすると、あとは予算交渉だ。

「殿間さん、条件面についてご相談したいのですが」

「じゃあ、事務所に戻ってお話ししましょう」

「僕らはここをもう少し見ていたいので」

デジタルカメラを取り出した望の申し出を殿間は快諾して、工場を出た。

「すみません、まさかあんなに埃っぽいとは思っていませんでした」

殿間は、まだ鼻をぐずぐずさせている。

「半年もお使いにならないと、あんなものでしょう」

芝野の喉も奥の方まで埃に侵されたようで、不快だった。夏の日差しがジリジリと照りつけ、首筋に汗が滲んだ。

冷房の効いた会議室に案内され、冷たい麦茶でようやく人心地ついた。

「まず技術的な点ですが、こちらはご期待に沿えそうです」

それを聞くと、皺だらけのハンカチで首筋を拭いていた殿間の表情が明るくなった。

「そうですか。やっぱりマジテックさんにお願いして良かった」

「ただ、作業を御社で行うという点と資金面が厳しいんです」

「可能な限り善処させてもらいます。具体的なご要望をお聞かせください」

芝野は持参した提案書を差し出した。

「こちらで作業を行うのが条件ならば、経費についてはすべて御社でお持ちいただきたいと思います」

「うーん、それは難しいなあ」

文書を睨み付けている殿間の表情が、みるみる渋くなった。

「だったら、ウチの工場でやらせてもらえませんか。そうすれば、不要なコストを削減できます」

「そのご要望もねえ……。前回も申し上げた通り、弊社はこのプロジェクトに社運を賭けています。なので、漏洩防止の徹底もあって開発はすべて自社内で行うようにトップから厳命されています」

「ならば、経費をお持ち願えませんか。お恥ずかしい話ですが、御社の作業のためだけに機械を新規購入するとなると、弊社の現在の体力では無理です」

「何も新しい機械でなくていいんですよ。御社がお持ちのものを移してこられたらどうですか」

そうなると、他社から受注している作業ができなくなる。エッヂ社同様、マジテックにも自社の利益を守る必要がある。

「私どもの作業は、いわゆる業務請負と同じことですよね」

芝野は改めて尋ねた。通常は工場のラインの一部を社外業者に委ねる仕組みをそう呼ぶ。派遣と混同されやすいが、業務請負の場合は作業部分については請負業者がすべて責任を持ち、作業の指示も行う。言ってみれば、大手メーカーの工場ラインの一部に、中小企業がすっぽり入っているようなイメージだ。

「あまり労働体系については詳しくないのですが、そうなりますかね」

殿間は自信なさそうに答えた。

「だとすると、作業に必要な機械等の設備は発注元が提供することになります」

殿間は口元を歪めている。

「業務請負は単にラインの製造作業を行うだけですよね。しかし、御社にお願いしたいのは金型の製造ですよ。なので、ここにマジテックの工場を移転してもらうイメージのほうが、ぴったりかと」

そのひと言を待っていた。

「だとすると、他から受注した分も、こちらで製造せざるを得ません。それを認めてもらえるのであれば、殿間さんがおっしゃる通り、東大阪に今ある機械を移すことも可能になります」

想定外の提案だったようだ。課長はしばらく腕組みをして考え込むと、「ちょっと上と話をしてきます」と部屋を出ていった。

おそらく、そんなことは認めないだろう。残念だが、この話は断ろう。浅子や桶本、望らとも相談のうえでそう決めていた。

成功すれば社に大きな利益をもたらすが、現状ではリスクが大きすぎる。

浅子から電話があった。

「ああ、芝野さん。首尾はどうです？」

「厳しい感じです」

「まあ、しゃあないでんなあ。で、お電話したんは、今、例のスプラの人が訪ねて来てはるんです」

捨てる神あれば拾う神あり、と考えるべきか。派手なコマーシャルを展開する米系化粧品会社の提案を真剣に検討すべきかもしれない。

7

二〇〇八年八月二八日　東大阪市森下

〝日本の美肌をアジアへ、そして世界へ〟

世界的化粧品メーカーであるスプラ日本法人のホームページを開くと、強気の文言が目に入る。いかにもアメリカ的な表現と派手なレイアウトだ。三ヵ月ほど前には、再建中の鈴紡《すずぼう》の化粧品部門を買収したことでも話題になった世界的なブランドだ。本当にこの会社と契約していいのかと芝野は考え込んでしまった。

かつて経営危機にあった鈴紡のＣＲＯ（最高事業再構築責任者）を務めた縁もあって、外資とはいえスプラは芝野にとっては身近な存在だ。彼らはアジアで競争力のある鈴紡化粧品の世界展開を狙っており、そのための新商品開発への協力を求めてきた。

鮮度を重視する新商品で、一回分ごとに特殊な樹脂で美容液を個別密封する。そのパッケージ金型試作および将来の工場ラインへの供給を、マジテックに独占的に発注したいという。

試作段階までは東大阪の工場で対応できるが、工場ラインへの供給となると、現在の三倍規模の工場が必要になる。それについては、新設工場に関わる経費の三分の二をスプラが負担するうえに、マジテックの負担分についてはグループ会社であるＡＤキャピタルが低利で融資する、との申し出があった。さらに、現在マジテックが抱えている負債についても、ＡＤキャピタルが一括でとりまとめて、より低利のローンに組み替えてくれるという。

交渉には、日本スプラ社、ＡＤキャピタル、さらには鈴紡化粧品の各担当者が、毎回マジテックに足を運ぶという熱の入れようだった。

そもそもは、〝博士〟が開発した少量パッケージを、過去に鈴紡に提案していたのが縁だった。パッケージは錠剤シートのような形状だが、クリームなどの液体を分包できる容器だ。密閉性が高いのに、指先で軽く押すだけで内容物が簡単に取り出せる仕組みを考案したのだ。これによって高価な美容液などの一回分の使用量が正確かつ無駄なく提供できる。そのアイデアを鈴紡の開発担当者が覚えていた。エッヂ社と同様、藤村の〝遺産〟が生きるうえに、経費面での負担が少ないのが魅力的だった。

結局、エッヂ社との交渉は決裂していた。条件について先方が一歩も譲らなかったからだ。望はエッヂ社とのスマートフォン製作に未練を残していたが、浅子がスプラとの事業に積極的で、明日の交渉で契約は本決まりになりそうだった。

だが、芝野は諸手を挙げて賛成できなかった。

話がうますぎるのが一番の理由だった。マジテックの専務に就任した直後、芝野は鈴紡化粧品に足を運んでいる。その時はまったく相手にされなかった。それが、急に揉み手をせんばかりに擦り寄ってきた。

また、スプラという化粧品メーカーの規模も気になった。巨大企業は、徹底した合理主義と非情なまでの収益第一主義を貫く。なかでも米国の象徴的な企業であるADは、もとは電機メーカーとはいえ、今や持ち株会社として傘下のグループ企業をコントロールするのと、CPや社債などで資金を集めるのが主業のようになっている。世界規模でのM&Aにも熱心な一方で、収益が上がらない事業については躊躇なく切り捨ててきた。

そんな企業と組んで無傷でいられるものか。

「どないしはりましたん、芝野さん。アイス、食べません?」

地元組合の会合から戻った浅子は、エアコンの風量を最強にして、風の吹き出し口直下で涼んでいる。

「まだ、迷ってはるんでっか」

「うまい話が来ると警戒する癖がついてしまって」

「芝野さんも貧乏性が感染《うつ》りましたな。昨日も言いましたけど、別に失うもんはないんですから、ここはもうやるしかないでしょう。とにかく、借金を低利のおまとめローンにしてくれるだけで、御の字やないですか」

アイスキャンディをかじりながら、浅子は手近にある回転椅子に座り込んだ。確かにそうだ。だが、やはり好条件の提案には、用心するに限る。

「こういう性分だと思って、好きにやらせてください。それより、組合はどうでしたか」

芝野も冷たい差し入れをありがたく戴きながら尋ねた。早食いの浅子はもう食べ終えていて、棒しか残っていない。

「景気の悪い話ばっかりや。それと振興協会の事務局長が、芝野さんにちょっと相談があると言《ゆ》うてましたで」

東大阪の町工場の活性化を狙って設立された公益法人東大阪工業振興協会の事務局長が、こんな門外漢に何の用だろう。

「お知恵をお借りしたいんやって。まあ、あの人もいろいろ行き詰まってるみたいやから、暇な時にでも相談に乗ってやってください」

日本のものづくりの原点である町工場の底力を見せようと誕生した振興協会だったが、振興どころか倒産阻止と再生支援に明け暮れていると聞く。

メディアは、景気は好転していると言っているし、大手自動車メーカーなどは今年度、史上最高収益を上げられそうだと胸を張っている。瀕死の状態だった銀行も同様、公的資金を返済して波に乗っているらしい。なのに、この町では毎週のようにどこかの工場が閉鎖や倒産に追い込まれている。

この景気は、下請けや非正規雇用という弱者を踏み台にして成り立っている。そんなものをいつから景気回復と呼ぶようになったのか。芝野には納得できないが、所詮はごまめの歯ぎしりに過ぎず、途方に暮れるばかりだった。

「あとで、会館を覗いてみますよ」

階段を駆け上がる音がして、工員の田丸が入ってきた。

「社長にお客さんです」

「誰や?」

「えっと、クマさん？　みたいな感じのお名前でした」

首にかけたタオルで額の汗を拭いながら、田丸は口ごもった。

「なんや、頼りないなあ。分からんかったら聞き直さなあかんでって、いっつも言うてるやろ」

田丸は肥満体を縮こまらせて、小さく頭を下げる。その背後から大柄な髭面の男が現れた。

それを見た浅子の顔が、パッと明るくなった。

「クマちゃん！　あんた、なんで」

「おばちゃん、お久しぶりです。今朝、アメリカから帰ってきたんです」

男が昼食を食べていないのを知ると、浅子は近鉄布施駅前にある鰻屋に出かけた。ケチこそ社長業の本分というのが口癖の浅子の大盤振る舞いなだけに、この男の来訪がよほど嬉しかったのだと芝野は察した。

道すがら浅子が久万田悟郎《くまだごろう》を紹介した。

三三歳の久万田は大阪大学でロボット工学を学び、その後は米国で研鑽を積んできた秀才だ。藤村がロボット工学教室に出入りしていた縁で知り合い、意気投合したという。以来、限りなく人間に近い二足歩行ロボットの開発に二人で取り組んだがなかなか実現できず、結局、久万田は渡米したのだという。それが七年前のことで、久万田は世界最大のロボット工学研究所があるカーネギー・メロン大学を経てMITメディアラボの研究員となり、高い評価を受けた。その後、ロボット・ベンチャーの起業に参加したのだが、先月、倒産したのだという。

「社長がサブプライムなんやらというヤツで大損しまして、会社が潰れましてん」

鰻屋に腰を落ち着けると、久万田は倒産の理由をあっけらかんと口にした。

サブプライムローン債は機関投資家だけではなく、一般の投資家も手に入れ、大きな損失を出したというのは聞いていた。だが、世界の先端技術を担うようなベンチャー企業が、その煽《あお》りを受けるというのは悲惨だった。

「一緒にやってたベニーっちゅう奴が銭ゲバでね。ロボットの開発だけやってたらええのに、株やら債券やらをやたら買うんです。その結果がこれですわ」

久万田はよく喋り、豪快に食べた。彼は鰻重特上の大盛をあっさり平らげ、満足そうに爪楊枝をくわえた。

「それでクマちゃん、これからどないすんのん」

「おばちゃん、俺をマジテックで雇ってもらえませんか」

浅子が唖然としているのを見て、芝野が代わりに答えた。

「残念ながら、弊社には今、ロボット開発をする余裕はありませんよ」

「でも、俺を雇ってくれたら世界一のロボットが作れますよ」

言葉の端々から自信が漲っていた。これはよほどの天才か、ほら吹きだろう。そのうえ、アメリカ仕込みらしい図々しさも加わっている。

「俺は〝博士〟と約束したんですわ。アメリカで腕を磨いてきたら、マジテックで世界一のロボットを作るんやって」

だが、藤村亡き後、それは果たされぬ約束だ。

「そうかあ、クマちゃん。あの約束を覚えてくれてたんかあ」と浅子がしみじみと言った。

「〝博士〟は生前、介助ロボットを開発してたんです。でも今ひとつ出来もよくないし、そのくせ費用だけはやたらとかかる。それで、クマちゃんが在籍していた阪大の教室で共同研究をさせてもろてたんです」

「俺はご覧の通りがさつで傲慢な男です。けど、三度の飯より工作が好きで、人間のように動くロボットを作るのが夢でした。それで、〝博士〟にアメリカ留学を勧められたんです。何とか試験は受かったんですけど、奨学金だけでは研究に専念するのは厳しかった。そん時ですわ。出世払いでええさかいと、〝博士〟がぽんと三〇〇万円出してくれたんです。さらに、シリコンバレーにおった〝博士〟の友人に頼んで、別の奨学金の伝手も作ってくれました」

「〝博士〟は、あんたにほんまに期待してた。けど、芝野さんの言う通り、あんたを雇う余裕なんかウチにはないねん」

浅子が申し訳なさそうに付け足した。

「俺、カネはいりません。会社が潰れたと言うても少しは貯金もあります。せやから俺を使ってもらえませんか。マジテックで働かせて欲しいんです」

ヒグマのような男が神妙に頭を下げている。

またひとつ、うますぎる話が転がり込んできた。久万田は、マジテックが渇望していた〝頭脳〟になり得る。彼の経歴や実績についての詳細をヒアリングする必要はあるが、世界最高峰のロボット工学を学んできた逸材が、得難い人材であるのは間違いない。

「久万田さんの研究についてもう少し詳しく伺ってから、お返事してもいいでしょうか」

「そうですよね、いきなりアメリカから押しかけてきて、何でもするから使《つこ》てくれはないですよね。何でも聞いてください」

浅子が言う通り、どうせ、これ以上失うものはないんだ。彼の話をじっくり聞いてみるのも悪くない。

8

東大阪市俊徳道《しゅんとくみち》～森下

朝からずっと外回りをしていた村尾は、支店に戻ると小型の扇風機をデスクの上に置いてワイシャツの襟元を広げた。

そこに、今にも泣き出しそうな顔で小笠原が近づいてきた。

「大変なことが起きちゃいました」

声まで震えている。

「何が起きたんだ。話せ」

「この期《ご》に及んでマジテックに、〝おまとめ君〟を断られました」

「どういうことだ！」

勢いよく立ち上がったせいで、扇風機が後ろ向きに倒れた。それが仰向けになった亀のように喘《あえ》いでいるのも無視して、村尾は小笠原のネクタイを摑《つか》んだ。

「おまえ、もう契約書にハンコついてもらうだけだと言ってたんじゃねえのかっ！」

このところ、なにわのエジソン社の特許奪取に時間を取られすぎていた。英興技巧のガードは堅く、何度通っても受付で門前払いされてしまう。その打開策を練りながら、債権漁りもしていた。だから、小笠原の「絶対大丈夫です！」という安請け合いを真に受けてしまったのだ。

「どういうことか説明しろ！」

「急に横入りされちゃいまして」

小笠原は長身を、前屈みにして言った。

「どこだ？」

「ADキャピタルです」

なんで、そんなでかいノンバンクが出てくるんだ。

「マジテックはつきあいがあったのか」

「聞いたことありませんでした。それが、この一ヵ月ほどで急に食い込んできて」

「おまえ、それを知ってたのか」

「何となくですが」

手にしていたウチワで頭を叩いた。

「そんな報告、一度も受けてないぞ」

「だって村尾さん、ほとんど支店にいないじゃないですか。それに、まさか浅子さんに裏切られるなんて思ってもみなかったんですよ」

涙目になっているのが見苦しかった。

「それにしても、どうやってＡＤキャピタルは食い込んだ？」

「外資系の化粧品会社がマジテックに大がかりな仕事を依頼したんです」

小笠原の要領を得ない話をまとめると、ぼんやり概要が浮かんできた。つまり、スプラというＡＤグループの化粧品会社が、アジア向け化粧品のパッケージケースの金型をマジテックに依頼してきた。そのために必要な設備投資を融資するだけではなく、債権もＡＤキャピタルが面倒を見るという構図のようだ。

だとすると、切り崩すのは面倒だった。スプラを超えるようなビジネスをマジテックに発注するなんて芸当は村尾には無理だ。

そのうえ、英興技巧へのアタックを優先したために、債権回収が三分の一ほどしかできていない。ＡＤキャピタルに対抗して大急ぎでマジテックの債権を買い集めるとなると、割高で買い取らざるを得ない。そんなことをすれば、今度は自分が大損をするのだ。

困った……。いや、そんな軽いレベルではない。まさに進退窮まってしまった。

「何か方策を考えたのか」

「僕のバカな頭では無理ですよ。村尾さん、お願いです。何とかしてください」

腹立ちまぎれにもう一度ウチワで小笠原の頭を叩いてから、村尾は椅子の背にかけていた背広を手にした。

「村尾さん、どこに行くんです？」

「決まってるだろ、マジテックだ。俺は芝野専務を説得する。おまえは泣き落としで社長に考え直してもらうんだ」

「そんなの、もう無理ですよぉ」

靴先で思いっきり小笠原の脛《すね》を蹴飛ばした。

悲鳴を上げてうずくまったが、小笠原は歯を食いしばって村尾の後についてきている。バカだが、ガッツはあるらしい。

マジテックには、芝野も藤村社長も不在だった。客と一緒に昼食に出たという。

二階の事務所で社長を待てと小笠原に言い残し、村尾は階下に降りた。

芝野と社長を同時に説得するのは逆効果だ。だから、自分は社の外で待って、芝野を近くの喫茶店にでも誘うつもりだった。

軒先の日陰とはいえ、残暑厳しい八月末の昼間に屋外で立っているのは地獄だった。脇の下や額、首筋がたちまち汗で濡れた。あまりの酷暑に気分が悪くなってきた頃、大柄な髭面の男と並んで藤村社長が戻ってきた。

ふらつく足で村尾は二人の前に進み出た。

「あら、村尾さん、どないしはりましたん？　気分でも悪いの？」

「お世話になります。あの、芝野専務は？」

「そんなことより、ちょっと事務所に上がりなさい。水分補給せな倒れるで」

女社長の手が腕に伸びた。

「大丈夫です。それより、芝野さんは？」

「振興協会に行ってますけど」

振興協会と聞いてもピンとこない。それを察したのか藤村社長が付け足した。

「産業技術支援センターの事務局です、場所分かりますか」

「ありがとうございます」と何とか返して、心配そうな二人を振り切るように村尾は歩き出した。

自販機の前に辿り着くとミネラルウォーターを購入し、ほとんど一気飲みして、残りは頭からかぶった。それで、生き返った。

もう一本スポーツドリンクを購入して、村尾は停めてあった営業車に乗り込んだ。

9

東大阪市高井田

東大阪市立産業技術支援センターは、マジテック本社から車で数分の場所にある。東大阪市における産業の活性化を図るため、地域に密着した技術支援を行う施設として、一九九七年に開設された。技術的な支援だけではなく、地元の零細中小企業の相談所としても機能しており、理事長らは「技術の地域診療所」と自負している。

同センター内を訪ねた芝野は、東大阪工業振興協会の事務員が出してくれた冷たい麦茶でひと息ついた。

「少しお見かけしない間に、マジテックの専務らしくなってきましたね」

曾根《そね》は、空になった芝野のグラスにお茶をつぎながら言った。今年五七歳になる彼は、大阪府職員として東大阪市の工業団地の活性化に携わっていた。それで産業技術支援センター設立に併せて振興協会が発足した際に、地元から懇願されて府の職員を辞して事務局長となった。東大阪の工業団地の生き字引と言われるほどの豊富な知識のみならず、経営難に苦しむ零細中小企業の経営者に様々なアドバイスと支援を続けている。

「それだけ私がくたびれたんでしょうかね」

自虐的に言うと、曾根は真顔で手を振った。

「とんでもない。裃《かみしも》を着たエリートの雰囲気が消えて、情熱的なお気持ちが前に出てきたという意味ですよ」

「それは褒めすぎです。情熱はあっても空回りですし、果たして私がどれほどマジテックの役に立っているのかは分かりません」

「まあまあ。そんなに謙遜なさらずとも……」

曾根は、こうしていつも穏やかに宥めてくる。その瞬間、芝野はつくづく己の未熟さを痛感する。

「それで、お話とは何ですか」

「折り入ってお願い事がありましてね」

両手で麦茶のグラスを口元に運んでから、曾根は答えた。

「来月の理事会で、振興協会の理事に空席ができるんです。それで、後任を芝野さんにお願いできないかと思いまして」

思いも寄らない話だった。

「振興協会の理事、ですか……。しかし、私はそもそも協会員ですらないんですが」

振興協会員には、各社の会長または社長が登録される場合がほとんどだ。マジテックの場合なら、浅子だった。だが、規定では役職などの条件はない。

「浅子さんからは了解を戴いているので、マジテックさんに交代を申請してもらうだけのことです」

「私はマジテックの専務に就任してまだ半年余りです。それで、いきなり協会の理事はあり得ないでしょう」

理事長をはじめ、七人の理事は皆、地元の名士であり、古くから東大阪に工場を構えて頑張ってきた猛者《もさ》ばかりだ。そんなグループの一員に名を連ねるのは、さすがに分不相応だ。

「東大阪全体をひとつの企業と考えたプロデュースをしてみてはどうかと、以前おっしゃってくれたでしょう」

何かの宴席で同席した時に、そういう話を曾根にしたことがある。いくら技術や特許があっても、一社で製品まで製造するのは無理だ。また、元請けからの受注も小規模にとどまる。そこで、東大阪市内にある二つの工業団地全体をひとつの企業集団と考えて、仕事を受けたり、独自製品を考えるべきではと芝野は密かに考えていた。

「それと、私の理事就任とどう繋がるんですか」

「東大阪丸ごと企業作戦――と勝手に名付けたんですが、その提案、理事長がいたく気に入りましてね。ぜひ、やろうとおっしゃってるんです」

理事長は、創業七〇年以上の鉄鋼所を営んでいる名物社長だ。柔軟で若いアイデアや工夫を上手に取り込める大人物だった。

「これを実現するためには、腕の良い本物のプロデューサーが必要だということになりましてね。だとすれば、あなたをおいて他にいないという結論に至ったわけです」

自分の知らないところで、話が相当進んでいるわけか……。だが、今そんな余裕はない。とはいえ、簡単に断れる依頼でもない。

「ありがたいお話だと思います。でも、私は、この町の同業者の方すら、ほとんど存じ上げません。そのうえ、弊社の再建も打開策が見つからずに困っている始末で。到底、協会のお手伝いをする余裕が」

「このプロジェクトは、御社の再生のヒントになるかもしれませんよ」

「ヒント……ですか？」

曾根の腹の内が読めなかった。単に、自分の提案を押し通すために適当な話をしているとは思えない。だが、芝野には〝東大阪丸ごと企業作戦〟なるものが、マジテック再生にプラスになるとは思えなかった。

「失礼ながら、藤村博士を失った御社はパイロットのいない飛行機のようなものだ。ならば、そのパイロットをこの町全体から探せばいい」

なるほど、そういう意味か。

「気にかけてくださるのはとてもありがたいのですが、それでも弊社が抱える問題の根本的な解決にはならないと思います」

「確かに。しかし、窮余の策にはなるのでは。また、あなたがそのパイロットを束ねる管制官になれば、マジテックは業態を変えて生き残れるかもしれません」

「それは、弊社に製造業を諦めて、コンサル業になれという意味ですか」

「そこまで言うつもりはないんですよ。そもそも〝東大阪丸ごと企業作戦〟から何が生まれるか分かりませんから。でも、そういう運動をすると、他社であっても、御社の頭脳部分を担ってくれる企業や人が見つかるかもしれないでしょう。あまり硬直的に考えず、ぜひ前向きに検討してくださいよ」

もっと柔軟にあれこれ挑戦してみるべきなのだと反省した。でなければ、マジテックの未来はない。

「失礼しました。せっかく弊社のことを考えてご提案いただいたのに、つまらぬ反論をしてしまいました。少しお時間をください」

曾根が嬉しそうに「じっくり考えてください」と言って腰を上げた。

10

停車中なのもかまわず冷房をがんがん効かせて水分をしっかり摂ったことで、村尾の不調は収まった。それでも炎天下に出る気力はない。車の中から、産業技術支援センターの玄関が見える。

さて、芝野をどう説得したものか。

絶対にADキャピタルなんぞに、債権をまとめさせるわけにはいかない。しかし、大型受注とセットの提案となると、ちょっとやそっとのことでは取り返せない。

とっさに思いついたのは、マジテックはADキャピタルに騙されていると叫ぶことだ。だが、ADキャピタルに関する知識がほとんどないのに、大した説得はできない気がする。ＡＤキャピタルがアメリカの巨大メーカー傘下にあるノンバンクであるぐらいは知っているが、三葉銀行に在籍していた頃も、今の信組に移ってからも、外資系のノンバンクとの接点はない。どの程度の規模なのかすら分からなかった。

小笠原の話が正しいとすれば、それなりの資金力があるノンバンクと考えるべきだ。なにしろ大手化粧品会社のアジア戦略を担う新製品のための設備投資費用を融資し、その際にマジテックが抱えている借金も全部まとめてしまうと提案しているのだから。

それにしても、瀕死のマジテックに、こんなあしながおじさん的な新規事業話が本当に転がり込むものなのだろうか。

そういえば、ＡＤキャピタルは取り立てが特に厳しく、融資を受けた企業の倒産が相次いだという記事を読んだのを思い出した。

与信を甘くする代わりにローンの利率が高く、そのうえ、二度連続で不払いが続くと全額返却請求を強行するのだ。すなわち、日本の金融機関のような「最悪、利子さえ払えばいい」などというリスケには応じないということだ。マジテックがＡＤキャピタルの〝おまとめローン〟に乗ったということは、破綻リスクが一気に高まるわけだ。

とはいえ今回の場合は、ＡＤキャピタルは簡単にマジテックを潰さないかもしれない、とも考えられる。彼らがマジテックの負債を肩代わりして〝おまとめ〟にするのは、マジテックの技術を求めるＡＤグループ企業の強い要求があるからだ。つまり、何よりも確かな〝担保〟だった。

それを切り崩すのは難しい。

どうすればいい、どうすれば……。

思わずため息が出た。急に名案なんて浮かびっこない。考えあぐねた末に、村尾は携帯電話を取り出してホライズン・キャピタルの隅田を呼び出した。

「実は、ちょっと困った事態が起きてしまいました」

「どういったことでしょうか」

相変わらず隅田の口調は慇懃《いんぎん》無礼《ぶれい》だ。

「弊社が債権のとりまとめを進めていて、あと一歩まで来ているのですが、そこに邪魔者が現れまして……」

「誰かに御社の動きを気づかれたということですか」

「いや、そうじゃないんです。実は、マジテックにビッグプロジェクトが舞い込みそうで、そのプロジェクト推進のために、同時並行で大型融資の話が進んでいるようなんです」

隅田が強い関心を示したので、スプラの新商品開発の件を説明した。

「それで、村尾さんはどの程度買い集めてますか」

「六割ぐらいです」

ここはウソをつくしかない。まだ三割程度だが、本当のことを言えば隅田は怒鳴り散らすだろう。

「なんで、そんなにもたついているんです。その程度で、あと一歩で買い取り終了なんて言わないでしょう。お会いして、もう一ヵ月以上も経っている」

「すみません、なにわのエジソン社の特許奪取を最優先にしているためです」

「ADキャピタルの話は、どこまで進んでいますか」

「現在、マジテック社内で検討しているそうですが、ちっぽけな会社です。社長と専務がお茶飲みながら決めますから、一両日中にでも決まりそうなムードなんです」

「なんですって！　ちょっと、一度電話を切ります。トミナガとも相談しますので」

いや、それでは時間がない。いつ、センターから芝野が出てくるかも分からないのだ。

「以前、お話ししたようにマジテックの芝野専務は、かつての私の上司です。これから彼に会って、翻意を促すつもりなんです。スプラからの受注を躊躇する要因になるようなヒントがあれば、教えてもらえませんか」

「すぐには無理ですね。村尾さん、トミナガは一度狙った獲物を横取りされるのを何より嫌います。心して防御してください」

どうやって、と尋ねる前に電話は切れていた。

悪いことに、そこで芝野がビルから出てきた。

とにかく芝野を捕まえなければと、車を玄関口に横付けした。そして、助手席の窓を下ろした。

「芝野さん、会社までお送りしますよ。ちょっとご相談もあるんで」

額に手で庇《ひさし》を作って車の中を覗き込んでいる芝野は、ハンドルを握っているのが村尾だとなかなか気づいてくれない。

「なんだ、村尾君じゃないか。いや、いいよ。歩いて帰るから」

「そうおっしゃらず。相談したいのはＡＤキャピタルの件なんです」

立ち去ろうとしていた芝野が興味を示した。

「どんな話ですか」

「あそこの悪い噂、ご存じですか」

芝野はしばらく考えていたが、「じゃあ、お言葉に甘えますか」と言って車に乗り込んできた。

「ありがとうございます！」

安堵のあまり、柄にもなく村尾は嫌いな相手に感謝してしまった。

11

運転と同じぐらい乱暴な勢いで、村尾はＡＤキャピタルの悪辣《あくらつ》ぶりを喋った。

すべてを信じるわけにはいかないが、あり得ないと安易に退けてはならない、と芝野は思案した。

「つまり、ＡＤキャピタルはウチを潰そうとしていると？」

「潰そうとしているのではなく、破綻に追いやって安く買い叩こうとしている可能性が高いんですよ」

村尾は信用できない。そして、人の性根が簡単に変わらないという教訓は肝に銘じている。

だから、村尾の情報なんて笑い飛ばすべきなのだ。どうせ、債権の一括引き受けをADキャピタルにかっさらわれようとしているのを防御したいだけだ。

「しかし、ウチを安く買い叩いてどうするんだ。そんなことをしたら、スプラの新製品生産に支障を来すだろ。さすがにそんなひどい目に遭った所に力なんて貸さないよ」

村尾が唇をしきりに舐めている。この男はどうしてこんなに必死なんだ？

「じゃあ、はっきりと申し上げましょう。実は、ハゲタカファンドがマジテックに目をつけているんです」

「何だ、藪《やぶ》から棒に。ハゲタカファンドがウチのような弱小企業を買収してどうする？」

「今年の五月、有名な外資系ファンドのホライズン・キャピタルが、日本の中小企業の高い技術を集約したビジネスを考えているという記事を、新聞でご覧になりませんでしたか」

いきなりとんでもないファンド名が飛び出してきて驚いた。

この男は、ホライズン・キャピタルと自分の因縁を知っているのだろうか。

「記事を読んだ記憶はあるよ。だからといって、ホライズンがマジテックを狙っているという根拠にはならないだろう」

いきなり村尾が乱暴に車を路肩に停めた。

「すみません。ちょっと運転に集中できないので、しばらくこの状態でお話をさせてください。実は芝野さん、弊社にもホライズン・キャピタルから、マジテックを買収する手伝いをしないかというお誘いがあったんです」

「何だって！　村尾君、冗談にしてももう少しマシなことを言いたまえ」

「こんなところで冗談なんて言いません。これを見てください」

村尾は名刺入れから、二枚の名刺を差し出した。そこには、ホライズン・キャピタルの社長、ナオミ・トミナガの名と、マネージング・ディレクターの隅田穣治《じょうじ》という名があった。

「それにしても、彼らがマジテックを欲しがる理由が分からないな」

「だけど芝野さん、私がこの二人に会った直後なんですよ。ADキャピタルが債権のおまとめを引き受けると同時に、多額の融資をすると御社に持ちかけてきたのは。これは臭いませんか」

確かに臭う。スプラからの提案に対して芝野がずっと抱いていた不信感の在処《ありか》が、分かった気がした。

「ほら、やっぱり気にかかることがあるんじゃないですか。芝野さん、僕は三葉銀行時代、ろくでもないことばかりしてきました。でも、今の浪花信組で働いて、生まれ変わったんですよ。ここでもう一度、まっとうな銀行マンとして生きようと。そんな時、運命の神様が粋な計らいをしてくださいました。あなたとこんな所で出会えたのですから。ですから、どうか早計な結論を出さず、徹底的に調べてみてください。そうすれば、私の懸念がホラでも何でもないのがお分かりになるはずです」

村尾の目は血走っていた。これは本気の目だ。少なくとも、この話についての事実確認だけはしたほうがいい。

「その件、もう少し詳しく話してくれないか。こんなところでは、なんだ。ウチの社で話をしよう」

村尾の表情が明るくなった。どうとでも取れる反応だった。

第四章　希望の兆し

1

二〇〇八年九月六日　東大阪市高井田

「放水始め！」

消防団長の号令で、管鎗《かんそう》から勢い良く水が噴き出した。約一〇メートル先では、炎が燃えさかっている。

「こら、望。しっかり踏んばらんかいな」

ポンプ車の横に立って見守っていた浅子が、たまらず声を張り上げている。望と田丸が二人がかりでコントロールするのだが、思うような方向になかなか放水できないらしい。顔を真っ赤にして管鎗を握る二人は、ジリジリと標的に近づき両足を踏みしめた。

「ええぞ、その調子や」

他の団では「消火完了！」という声が上がっていたが、彼らの標的はまだ燃えさかっている。

「頑張れ！」

事務局のテント席から見つめていた芝野までが叫んでいた。やがて炎の勢いが弱まり、何とか鎮火に成功したところで、団長が「放水やめ」と命じた。

防災週間の週末、東大阪工業団地では恒例の防災訓練が朝から行われていた。マジテックの面々も、高井田第二消防団の団員として消火訓練に挑んだ。

「望君は、良い営業マンになりましたね」

テント席で隣り合わせた曾根が感心したように目を細めている。

「先日、地元の若い後継者たちと定期的な勉強会をやりたいと言ってきましたよ」

わずかではあるが、この町で生まれ育ち、祖父や父が立ち上げた工場で働く若者がいる。多くは望同様、夢破れて実家に戻ったというケースだ。言わば〝負け犬《ルーザー》〟で、本人も自覚している。そのせいか、どこか覇気がなく無気力な者も多い。そんな停滞ムードを打ち破りたいと言って望が勉強会を提案してきたのを思い出した。同じことを曾根にも持ち掛けていたのか。

「金型のいろはを名人に習ったり、融資を受けるコツなども学びたいそうです。なかなか張り切っていますよ」

具体的な内容について芝野は知らない。あえて関わることを避け、「自分たちでアイデアを持ち寄って考えてはどうか」と、突き放していた。何でも芝野に頼ろうとする望の依存心を断ち切りたかった。

「そうですか。ぜひ、東大阪の実力のほどを教えてやってください」

「もちろんですよ。そのために私はいるんですから。それはそうと、芝野さんももっと積極的な参画をお願いしますよ」

すっかり後退した額を撫でながら、曾根は嬉しそうだった。

先日、曾根から強く薦められた振興協会理事への就任についてはまだ決断し切れていない。スプラ社との交渉に手こずって、てんやわんやなのだ。

「ほら、そこのお二人さん、ちんもりと話し込まんと、とっとと後片付けして打ち上げに行きまひょ」

浅子の大きな手が芝野の背中を叩いた。彼らは腰を上げると、強い日差しの中に出た。

　産業技術支援センターの会議室で、打ち上げと懇親会を兼ねた宴会が始まった。総勢で一〇〇人近くはいるだろうか。皆、工業団地で働く者だ。ざっと見渡しただけでも平均年齢の高さが分かる。ニュースなどで高齢化が進むと言われても今ひとつピンとこないのだが、これだけ白髪頭で会場が埋め尽くされると、工業団地が抱える問題が如実に迫ってくる。

　慢性的な不景気、コストカット、人件費削減によって増えた外国人労働者、経営者の高齢化、後継者難等々抱える問題は山積し、解決の目処は立っていない。

　その一方で、この町に残る古き良き風土のおかげで、人間関係の濃さだけは昔と変わらない。どれだけ景気が悪くても、工業団地の社長たちの寄付で作られた多目的運動場で年四回はイベントを開催し、防災訓練や運動会にも大勢が参加する。工業団地で働く者は皆顔見知りだし、何かと協力もし合っている。

　芝野はウーロン茶で喉を潤しながら、銀行マンだった頃に先輩行員がくれたアドバイスを思い出した。

――日本の工業は、中小零細工場が支えている。彼らのたゆまぬ努力と我慢強さが、ものづくり大国なるものを下支えしている。それを忘れてはならない。当時の都銀の営業方針だと、高井田の工業団地などは営業先候補にすら挙がらない。だが、芝野が所属した三葉銀行船場支店は、支店長が有望と判断すれば設備投資に協力していた。マジテックとの縁もそうして生まれたのだ。ろくでもない上司ばかりが揃った支店だったが、その点だけは実に寛大だった。

「芝野さん、理事の件、受ける気になってくれたか」

乾杯の音頭を取った理事長から直々に声をかけられて、芝野は焦った。

「いや、その件はまだ……」

「何とか頼むわ。あんたのような方にこの町の再生を託したいと思てるんや」

理事長は高井田でも最大規模の会社を経営する社長で、一〇年近く理事会のトップに就いて地元工業界の振興に汗を流している。人望も厚く、揉め事があっても彼が乗り出せば大抵のことは収拾した。そんな人物からの懇請だけに、芝野も無下にはできなかった。

「おまえ、どういう神経しとんじゃ！」

いきなり会場の奥のほうから、太い怒声が響いた。作業服を着た老人が、三〇過ぎのスーツ姿の男を睨みつけている。

「何しはるんですか、いきなり」

「それは、こっちの台詞じゃ。ウチの得意先次々と横取りしやがって。この泥棒猫め」

「別に盗んだわけやないですよ。ちゃんと見積もり出したらウチのほうが安かったから」とスーツ姿の男が言った途端に、老人が摑みかかった。慌てて周囲の者が止めに入ったが、思いのほか老人は手強く、相手を押し倒して馬乗りになった。

「小池《こいけ》さん、やめんか」

見かねた理事長が仲裁に入った。

「理事長、もう我慢の限界や。このガキ、ウチだけやないねんで。先輩らの取引先に次々ちょっかい出しては、仕事を横取りしてけつかる」

小池と呼ばれた老人は小さな鉄工所を経営している。技術力は高いのに人づきあいが悪く、仕事も先細りだと聞いていた。一方、因縁をつけられているのは金原悟《かなはらさとる》といって、先代社長の父親から経営を引き継いだばかりながら、なかなかのやり手だと評判だ。

「悟、またやったんかいな」

理事長は呆れ顔で、床に押さえ付けられた男を見下ろした。

「なんも悪いことしてませんよ。正規に入札して、落札しただけですやんか」

「なんやと、おまえ。あんな安い金額入れたら、誰かて落とせるやろ」

「ほな、おっちゃんもそうしたらええやんか。ウチも必死なんや。職人技かなんか知らんけど、何でも自分の思い通りになると思う方が、どうかしてるんとちゃいますか」

一瞬、老人の力が抜けて、金原が体を起こした。その反動で老人が背中から床に転がった。

「おい、悟。いいかげんにせんかいな」

そばにいた中年男に怒鳴られても、金原は怯まない。

「理事長、今日は言わせてもらいます。確かに小池のおっちゃんところが受けてはった仕事に、入札したんは失礼なことやったかもしれません。けど、別にズルしたわけやない。因縁つけられる謂《いわ》れはないと思います。みんな生き残りに必死なんです」

全員の目が、理事長と金原を見つめている。

「生き残るためやったら他人の仕事を次々と掠《かす》め取ってもええんか？　それは人としてあかんのと違うか？」

「せやけど、応札しているのはウチだけやないですよ。愛知や大田区からも来てます。ウチが落札せんかったら、よその工業団地の会社が落とすまで。もう仲良しごっこの時代は終わったんです」

最後に吐き捨てて、金原は宴会場を出て行った。呼び止める者も、追いかけようとする者もなかった。そのまま場はしらけて、打ち上げはお開きになった。

「ちょっと残ってお話ししませんか」

帰り仕度をしていた芝野は、曾根に呼び止められた。

四階にある曾根の個室に入ると、コーヒーを淹《い》れてくれた。

「ある意味、芝野さんにいいものを見ていただいたかもしれません」

「あれがこの町の現状ということですか」

「ええ。それにしても、仲良しごっこの時代は終わったという言葉は、胸にずっしりとこたえました」

曾根は悄然《しょうぜん》としている。

「これからどうすればいいのかという不安は、誰もが日々感じていますよ。私などは特にです。あまりにも無力ですからね」

「それは同様です。毎週のように会社が倒産したり廃業するという話が耳に入り、一方で、受注の諍いが起きる。でも、どうすることもできません」

芝野以上に曾根は悔しいはずだ。東大阪工業団地の底力に惚れ込んで、その振興と活性化に心血を注いできたのだから。だが、目の前に横たわっているのは辛い現実だ。努力くらいでは抗いようのない時代の変化に押し流され、団地の崩壊を指をくわえて見ているしかない。

「芝野さん、やっぱり〝東大阪丸ごと企業作戦〟、必要やと思いませんか」

「お話を戴いてからずっと考えていました。確かに私の経験や知識はお役に立つかもしれないとも思います。しかし今の私は、マジテックで手一杯なんです」

「アメリカでロボット工学を学んできた天才が来たんですってね」

いきなり久万田の話が出て驚いた。

「噂が流れるのは早いですよ。理事連中はみんな知ってます。かつては藤村さんと介助ロボットの共同研究をしていたお方なんでしょ」

久万田を雇うかどうかすら、まだ決めかねているのに。ロボットの試作品を見たうえで、彼の将来のビジョンと併せて検討するつもりだが、当の試作品は船便なのでまだ洋上だ。

「少し前に藤村さんらが中心になって、工業団地で宇宙ロケットの開発を手がけたことがあります」

その発足パーティーには芝野も呼ばれたので、よく覚えている。

「大学の支援を受けて、打ち上げにも成功しましたが、それが地元の活性化に結びつくところまではいきませんでした」

一見派手な計画は最初こそ耳目《じもく》を集めるが、大抵はお祭り騒ぎで終わってしまう。本気で企業再生するならいっとき盛り上がるだけのイベントではダメなのだ。もっと地道に、継続性の高い事業を維持しなければ活路は見出せない。

「生前の藤村さんが、いずれこの町をロボット王国にしようと言ってました」

「藤村さんが、そんなことを……」

「少子高齢化が進めば、明らかに人手不足になる。外国人労働者を大量に入れるという方法もあるが、それよりも、人を助けるロボットが必要になるだろうと藤村さんは考えておられました。そのために、当時から藤村さんは投資もしておられたようです」

そのひとつが、久万田の米国留学支援だったのだろう。

「アメリカでロボット工学を学んできた青年が、このタイミングで御社に戻ってきたのも決して偶然ではないと、私は思いたい。このチャンスを逃さずにロボット王国を目指して、工業団地の力を結集したいんです」

「素晴らしいお考えだと思います。私もぜひ協力したい。ただ、私がそのプロジェクトをまとめるのは無理です」

曾根が勢いよくカップを置いたせいで、コーヒーがいくらかこぼれた。だが、彼は気にもしていないようだ。

「藤村さんの発明力は圧倒的でしたが人望はなかった。だから、他の協会員との軋轢も強かった。ことさらに歳上を敬ったりもしないし、彼の考えを理解しない人に対して辛く当たりました。ちょうど、さっきの金原君のようにです」

初めて聞く話だった。藤村は協調性に欠けてはいたが、天才とはそういうものだとも思う。むしろそんな彼らを上手に使いこなすことで、企業は繁栄していく。

「しかし芝野さんには、そういう嫌みがない。皆、あなたには一目置いています。元は三葉銀行のエリート行員であり、鈴紡や曙電機の再生にも携わったんですから当然です」

思い出したくもない昔話をされても、芝野は嬉しくも何ともない。

「私が期待しているのは、芝野さんの人柄と調整能力です。どんな人の意見にも、あなたはちゃんと耳を傾けるじゃないですか。だから、あの厄介なオヤジたちを束ねてもらえるんじゃないかと思うんです」

それは買い被りすぎではないだろうか。芝野はそう反論しかけて呑み込んだ。ずっと居場所がなかったこの町で、初めて役に立てるものに出会ったかも知れないと気づいたからだ。

工業団地全体でロボット王国を目指す――。そのアイデアは、悪くない気がしてきた。

2

二〇〇八年九月一二日　大阪府豊中市

大阪大学工学部研究棟のエレベーターを四階で降りると深閑として、キャンパスらしい賑わいどころか人の気配すらない。

望が案内図に近づくと、「よぉ、いらっしゃい」と言って久万田が迎えに出てきた。

「あっ、クマさん。お疲れっす」

望がぺこりと頭を下げると、久万田はその肩を勢いよく叩いた。

この日、芝野と望は、久万田がかつて籍を置いていた基礎工学科の黒崎隼人《くろさきはやと》研究室を訪ねていた。米国で製作したという久万田のロボットを見学するつもりだったが、船便の到着が遅れたので、代わりに研究室への表敬訪問となった。

押しかけ研究員としてマジテックに通う久万田だが、実際には彼に頼めるような仕事は皆無だった。そこで、しばらくは阪大の黒崎研究室で教授の助手を務めながら、マジテックとの共同作業の機会を探ってはどうかと芝野が提案したのだ。

とはいえ、世界的なロボット工学の権威である黒崎教授が、果たしてマジテックのような零細企業との協業を認めてくれるかは定かではなかった。

「ひとまず、努力の結晶に会《お》うてください」と言って、久万田はロボット・ラボと書かれた部屋に案内した。

「ようこそ、黒崎隼人研究室へ！」

ドアが開くなり、元気のいい男の子の声が響いた。声のした方向を見遣ると、手塚治虫のアニメに出てきそうな童顔のロボットが立っていた。身長は一二〇センチメートルぐらいだろうか。大きな目が動き、まばたきしている。下半身はスカートをはいたようなフォルムで、足の代わりらしい小さなゴム製のタイヤが滑らかに動く。

「俺と〝博士〟が共同開発していたカナウ君を、バージョンアップしたカナウ君2号です」

「コンニチハ、芝野サン、望チャン」

そう言ってロボットは二人に近づいてきて右手を差し出した。

「おお、こいつ、俺の名前知ってる。めっちゃ凄いやないですか」

嬉しそうに望は、両手でカナウ君2号の手を握りしめた。握手を交わすカナウ君の腕や指先は人間のようにしなやかな動きをする。

「柔らかい手やなあ！」

「望チャンノ手ハ、ザラザラダネ」

「うるさいわ、ほっとけ。こんな減らず口叩くクセに、介護ロボットなんやね」

「そうだよ。体重が一五〇キロの人でも、しっかりと抱き上げられる力持ちだ。上半身だけは、可能な限り人間の動きを機械化しようとしている」

久万田は自慢の〝息子〟について詳細を説明してくれた。

「カナウ君、望君を抱っこしたって」

久万田が指示すると、「喜ンデ」という返事とともに、カナウ君は望のそばに近づいた。そして望の首の後ろと膝の裏に手を入れて持ち上げた。

「うぉ～、すげえ」

喜ぶ望を抱えたままカナウ君はソファに移動して、静かに下ろした。

「いかがですか、研究室一の力持ちのおもてなしは？」

女性研究員に話しかけられて、芝野は恐縮しながら答えた。

「素晴らしいですね。これは、介護サービスで大活躍するのでは」

「まだまだ、動きが人間ほどデリケートじゃないんです。それに、一体の価格も三〇〇〇万円以上します。実用化には課題が山積ですね」

「こちらは、准教授の南安奈《みなみあんな》先生です。南先生、俺がお世話になっているマジテックの芝野専務と営業の藤村望さんです」

「初めまして南です。いかがですか、私の出来は？」

えっ、とまじまじと目の前の女性の顔を見つめると、ウインクされた。

「まさか、これもロボットですか」

「失礼しました。改めまして、南です」

女性が立っている背後のカーテンが開けられて、そっくりの女性が現れた。

「いやあ、びっくりしました。こんな精巧なロボットは初めて見ましたよ」

「アンドロイドです。ボスは、ヒューマノイドと呼んでいますけれど」

南准教授は彼女と瓜二つのヒューマノイドの隣に立った。

「ひゃあ、びっくりですね。俺、全然分からへんかった」

「ありがとうございます。でも、並んで立つと、この子では血の通い方がまだまだ足りないと私たちは思っています」

アンドロイドという人間そっくりのロボットは、SF映画やアニメの世界ではすでにお馴染みだ。だが、それが実物として目の前にいるのが驚きだった。

「黒崎先生は、心を持ったロボットを作る研究をされています。とても文学的な言い回しですが、簡単に言えば、南先生がおっしゃった血の通った人間臭いロボット、すなわちヒューマノイドですね」

久万田の説明に、芝野は心が動いた。「心を持ったロボット」か。素晴らしい研究じゃないか。感心していると、久万田が隣室へと二人を案内した。

パソコンを操作していた若い女性が立ち上がって会釈した。

「彼女がロボットの動きをコントロールしてるんです。先ほどの部屋の天井にカメラが据え付けてあるので、それで、反応できるんです」

「けど、カナウ君の声は男の子でしたよ」

望が指摘すると、「それもコンピュータで加工できるんだ」と久万田が説明した。

「それにしても久万田君、こんな高度なヒューマノイドに、マジテックが何かお手伝いできるのかい」

「まだまだ今のヒューマノイドのレベルでは、表情や動きがぎこちないんです。それは、エネルギーを機械的な動きに変換させるアクチュエーターという機械が未成熟だからです」

3

「ロボットに心があるなんて、お笑い草《ぐさ》だと思われるかもしれません。でも人の心だって、かなり曖昧なものじゃないでしょうか」

研究室で黒崎教授のレクチャーが始まった。黒崎の話を聞いていると、科学者というよりも哲学者のようだ。「ロボット工学の大天才」と久万田が評するので、エキセントリックな人物像を何となく想像していた。

「心で感じるというのは、人間固有のものではないんでしょうか」

哲学的な発想があまり得意ではない芝野は、ついそう返してしまった。

「それこそが先入観かもしれませんよ。人間と一緒に暮らしている犬にも、心はあるかもしれません。実際、人間だと勘違いしている犬の話なんて、よく聞くじゃないですか」

そういうドキュメンタリーを見た記憶がある。まるで同居人のように日々の暮らしに一喜一憂する犬の姿は理解もできた。

「人は何でも擬人化するでしょ。僕はこのパソコンをジニーと呼んでいるんですが、名前を付けた途端にこの機械が不意に人間臭い存在になる」

そう言って黒崎がノートパソコンのキーを叩くと、「お疲れさま」と女性の声が返ってきた。

単純な望は「うぉ！」と驚いたが、芝野は冷静だった。

「お二人の反応を見ても面白いことが分かりますよね。藤村さんはジニーを擬人化して見たけれども、芝野さんは、どうせプログラムしたんだろと端《はな》から冷たい。『心』と呼ばれているものも、人それぞれの反応に過ぎない。ただ、願望や理屈を超えたものもあるから、『心』と一語でまとめているに過ぎないのでは」

突き詰めて考えたなら、そこに行き着くのかもしれない。

「先ほど南君のヒューマノイドをご覧になった芝野さんは、すぐにこれは人間ではないと判断されました」

当然だろう。いくらそっくりでも、生身の人間と人工物の区別くらいはできるつもりだ。

「その第一印象は正しいんです。つまり芝野さんの脳はきちんと違和感を持ったんです。あのヒューマノイドは動きが未熟です。だから不気味の谷が生まれた」

〝不気味の谷〟とは、人間に近いロボットに対して、不意に強い嫌悪感を覚える境界線のことだ。

「不気味の谷が生まれるのは、ヒューマノイドの動きに繊細さが足りないせいなんです」

人間か否かがそんなに簡単に決まるわけないだろうに。

「失礼ながら、とても初歩的な質問をしてよろしいですか」

芝野は、研究室でヒューマノイドを見てからずっと気になっていたことがあった。

「何なりと」

「ロボットの役割は、人間の代理で作業をすることでは。重労働や正確性を求める場合に、重要な役割をしますね。でも、ヒューマノイドはどうでしょう。何のために必要なんですか」

しばらく考え込むかと思ったが、即答された。

「ヒューマノイドは人に対して労働します」

「つまり、従来の工場のラインで働くロボットとは根本的な発想が違うと？」

「先ほどカナウ君をご覧になったかと思います。人型ロボットには、介護現場での需要が期待されています。だがカナウ君だとお年寄りの受けが悪い。機械に飼育されているようだ、という声すらあります」

確かに、介護ヘルパーがロボットというのは、自分もご免こうむりたいと思う。

「ならば、話し相手として役に立つわけですか」

「パートナーです。現代は寂しさが募る社会なんです。その一方で、相手に思い通りの反応を期待する人が増えています。人間相手だと、それも難しい。でも、ヒューマノイドであれば、まさにユーザーの心の命ずるままの反応をしてあげられます。まさしく心と心が通う場が生まれるんです」

いや、そんな風には心と心を通わせたくない。芝野はそう反論したくなるのをこらえてカナウ君を見た。人間そっくりのロボットがパートナーとなる社会。それが日本の正しい未来図なのだろうか。

「ヒューマノイドが、誰でも利用できるパートナーになるための最大のハードルは、コストダウンです」

黒崎が説明を始めた。

「ちなみに、おいくらですか」

望がズバリと斬り込むと、教授に代わって久万田が教えてくれた。

「アメリカで調査した額ですが、二〇〇万円から三〇〇万円の間ぐらいですかね。南准教授《せんせい》のヒューマノイドだと、数千万円はかかっています。もう少し人間らしい動きが欲しいとか、自由に移動できる機能を開発しようとすると、すぐに一億円近くになると思います」

「一億ですか。ひゃあ、高いなあ」

「けどなあ、望君。自家用車の新型開発に比べたら、大した費用やないで。つまり、需要があって、それに応えられるだけの実用機ができたら、あとは製造コストの問題やろ」

そこにマジテックや東大阪の町工場が参入できるチャンスがあると、久万田は訴えている。

「コストダウンのためには、具体的に何が必要なんですか」

「精密なアクチュエーターが必要です。その開発と製造こそが、コストダウンに大きく寄与してくれると思います」

そこで久万田が、いくつかの小さな精密機械をテーブルの上に置いた。

「なんですか？　それ」

「これがアクチュエーターの一部です。電気や空気などの動力によって、この精密な機械は上下運動や回転運動をします。たとえば、ヒューマノイドを微笑ませる時には、これらをいくつも作動させて人工皮膚を動かすんです」

望は久万田に断って、細部までチェックしている。

「凄いもんやなあ。でも、こんなんで表情ができるんですか」

「可動部位の数を多くすれば滑らかで柔らかい表情が作れるようになります。けど、制御装置はそれぞれに必要ですし、動力源を個別に繋がなければなりません。現段階ではヒューマノイドのほかに巨大な動力源が必要です」

それでは、誰でも利用できる気軽なパートナーにはなれない。

「僕らはね、人間の筋肉と同じように伸縮する装置の開発を進めているんです。それを目指すとなるとロボット工学だけではなく、生命科学やナノ材料工学など様々な研究領域との連携が必要になります」

黒崎の思考の先は、どこまでも人間そっくり、いや人を超えるヒューマノイドの完成にあるらしい。

「問題はたくさんあります。そこで、芝野さんにご相談ですが、現在抱えている僕らの課題を、一緒に克服するプロジェクトチームに参加していただけないかと思っています」

黒崎の提案を聞いて、望がテーブルの下で拳を握りしめた。

「本当ですか。それは嬉しいご提案です」

「本音を言いますと、ロボット工学が求めているものを、町工場の技術でカバーできるとは思ってません。でも久万田君が、自分と芝野さんがいれば必ず製品化のための大躍進ができると譲らないんです。ならば、ひとつ皆さんに賭けてみようかと」

「勝手な話を進めてすんませんです。俺はアメリカでカナウ君のバージョンアップの開発をしてたんです。アメリカの連中は、ソフト開発力とか演算計算なんかは得意ですが、自分らで組み立てて工夫するっていうのは、日本の町工場のほうがはるかに上手いと痛感しました。やっぱり、ヒューマノイドの製品化には、日本の町工場の腕が必要やと俺は確信してるんです」

胸が熱くなるような言葉だった。

だが、今のマジテックには〝博士〟がいない。まともな技術者は桶本一人という状況で、果たして超細密なアクチュエーターの金型ができるものなのか、確約もできない。

しかし、マジテックにもう後はないのだ。

4

二〇〇八年九月一三日　東大阪市森下

「突然、お時間を頂戴して恐縮です」

　言葉ほど恐縮しているように見えないADキャピタル大阪支店長は、マジテックの応接室に入るなり、社交辞令を口にした。

「こちらこそ、御社が大変な時にお気遣い戴きありがとうございます」

　海の向こうの米国で、同社の母体であるアメリカン・ドリーム（AD）社が経営危機に瀕し、複数の買収提案を受けている真っ最中なのだ。

「我々には遠い話です。それより、お尋ねの件について弊社の債権回収担当で首席調査員の田端《たばた》がご説明いたします」

　外資系ノンバンクの名刺は持っているが、田端はパンチパーマに黒縁眼鏡というバブル崩壊後に大勢いた「債権回収屋」にしか見えなかった。だが、かえってそういう雰囲気の人物のほうが調査には期待できそうだ。

「弊社が御社の債権を一括でおまとめしようと動き始めた時、複数の債権者から、ごく最近売却したと言われました」

田端は用意してきた文書を開き、太い指でその箇所を指した。確かに四つの金融機関の債権が、売却されていた。売却先にはいずれも同じ金融機関名が記されている。

やはり、そういうことか……。

「ご覧の通り、債権を買い集めているのは、浪花信用組合俊徳道支店の支店長代理で村尾という人物です。ごく最近は、若い小笠原という職員も動いているようですが」

「けど、もともとは浪花さんから〝おまとめ君〟を提案されてたんで、そこが買《こ》うてはるのは当然のこととちゃいますのん？」

小笠原の名が出たからだろうか。浅子が浪花信組を援護した。

「いや社長、浪花さんには先日、正式にお断りを入れてますよ。なのに債権を買い漁るなんておかしいですよ。田端さん、この経緯についてはご存じですか」

芝野が尋ねると、田端は身を乗り出してきた。

「マジテックは破綻の危機にあるのだが、社長が上手にそれを隠蔽したうえに、マスコミを使ってあたかも近々、難病で苦しむ子供たちを救う新製品の大量生産を始めると吹いている。だが、それは真っ赤な嘘で、すでにいくつかの融資先は利子すら取りつぱぐれている、マジテックの破綻は近い、と触れ回っているようです」

「なんや、それ。悪質な風評やないですか」

「おっしゃる通り。最近では、弊社まで悪徳ハゲタカノンバンク呼ばわりして、こんなところとつきあったら優良先までむしり取られると喧伝されています」

村尾ならやりかねない。だが、なぜそれほどまでにマジテックの債権集めに執着するのだろう。八月に村尾と話したが、「理事長命令のノルマがキツくて、マジテックさんの案件がなくなると小笠原も自分もボーナスがもらえない」と泣きついてきた。

それでも芝野は断ったのだ。

「それで、御社とホライズン・キャピタルとの関係は？」

芝野はもうひとつの懸念を問うた。

「その点について、まず私からお答えします」

支店長が割って入った。

「ホライズンは、日本でも実績のある大手の外資系投資ファンドです。弊社とも取引実績はございます。ただ、御社への金型製造の依頼についてはまったく無関係ですし、ホライズンが進めている日本の町工場の技術集約プラットフォームビジネスに、弊社は参画しておりません」

口では何とでも言える。金融機関は儲けが期待できれば悪魔とでも手を結ぶ。したがって、ADキャピタルがホライズンのプラットフォームに参画しているかどうかの真偽は、この際どうでもいい。問題は、まとめた債権をホライズンに売却しないかどうかだ。

芝野がその点を確認しようとする前に、田端が咳払いをした。

「もう少し、私からご説明させてください。ホライズン・キャピタルに詳しい関係者に複数当たったところ、ホライズンが御社に目をつけているのはどうやら事実のようです。ただし、地元の信組が話を持ち込んだのが発端だそうです」

つまり、村尾がホライズンに売り込んだということか……。

「ホライズン・キャピタルちゅうたら、私でも知ってるぐらいの大手のハゲタカファンドですやん。そんなところが、なんでウチなんか欲しがるんですかねえ」

浅子の疑問は当然だった。連中が注目している何かがマジテックにあるのだ。

ホライズンが進めているという日本の町工場の技術集約プラットフォームビジネスについても調べてみた。どうやら特許ビジネスで儲けようとしているらしい。

だとすれば、マジテックのどんな特許、あるいは技術が狙われているのか。それが分かれば、マジテック再生のヒントになる。

「芝野さん、ここは早めに弊社との契約を進めるべきだとは思われませんか」

融資担当者が前のめりになって言った。

「すでに浪花信組は、御社の債権を半分余り買い取っています。そして彼らは我々からの買い取り交渉には『応じない』姿勢を貫いています。放っておくと、御社は追い詰められますよ。もし今、ご決断いただければ、我々としても踏み込んだご支援ができます」

「具体的には何をしてくれはるん？」

浅子が横柄に言っても、融資担当者は怯まない。

「噂では、村尾という浪花信組の支店長代理は、カネに困っているそうです。また、今はホライズンの先兵を務めていますが、カネ次第では彼が集めた債権を当方に売却すると思われます」

村尾がカネに困っているという可能性はあった。入行直後にバブルを経験しカネに溺れた村尾は、不正なカネの着服やキックバックを得て、三葉銀行を追われた。そういう性根はなかなか改まらない。おそらくはマジテックをホライズンに売り込んだのも、カネが目当てだろう。だとすれば、ＡＤキャピタルの提案は福音だった。

「芝野さん、ここは甘えたらよろしいやん。村尾さんの金儲けの道具にされたり、外資に食いもんにされんのは、ウチはもうごめんや」

　決断の時か……。

「くどいようですが、アメリカン・ドリーム（AD）社に対する買収劇は、今回のご依頼に影響しないんですね」

「ご安心ください。ADは独立採算です。また、アメリカで起きているのは、誰が大株主になるのかという騒動です。新株主は、ADグループの利益を上げるために努力する事業を支持します。スプラも弊社もADの優等生ですから」

　もう、ごちゃごちゃ言わんと決めて欲しい、と浅子の目が訴えていた。

「分かりました。では、この事業に弊社も参加させてください。そして融資や債権の件も、御社のご提案で進めていただければと思います」

　彼らは全員揃って弾《はじ》かれたように立ち上がると何度も礼を言い、両手で浅子と芝野の手を握りしめたのだ。外資系金融機関の人間にしては珍しい行動だった。

5

　同じ日の夕刻、久万田が泣きそうな声で事務所に上がってきた。彼は昨日届いた船便の荷物をマジテック本社一階の片隅に設置する作業を続けていた。

「おばちゃん、どないしよ。最悪のことが起きてしもた」

「なんや、クマちゃん、情けない声出してからに。今日はパーッと宴会すねんから、景気の悪い声出さんといてんか」

スプラの受注を正式に決めてご機嫌だった浅子は、泣きそうな顔で入ってきた久万田にはっぱをかけた。

「輸送の途中で介護ロボットが壊れたみたいなんです」

久万田が留学先のMITメディアラボで仲間と製作し、ベンチャー企業まで立ち上げた介護ロボットのことだ。

「そんなら、修理したらええやんか。あんたが作ったもんなんやし、何遍でも作ったらええだけのことやろ」

浅子はまったく頓着していないようだ。

「おばちゃんに力作を見て欲しかったのに」

「こないだ、ビデオで見たので十分やわ。それに、黒崎先生のカナウ君2号のほうがスゴイねんやろ？　それを超えるもん作ったほうがええやろ」

その通りだった。だが、久万田はまだ諦めきれないらしい。浅子が冷蔵庫から缶ビールの六缶パックを取り出して久万田に渡した。

「今日はもうおしまい。手伝ってくれた人と、これ飲んだらええねん。で、それが終わったら宴会行こ」

「宴会って、なんかええことあったんですか」

「それも、あとで話すわ。あんたの後輩の天才ちゃんたちも誘ってあげてな」

「分かりました！　それと芝野さん、ちょっと見て欲しいもんがあるんです」

テレビで、アメリカの投資銀行の経営危機とAD買収のニュースを見ていた芝野は、すぐに従った。

階下に下りると、望や田丸のほかに、阪大の研究室から来た二人の院生が汗だくで作業していた。MG（マジテック・ガード）の共同開発者である中森准教授の顔もあった。彼と久万田は昔から親しかったらしい。

船便の荷ほどきに併せて工場の一角に久万田の〝ラボ〟を作るということで、今日は整理や機器の設置作業などに朝から追われていた。黒崎教授のヒューマノイドの部品製作や、久万田の介護ロボット開発はここで行われる予定だ。

「中森さんにまで力仕事させてしまいまして、申し訳ありません」

芝野が改めて礼を言うと、「中森さんにはコンピュータやCAD《キャド》のプログラミングだけ頼みましたから、力仕事はしてませんよね」と久万田が混ぜっ返した。

とはいえ暑い工場内での作業だけに、中森も汗だくだった。

「まあね。でも、今日は特に暑いですからね。日頃は空調完備の研究室で甘やかされていますから、すっかりバテバテです」

中森は情けなさそうに頭を掻いている。

久万田と並ぶと、コントラストが際立つ。かたやラグビーのフォワードのような巨漢で、一方の中森は小柄で痩せぎすだし顔も青白い。

「芝野さんに、例のヤツを見てもらおうと思って」

久万田に促されると、中森はビールで喉を潤した後、CADの前に座った。

「これは、僕と〝博士〟が設計したMGの三次元設計図なんです」

ディスプレイの中で、正木希実ちゃんのMGがゆっくりと回転している。確かに3Dだ。

「最近、アメリカのラボでは、ラピッド・プロトタイピング（rapid prototyping）と呼ばれる手法が注目されています。迅速試作機とでも言えばいいんでしょうか。久万田君がそれを今回持って帰ってきてまして」

久万田が、一メートル四方ほどの金属の箱の前に立っている。中で、駆動音がす

「ＣＡＤデータから様々な立体物を製作できるんですよ。で、それで希実ちゃんの部品が作れないかと考えてるんです」

久万田の大きな手に、長さ二〇センチほどの白いプラスチック製の部品が乗っている。

「これは、ＭＧの左腕外側の部品です。ラピッド・プロトタイピングで作ったんです」

中森に言われて、芝野は手に取ってみた。望や田丸も近づいてきて興味津々で見ている。

「ちょっといいですか」

そう言って部品を手に取ったのは、田丸だった。

「どうだい、田丸君。よくできているだろ」

田丸は作業着の胸ポケットからノギスを取り出して、寸法を測った。そして、自分のメモ帳に書いた数値と比べている。

「凄い！　今、希実ちゃんが使っている左腕外側の部品とまったく同じ寸法です。穴の場所も直径も完璧や」

「嘘やろ」と今度は望がノギスで測っている。

「ミクロ単位だと誤差があるかもしれない。また、バリがあるところもある。でも、これなら後はちょっと磨いてもらったら、十分使えると思わへんか」

久万田は自信満々だ。芝野はまだ信じられなかったが、望と田丸はすっかり興奮している。

「でも、この機械は試作製造機なんでしょ」

「というより、むしろ一個からモノが作れる機械と解釈してください。つまりは、MGのような個々人の体格に合わせてカスタマイズするようなものの製造には、ベストな機械なんです」

「これ、プラの材質は？」

田丸が良い指摘をした。

「まったく同じもんや。すでにアメリカの工場では、試作工程に利用されている。でも、この数年で使える材料が増えたり一気にレベルを上げてるねん。で、カスタマイズ性の高い製品の製造にも援用できるんやないかと考えたわけで」

その時、機械の信号音が鳴った。

「おっ、また一個できあがったみたいですよ」

久万田はまるで電子レンジの扉を開けるように機械の取っ手を開いた。中には白い固まりが見える。それを取り出して、刷毛のようなもので丁寧にはらった。すると、細かい粒子のようなものがはがれ、MGの部品らしきものが再び現れた。

「先日、桶本さんが急遽《きゅうきょ》作った希実ちゃんの部品の情報を、CADに取り込んでアウトプットしてみたんだ。どうだろう、田丸君」

中森が自慢げに言うと、田丸は目を見張った。

「まるっきり同じもんです。いや、准教授《せんせ》、これは凄い、凄すぎます！」

「芝野さん、このラピッド・プロトタイピングなら、希実ちゃんが大人になるまで部品を供給できると思います。製作コストそのものはさほどかかりません。しかも、製造には三〇分もあれば、ほぼ完成品ができてしまう。何かあった時にお母さんが心配されることも、マジテックさんが経費を気にされる必要もなくなるはずです。それに、もうひとつ朗報があります。希実ちゃんの成長に合わせて、様々な改良や強化策が今後は必要になりますが、そういう設計は久万田君がやってくれると思います」

中森の話を受けて、久万田も胸を張った。

「まかせてください。機械は壊れましたけど、介護ロボットを開発するに当たって、人間の関節や筋肉の動きは徹底的に研究しました。MGの部品の動きや接続方法についても、色々と提案できると思います」

こんな奇跡があっていいのか。いや、これが発明というものかもしれない。

芝野は思わず天を振り仰いでいた。

藤村さん、あんたは凄い人だ。

あなたが蒔いた種が今、こうして発明という名の奇跡を起こしている。それに久万田君の登場で、マジテックが失っていた〝頭脳〟を取り戻せるかもしれない。

それもこれも、若い人たちにどんどん投資し応援を続けたあなたのおかげだ。

「ほら、みんな、打ち上げに行くで。はよ、準備しなはれ」

二階に続く階段の上から、浅子の声が降ってきた。

第五章　起死回生の一手

1

二〇〇八年九月一五日　東大阪市高井田

午前七時過ぎ、村尾は携帯電話の派手な着信音に起こされた。

「早朝にすみません。ＡＤキャピタルの田端です。まだ、お休みでしたか」

「何か」

「急で申し訳ないのですが、本日お願いしておりましたお打ち合わせを、延期していただきたくご連絡致しました」

マジテックの債権について折り入ってご相談があると言ってきたのは、昨日の午後だ。それが翌日早朝にキャンセルとは何事だ。

村尾はベッドから出て、リビングのソファに座り込んだ。

「延期の理由を聞かせてもらえますか」

「ちょっと、社内での意思統一に時間を要しておりまして」

外資系なら、そんな七面倒臭い手続きなど不要なはずなのに。

もしやと思って、テレビをつけてＮＨＫの朝のニュースを見た。鷲津政彦がアメリカン・ドリーム（ＡＤ）社に対して買収を仕掛けているとアナウンサーが伝えていた。

これの影響か……。

「日本のハゲタカが、おたくの親会社を買おうとしているせいですか」

「何の話ですか」

お惚けは、むしろ逆効果だった。

「そちらから無茶なアポを取り付けておいて、当日の早朝にドタキャンって只事じゃないですよ。ちゃんと理由を説明してもらえませんか」

「本日、村尾さんにご提案しようと思っておりましたマジテック債権の買い取り交渉について、社内コンセンサスが今に至っても取れないんです。それで、本日お会いしても交渉ができない可能性が高いという結論がようやく出たんです」

今、マジテック債権の買い取り交渉と言ったぞ、こいつ。

「田端さん、今、マジテック債権の買い取り交渉っておっしゃいましたよね。私は、御社がマジテックの債権を私に売却してくださるんだと思っていたんですが」

「えっ、何ですか」

明らかに狼狽《ろうばい》していた。

「私はてっきり、そちらがお持ちの債権を当方にお売りいただけるのかと思っていたのですが」

「いや、そうでした。それを含めた交渉をお願いしようと思っておりまして」

「債権を買うのは御社ですか、それとも私ですか」

「相済みません、ちょっと立て込んでおりまして。改めてご連絡差し上げます」

田端は一方的に電話を切った。

ADキャピタルの田端と言えば、債権回収ではそれなりに名の知れた人物だった。もともとは住倉銀行にいたのだが、同行が他行と統合されたのを機にADキャピタルに転職し、債権回収で実績を積み上げてきた。血も涙もない凄腕という評判で、それだけに今朝の交渉は村尾も覚悟して臨むつもりだったのだ。

なのに、これはどういうことだ。俺みたいな三下相手に、しどろもどろとは。何かとんでもない事態が起きているに違いない。

おそらくその原因を作っているのは、今テレビでインタビューを受けている男だ。

〝傲慢なアメリカにお灸《きゆう》を据えるために私が現れたと表現される方がいらっしゃるが、この強欲な国に対してお灸程度では何の効果もないのでは。ＡＤへの買収提案の理由は、ただ欲しいからです〟

俺もこんな風に言ってみたいよ。年齢はさほど変わらないはずなのに、こいつは今、米系大手投資銀行の経営危機というどさくさに紛れて、アメリカの宝を奪取しようとしている。

「とんでもない火事場泥棒だな」

こちらはその余波で、一攫《いつかく》千金を狙う手はずに狂いが生じるかもしれない。

どうしてくれるんだ、鷲津！

東大阪市森下

希実を連れてマジテックを訪れた奈津美は、ＭＧの部品を製造できるという機械を見せてもらった。

「最近では、３Ｄプリンタと言っている人もいるようです」

機械の扉を開けて仕組みを説明していた田丸が最後に言い添えた。

「つまり三次元のプリンタという意味です」

なるほど、一般のプリンタなら平面、すなわち二次元のものなら何でも印刷できる。それがこの機械だと立体でプリントアウトされるわけか。

そこまで理解して、奈津美は感嘆の声を漏らした。これはまるでドラえもんの世界だ。

「俺は、〝なんでもコピー〟って呼んでますけどね」

名前の響きは今ひとつだが、望の言いたいことは分かる。

「何が凄いって、３ＤＣＡＤのデータがあれば、この機械が目の前に現物を吐き出してくれるということです。先日は試しにＭＧの腕の部分を作ってみたんですが、かなり良い出来でした。それで、今日はすべての寸法をしっかり計測させてもろて、スペアの準備もします」

「じゃあ、もう希実をアメリカに連れて行く必要はないんですね」

「今のＭＧを微調整して部品を交換するなら、いつでもどこでも、何度でも大丈夫です」

大阪大学から駆けつけた中森准教授が太鼓判を押した。

「希実ちゃん、お兄ちゃんに記念写真撮らせてくれるか」

久万田が言うと、希実はすまし顔でカメラに向かった。

「おお、ええ顔や。めっちゃ美人に撮れたわ。ほな、希実ちゃん、次はこっちのカメラで撮らせてくれるか。望君と田丸ちゃん、ちょっと手伝って」

望に抱きかかえられて、希実が身体測定器のような装置前の椅子に座った。

「あれは三次元測定器、3Dスキャナーです。まだ開発段階なんですが、あれでスキャンするだけで、希実ちゃんの体格形状を測定して、希実ちゃんと同じサイズのフィギュアが作れるようになるはずです。それができたら、成長過程に合わせたMGの進化が期待できます」

夢のような話だった。

「これだけの装置を揃えるには、ものすごく費用がかかったんじゃないですか」

「本来はそれなりの設備投資が必要です。でも、あそこにいる熊のような男が、全部ここに持ち込んだんで、ここまでの新規投資は一切ありません」

久万田五郎と紹介された大柄の男性は、アメリカでロボット開発の研究をしてきたのだという。そこで購入した機械を、丸ごとマジテックに持ち込んだらしい。

「なんとお礼を申し上げればいいのか」

久万田に向かって、奈津美はありきたりの言葉しか出てこないのがもどかしかった。胸が一杯すぎて何も言えない。

「お母さん、機械は人の役に立ってなんぼなんです。希実ちゃんがいてくれて、僕が持ち帰ったガラクタにも価値が生まれました。感謝するのは僕のほうですよ」

久万田に礼を言われて、奈津美はさらに恐縮した。

「中森准教授《せんせ》、ウチの社長に聞いてみたんですけど、ここの工業団地の倉庫を安く貸してもらえそうです。どうです、やってみませんか。日本初のファブラボ」

「そうだなあ。面白いかもなぁ」

久万田が口にした「ふぁぶらぼ」の意味が理解できないでいると、中森と目があった。

「久万田君はMITに留学していたんですが、彼が所属していたメディアラボという研究所が始めた面白い試みがあるんです」

中森の説明では、インターネットで世界を繋いで各人が開発した様々な技術を持ち寄り、新しい製作物を作り上げる研究所を、ファブリケーション実験所、略して

〝FabLab《ファブラボ》〟と呼ぶのだという。久万田が説明を代わった。

「たとえばフィンランドのオタクが設計したラジコンヘリのプロペラ技術と、インドネシアのマニアがデザインしたラジコンヘリのボディ、さらに、僕が考案した独自の推進技術という、さまざまなパーツごとのアイデアが世界中に散らばっているとします。ファブラボなら、それらをパソコン上でまとめて試作品を製作できるんです」

今ひとつイメージが湧かなかった。

「インターネットのおかげで世界が繋がっているでしょう。せやから設計情報をネット上で共有できます。スカイプを用いて、ネット会議を開いて意見交換もできる。そして、3Dプリンタで部品を全部出力して、試作機を作るんです。実験結果だって、ビデオに撮ってネットで共有できる。さらに、YouTubeを使えば宣伝もできるわけです」

「世界が繋がるとそんな凄いことができちゃうんですね」

「そうなんです。世界中のオタクたちが、あれこれ意見交換して試作品を作るようになったら、マジテックみたいな弱小企業でも世界を驚かせる大発明ができるわけですよ」

それを、この東大阪に作ろうということらしい。

「ここの工業団地でファブラボを立ち上げたら、桶本さんら熟練職人の匠の技も取り込めると思うんですよ」

久万田が子供のように目を輝かせて中森に説明している。この瞳の輝きが、エジソンも真っ青な新発明を生み出す原動力なのかもしれない。

「中森さん、うちの専務も大乗り気で、ファブラボがマジテック再生のカギになるかもしれないって期待しています。それで、一〇〇〇万円の予算をつけてもいいと言ってるんです」

「分かった。じゃあ、僕のほうで大学や研究者仲間に呼びかけるよ」

科学は、人間の生活を格段に豊かにした。もちろん、兵器や公害など別の問題を生んだのも事実だろう。だが、希実のMGを考えると、科学技術があるからこそ救われる命もあるのだと、奈津美は強く実感した。

大阪市北区

この日の午後、芝野と浅子は大阪市北区のホテルにいた。世界的な化粧品メーカーのスプラと鈴紡化粧品の合弁会社ＳＳＣ（スプラ＆鈴紡化粧品）の専務に内定している五島正規《ごとうまさき》ら幹部四人と会っていた。

同社がアジア向けの最高級美白化粧品として売り出す、新製品の製造ラインに使用する金型製造の正式契約を結ぶためだ。国内に二ヵ所ある大規模工場に導入するとなると、三億円規模の金型が必要で、マジテックはその製造を一手に引き受けることになる。さらに、ＳＳＣはアジア三ヵ国でも同種の工場建設を予定しており、当初の目標通り売上を達成できたら、その金型もマジテックが引き受けるというオプション契約もあった。もちろん、金型の交換も頻繁になるため、フル稼動しても追いつかないほどだ。

たかだか金型ごときで仰々しいと浅子はぼやいていたが、これほどの大型契約ならば、少しばかり派手なセレモニーも当然だった。

着慣れないスーツが窮屈そうだったが、さすがに契約書を交わす席に座ると、浅子も神妙に振る舞った。

「正式契約を交わす前に、ひとつだけ確認させてください」

芝野は、席に着くなり切り出した。

「大変失礼なお尋ねなのですが、米国内で行われているアメリカン・ドリーム社への買収提案の結果が、今回の事業に影響を及ぼすことはないと考えてよろしいのでしょうか」

「色々と世間をお騒がせして恐縮です。芝野さんがご心配の件については正直、私も同様の心配をしていまして。本日は同席できなかったのですが、それについては社長に内定してるジェフリー・カーターにも確認を取りました」

芝野が抱いた疑問は、五島らにとってもっと切実な問題なのだろう。

「まったくノープロブレムだと即答しました。ご存じのようにADという企業は、手広く事業を展開しております。すべての企業は業界で一、二位を争う企業ばかりで、それぞれの独立性が保証されています。したがって、ADのオーナーが誰になろうとも、スプラの経営方針が変わることはないと。その点については、藤村さんや芝野さんにしっかりお伝えするように申しつかりました」

だったら、そのカーター新社長もここに来るべきではないのか、と芝野は思った。もっとも、当初からカーター氏は出席できないとは聞いていたし、下請け契約ごときに、専務を寄越すだけでも十分、特別待遇なのだろう。

「分かりました。ご丁寧な回答に感謝します。そして、カーター新社長にもくれぐれもよろしくお伝えください」

契約の署名が行われ、マジテック再生のカギを握るビッグプロジェクトが正式に始動した。

その後の軽い会食の席で、ADキャピタルの田端が芝野に小声で話しかけてきた。

「実は、本日午前中に浪花信組の村尾氏と会う予定だったのですが、先方が突然キャンセルを申し入れてきました」

今朝の村尾との面談で、ADキャピタルは浪花信組が保有するマジテックの債権を買い取る交渉を行うはずだった。果たして、村尾がすんなりそんな話に乗るかは疑問だと思っていたのだが、ドタキャンしたとは驚きだった。

「それはまた、どういう理由で？」

「社内事情としか聞いておりません」

田端は渋い顔で答えた。

「田端さんのご見解はどうですか」

「おそらくは、焦らして値を上げる戦略ではと思うのですが」

あり得る話だ。だからといって、マジテックには何もできないのだから、債権回収交渉は専門家に委ねるしかない。

「ところでリーマン・ブラザーズやゴールドバーグ・コールズ（GC）が破綻寸前と言われていますが、万が一それが現実に起きた場合、御社にも影響があるのでは？」

「大丈夫だと思いますよ。弊社はノンバンクで投資銀行部門は持っていませんし、所詮はADグループ内でカネの管理をしているだけですから」

今やアメリカは、一九二九年の金融恐慌以来のパニックに陥りつつあるらしい。

だが、日本では、アメリカの投資銀行を追い詰めているサブプライムローン系の債務担保証券《CDO》を購入した金融機関は少ないという。むしろ心配なのは、外資系金融機関と深く関わっている企業だろう。

それだけにこの時の芝野には、危機の萌芽を感じ取ることができなかった。

彼の頭の中には、もしかすると自分たちは起死回生を成し遂げたかもしれない、という抑えがたい喜びしかなかったのだ。


米国東部時間二〇〇八年九月一五日午前零時（日本時間同日午後二時）、大手投資銀行リーマン・ブラザーズが破綻、倒産した。後にリーマンショックと呼ばれる金融事件は、サブプライムローンという、支払い能力に乏しい人たちへの住宅ローンと、同ローンをベースにした債務担保証券の破綻の連鎖の結果として起きた。

リーマン・ブラザーズ破綻の影響を受け、名門GCも続いて逝った。さらには、世界最大の保険グループAIG、続いてかつては山一證券を買収したこともあるメリルリンチまでが破綻した。ゴールドマンサックスやモルガンスタンレーという投資銀行大手も、破綻寸前まで追い詰められていく。

日本の金融庁も同日、リーマン・ブラザーズ日本法人に、資産の国内保有命令と業務停止命令を出した。同社は翌日には、東京地裁へ民事再生法の適用を申請する。負債総額は三兆四〇〇〇億円にのぼり、協栄生命保険に次いで日本で戦後二番目の大型倒産となった。

その後、韓国を除くアジア地域、欧州地域および中東地域は野村ホールディングスが買収に合意し、アジア部門を米ドルで二億二五〇〇万ドル、欧州部門はわずか二ドルで買収した。

当時の日本メーカーは、トヨタ自動車をはじめ史上最高収益を上げる勢いで、バブル経済崩壊からの長いトンネルを抜け出すのは目前と考えられていた。

そんな状況では、太平洋の向こうの〝惨事〟など、対岸の火事としか思えなかった。それがやがて、思わぬ方向から日本に牙《きば》を向けてくるとは、この時、誰も想像していなかった。

2

東大阪市長堂《ちょうどう》

ＳＳＣとの大きな商談がまとまった十五日の夜、芝野はマジテック社員を誘って行きつけの焼鳥屋でささやかな祝賀会を開いた。

「いやあ、一時はどうなるかと思ったけど、芝野さんの粘り腰で十分利益が見込めるところまで押し戻せてホッとしてるわ」

このところ、気むずかしい顔で帳面を睨んでいることの多かった浅子が、久しぶりに目尻を下げて喜んでいる。

「粘り腰だったのは私じゃないですよ。望君が詳細かつ多岐にわたるデータを揃えてくれたからこそ、ハード・ネゴシエーションを乗り越えられたんです」

「望にそんなことができるやなんてねえ。なんか、芝野さんにお上手言われているだけにしか聞こえんなあ。望、あんた芝野さんに感謝しいや」

褒められて嬉しそうにしている望に向かって、浅子が混ぜっ返した。

「いや、おばちゃん、ホンマに望君は頑張りましたよ。おかげで製作費のシミュレーションを俺はなんぼ作らされたことか」

望にデータを提供し、さらに攻めどころまで指南した久万田も嬉しそうだった。

「ほんま、クマちゃんには、どうでもええ雑用ばっかりさせてごめんなあ。けど、奈津美ちゃんが喜んでくれたことのほうが、スプラの受注よりおばちゃんは嬉しいわ」

浅子の目にはうっすら涙が浮かんでいる。

「いや、礼を言うのは俺のほうですよ。ちょっとは人の役に立つことせえって、事あるごとにおかんに怒られてきた俺が、生まれて初めて人のお役に立てたんです。こんな嬉しいことないです」

必要は発明の母だと言うが、３Ｄプリンタの発明は、まさにそれを体現していた。芝野には、いまだに仕組みが理解できないが、ひとつだけ確信できたのは、いつの時代になっても技術開発を怠ってはならないということだ。

「それと、中森准教授《せんせ》がファブラボをぜひやりたいと言ってくれました」

そうだ、そういう話もあった。これも芝野にとっては未知ともいえる新しい挑戦だった。

世界中のオタクの趣味が新しい発明品を生み、それを東大阪の〝匠〟が支援するというコラボレーションは実に魅力的だ。そのための実験場を東大阪に作るというのは、マジテックだけではなく、東大阪工業団地としても朗報だった。

「このプロジェクトがいずれメディアラボと連携できたらええのに、と思ってるんです。なので、僕の主任教授を口説いてます」

「それって、天下のマサチューセッツなんとか大学とマジテックが繋がるっちゅうことかいな」

浅子が信じられないという顔をしながらも、「とにかくお祝いやから、おいしい焼酎一本プリーズ！」と叫んだ。

その時、何気なく見上げたテレビで、リーマン・ブラザーズとゴールドバーグ・コールズ（GC）破綻のニュースが流れ、芝野の目は釘付けになった。

「ちょっと失礼」

そう断って、急いでテレビの前にかぶりついた。

〝ウォール街では、早朝から両社の破綻手続の作業が始まっており、早くも社員の大半に解雇通知が出された模様です〟

画面には、段ボール箱を抱えて会社を出てくるリーマン・ブラザーズの社員が映し出された。魂が抜けたように放心状態で歩いている。

芝野の脳裏に、九〇年代末に起きた日本の金融危機の記憶が蘇った。

山一證券の破綻がきっかけだった。以降、日本の高度成長を支えた二つの長期信用銀行が破綻し、さらには地銀にも飛び火した。

あれと同じ光景が、今度はウォール街で起きたのか――。

「えらいことですなあ。日本は大丈夫なんかねえ」

浅子も心配そうだ。

「何らかの影響はあると思うべきでしょうね」

ニュースでは、世界最大の保険グループのAIGが国有化され、メリルリンチはバンク・オブ・アメリカに吸収合併されるとも伝えていた。

これは日本の金融危機の比じゃない。下手をすると、世界恐慌が起きる可能性すらある。そう思った矢先に、知っている顔が画面に映し出された。

〝ゴールドバーグ・コールズ再生の責任者である元ニッポン・ルネッサンス機構総裁の飯島亮介氏は、「とにかく、世界恐慌を食い止めるのが先決です。日本としてもやれるだけのことをやりたいと思います」と語りました〟

彼が標準語を話していると、別人のようだ。深刻そうに眉間に皺を寄せているが、きっと内心は小躍りしているに違いない。骨の髄まで米国が嫌いな男なのだ。ざまをみろ、ぐらいに思っているだろう。それにしても、米国屈指の名門投資銀行の再生を日本の銀行が担う日が来ようとは。

今もUTB銀行にいたら、この再生プロジェクトに自分も手を挙げただろうな。

では、今、依頼があったらどうするか。

もちろん、たとえ打診されたとしても受けられるわけがない。しかし、GCの経営陣になるというのは、どんな気分なのだろう。

「ほら、芝野さん、涎《よだれ》が垂れてまっせ」

すぐに浅子に読まれてしまった。

「よしてくださいよ。ただ、昔の知り合いが出ていたんで懐かしくなっただけです」

「知り合いって、さっきのサル顔の人？」

「ええ、〝博士〟もご存じだったと思いますよ。かつては三葉銀行の船場支店にもいたんですよ」

芝野の携帯電話が鳴った。ディスプレイを見ると、発信元は国内ではないらしい。通話ボタンを押した途端、「おお、芝野、わしや。元気か」とだみ声が耳に飛び込んできた。

芝野は思わずテレビの方を見てしまった。すでに、画面の中に飯島の姿はない。

「どうも、飯島さん、大変御無沙汰しています。ニューヨークは大変そうですね」

浅子らの前で話すのは避けようと思い、店の外に出た。残暑がムッと全身を襲ってきた。

「いやあ、大変なんてもんやないで。まさに修羅場やな」

「飯島さんの真骨頂が遺憾なく発揮されるんではないですか」

「アホぬかせ。わしはもう引退したんや。それを、またぞろ鷲津の奴に呼び出されて、このざまや」

だが、テレビでインタビューされていた時の顔は、実に生き生きして見えた。

「期待しています」

「何、他人事みたいなこと言うてんねん。おまえ、大至急ニューヨークに来てくれるか」

やはり、そういう話か……。薄々察してはいたものの、こんな時は惚けるに限る。

「なぜですか」

「決まっとるやろ。GCの再生を手伝って欲しいんや。一筋縄ではいかん連中ばっかりや。おまえのような手練《てだ》れがおらんとやってられまへんのや。な、頼むで」

それだけ言うと、飯島は電話を切ってしまった。

相変わらず勝手な男だ。芝野はすぐに電話をかけ直したが、もう応答はなかった。

やれやれ――、そう呟いてはみるものの、内心まんざらでもない。マジテック再生が軌道に乗っていたなら、おそらく喜んで飛んで行った気がする。

おいおい大丈夫か、健夫。

芝野は空を見上げて、大きく息を吐き出した。星も見えない空は、町の景気同様、どんよりしている。それでも、俺はこの町が好きになりつつある。

確かにGC再生はやりがいがあるだろう。だが、今の自分が大切にしたいのは、世界中で暴利を貪った巨大企業ではなく、必死で生き残ろうとしている町工場の未来だった。

マジテックは、これからが勝負だ。芝野はもう一度、ニューヨークにいる飯島の番号を呼び出した。出ないなら留守電に残すまでだ。

3

二〇〇八年一〇月一日　東大阪市森下

東大阪市森下にある東大阪第二工業団地の敷地面積は、約二万平方メートルとされる。一九九〇年代から入居企業は減少し、今や半数以上が「空き地」状態だ。

地主である大阪府は、団地を閉鎖し高齢化対策の一環として老人福祉施設を建設するため、立ち退き交渉を始めていた。結果、入居企業の六割が立ち退き料欲しさに退去し、残っているのはマジテックなど二三社だけになっていた。

東大阪の町工場支援を続ける産業技術支援センターは、工業団地の契約満了までにまだ一〇年ほどあるのに、強引な立ち退きは不当として府に抗議している。また、「居残り組」が頑《がん》として交渉に応じないのも、その契約があるからだ。

そんな工業団地がこの日、久々に賑わっていた。

マジテックが大阪大学などと協力して立ち上げたファブラボと、スプラの新製品用の大型ラインを擁する工場がオープンし、お披露目のセレモニーが開かれていた。

地主が立ち退き交渉を行っているぐらいだから、本来なら新規の工場や研究所が入居するのは不可能だ。だから、退去を検討しながらも未だ手続きをしていない知り合いの企業二社から、浅子が工場を借りたのだ。

そして一〇月一日、西日本では初となる東大阪ファブリケーション研究所、通称「ＦａｂＬａｂ ＥＯ《イーオー》」が開所した。ＥＯとは東大阪の略称だ。外国人は〝ＨＩＧＡＳ

HI OSAKA〟とは発音しにくいと久万田に言われて、〝EO〟と呼ぶことにした。

「東大阪をEOって呼ぶと、なんや急にハイカラになるから不思議やな」と浅子も気に入ったようだ。

また、芝野が東大阪工業振興協会の理事に就任した祝いの日でもある。

曾根と理事長の勢いに推されて断り切れなかったのも大きいが、マジテック再生に追い風が吹いてきたのと、ファブラボを東大阪全体の「ラボ」にしたいという思いが最後のひと押しになった。

FabLab EOにとって、マジテックは一出資者に過ぎない。大阪大学、大阪府立大学の工学部からの資金と研究者が参加し、国、府、さらには大阪商工会議所からの支援も取り付けた。また久万田を介して、MITや南カリフォルニア工科大学をはじめ、英仏中韓など一〇ヵ国二一大学の研究室とネットワークが繋がっている。

「繋がっているというても、インターネットで情報共有をしているというだけの話ですわ」と久万田はあっさり言うが、いまだに芝野には実感が湧かなかった。

「皆さん、本日は大勢お集まりくださりありがとうございます。僕は、マジテックの技術開発本部長兼FabLab EO所長に就任しました久万田五郎と申します。阪大でロボット工学を勉強している時に、前社長の藤村登喜男に大変可愛がってもらいまして、アメリカ留学の際も支援して戴きました。不出来な弟子なんですが、藤村前社長のようなアイデアと発明で、少しでも日本を明るくしたいと思います。どうぞよろしくお願いします」

セレモニーには工業団地の関係者だけではなく、大阪商工会議所や関西に工場を持つメーカー、さらには大学の研究者らも招待した。

「〝博士〟を真似るんは、発明だけにしてや。出しゃばりと借金はごめんや」というヤジが飛び、会場に笑い声が広がった。

「誰や、そんな罰当たりなことぬかすんわ」

浅子が声を張り上げたが、さらに笑い声が大きくなっただけだった。久万田が、話を続けた。

「本日はいくつかデモンストレーションを行って、ファブラボって何やねんという皆さんの疑問にお答えします」

インカムを装着した久万田は、パソコンの前に座った。そして、フィンランドの大学の研究室を呼び出した。

「ハイ、ヤンネ。お待たせしました。皆さん、スクリーンに映っているのはヤンネさんといいます」

ラボの大型スクリーン越しに、豊かな金髪を後ろで束ねた男性が手を振っている。

〝ハロー、皆さん！　こんにちは、ヤンネです〟

流暢な日本語だ。

「皆さん手を振って挨拶してあげてください」

久万田が指さすビデオカメラに向かって、芝野は率先して「ヤンネ、こんにちは！」と声を張り上げた。

〝こんにちは。ところで、これがなんだか分かりますか〟

「あっ、ムーミン！」と叫んだのは、大阪大学から来ていた女性研究所員だった。

〝そう、僕らの国が生んだ人気者ムーミンのフィギュアです。ＥＯオープンのお祝いに、僕のガールフレンドが作ってくれました。今からそちらに送りたいと思います〟

「送るって、手品でも使うんかいな」

すかさず突っ込みが入った。

ヤンネが３Ｄスキャナーの前に、フィギュアを置いた。

〝じゃあ、五郎、今から送ります！〟

そこで画面が暗転した。

「何が起きますねん」

「しばらく時間がかかりますが、ひとまず何が起きるのかご説明します」

新しく購入した高性能の３Ｄプリンタを久万田が紹介した。

「これは、３Ｄデータから直接立体造形物を出力する装置です。僕らは分かりやすく３Ｄプリンタって呼んでます」

「３Ｄって三次元っちゅう意味かいな」

眼鏡を外してプリンタを覗き込みながら来賓が尋ねた。

「その通りです。ヤンネが３Ｄスキャナーで測定したムーミンの形状データがインターネットを通じて共有され、ここで立体的に出力されます」

３Ｄプリンタが作動した。見学者たちは食い入るように見つめている。

「理屈を簡単に説明しますと、印刷で使うプリンタは紙の上にインクを吹き付けて印刷するでしょ。これは吹き付けるインクを立体的に積み上げていくんです」

「マジで!?」

デモンストレーションの場が一気に盛り上がった。最後尾でそれを眺めていた芝野に、浅子が近づいてきた。

「やっぱり若い力ってよろしいなあ。活気が出て、私らまで元気になります。それにしてもも凄いもんや。ヘルシンキのお兄ちゃんとここがテレビ電話で繋がったり、MITの教授とお友達になったり。いつのまに地球は、こんなに狭《せ》もなったんやろうねえ」

インターネットの力で、地球全体がひとつに繋がっている。だが、必ずしも良いことばかりではない。

アメリカで起きたリーマンショックが世界に波及している元凶も、インターネットだった。今や、金融の取引は電子決済化が当たり前で、国境を瞬時に苦もなく越えていく。その結果、地球上のどこにいても市場の値動きをウォッチできるし、売買も可能になった。投資の流れは太く速くなり、毎日、毎秒、地球上を激しく駆け巡るようになったのだ。

大阪に儲け話があると聞けば、世界中からカネが集まる。しかし、投資価値がなくなると分かれば、蜘蛛の子を散らすようにカネが消えていく。そして、金儲けの欲望は拡大し、膨張の一途を辿る。

その恩恵に潜んでいたリスクのツケを今、世界中の投資家が払わされているのだ。

皮肉なことに、リーマンショックの煽りを劇的かつ致命的に受けたのは、金融の体力がないヨーロッパの小国の経済だ。

英国の北東に位置する小さな島国アイスランドは、国中の銀行に破綻危機が迫っている。先月二九日には大手銀行のグリトニル銀行が破綻し、政府の管理下に置かれた。同国の通貨クローナはすでに紙くずに近い状態だ。このままでは、国際通貨基金（IMF）が介入するのは必至とみられている。

同様の危機は東欧諸国にも迫っており、ヨーロッパは大恐慌以来の危機に瀕している。

浅子の携帯電話が鳴ってラボの外に出るのを見計らったように、工業団地の顔見知りが芝野に話しかけてきた。

「リーマンショックの影響をどう見てはりますか」

口火を切ったのは、輸出用の機械部品を製造している社長だった。

「直接的な影響は小さいと見てるんですが。何か問題が起きてるんですか」

「愛知県と山口県の自動車城下町の町工場は、結構やばいみたいでっせ」

リーマンショックによってアメリカが大不況に陥ったせいなのだという。

今や、日本の自動車メーカーを支えているのは北米市場だ。トヨタ自動車もアカマ自動車も総売上台数の三分の一を、アメリカでまかなっている。その北米の売上が金融危機の影響で半減してしまったのだという。

「東大阪で自動車部品製造を請け負ってるところはそんな多ないけど、それでもちょっと心配になってきた」

　芝野を囲む輪に、振興協会の理事長も加わって口を挟んだ。

「それに、このところ銀行がメチャクチャなことをしとるよってなあ」

　理事長が言う「滅茶苦茶なこと」とは、金融庁による金融機関への検査が厳しくなり、融資を強引に回収する銀行が増えたことを指している。それによって、赤字になったわけでも債務超過になったわけでもないのに、急に資金繰りに詰まって〝突然死〟する資金繰り倒産が増えているのだ。

「すみません、私の情報収集不足です。アメリカで起きているのは金融機関による恐慌なので、日本の金融機関への影響ばかり気にしていました。でも、欧米の景気が悪くなれば、輸出に頼っている日本の製造業に余波は来ますね」

「悪い影響のしわ寄せは必ずわしらのような中小零細企業に来るんや。何より嫌なんがムードや。欧米の調子が悪いよって、このへんで早めに生産調整しとこかっちゅうことにならんかったらええけどな。とにかくバブル崩壊以降の大手の臆病ぶりは、信じられへんほどやからな」

　弱者に利益がまわってくるのは最後なのに、しわ寄せだけは最初に来る。もっとも、それが資本主義のルールではあるのだが。

「そんな最中に、マジテックはんはごっつい勢いやな。まあ、化粧品やもんなあ、あんまり影響ないんかな」

理事長が言うように、SSCの新製品は大丈夫だと芝野も信じている。

一番の懸念材料だったADグループの買収劇による悪影響も起きていない。新経営陣は従来の経営方針を継承しつつ、不採算路線を整理するらしい。スプラはADグループの稼ぎ頭のひとつで、整理の対象とはならないと聞いている。それを証明するかのように、「年内に、準備が整ったラインは稼動させたい」という要請があった。

今のところ怖いぐらい順風満帆の状況だ。

ただひとつ芝野の頭を悩ませているのが、ADキャピタルによるマジテック債権のとりまとめ作業の遅れだ。

ADキャピタルで債権回収を担当する田端は、「浪花信組との交渉に手こずっているが、まもなく決着する」と繰り返すばかり。しびれを切らした浅子が、浪花信組の営業担当、小笠原に「ウチのためやと思って、〝おまとめ君〟は諦めて」と再度訴えたところ、「支店長代理がひとりでやっていて自分も状況が分からない」と、こちらも要領を得ない。

そろそろ芝野が、村尾と会って話をつけるべきなのかもしれない。

その時、驚きの喚声が上がった。久万田が3Dプリンタから吐き出された塊を取り出すところだった。

「うお〜。ほんまにさっきのムーミンとそっくりやないか！」

驚く来賓の言葉に、久万田が嬉しそうに首を振った。

「社長、そっくりじゃなくて、まったく同じもんですよ。ほら、この子の背中を見てください」

「何か字が書いてるなあ。うわ〜漢字や。〝愛〟と〝信頼〟って」

久万田が、スカイプでヤンネを呼んでいる。

「ヤンネ、ありがとう。彼女の漢字の腕はさらに上達したな。〝愛〟と〝信頼〟とあるぞ。そして、〝ハッピー・オープン！ EO〟か。大事に飾っとくわ」

〝どういたしまして、五郎が喜んでいたとリンダにも伝えるよ〟

「ありがとう。それでヤンネ、悪いねんけど、そっちにいるムーミンの背中をカメラのほうに向けてくれへんか」

久万田の注文でヤンネがムーミンの背中を見せた。

そこには、〝愛〟と〝信頼〟という文字が赤インクで書かれていた。確かに達筆だった。さらに、FabLab EOの開所を祝う文字もあった。

「こんなもんまで、ちゃんと復元したわけか」

出席者が我先にとフィギュアを手に取っている。誰もが興奮しており、新しいおもちゃを与えられた少年のように目を輝かせている。

「さて、皆さん。それではいよいよ今日の最大の目玉をご紹介します」

久万田が、カメラに向かってMITメディアラボを呼んだ。

「スクリーンに登場したルーシーは、MITすなわちマサチューセッツ工科大学にあるメディアラボで流体力学とデザインの融合を研究しています。彼女は、面白い飛翔体の設計に取り組んでいます」

スクリーン上に鳥が翼を広げているようなフォルムの飛行機のイラストが映し出された。

「これがルーシーの最新作です。この飛行機の特徴は、前方からの風を掴む機能と、空気との摩擦を最小限にする機能の両方を備えている点です」

それがどういう機能なのかが、アニメーションで説明される。次にスクリーンが二分割されて、インドの大学でブレードという回転翼を開発している研究者が登場した。さらには鳥の翼の構造を研究しているというフランス人、最後に久万田の計四人がテレビ電話で繋がった。

「亡き藤村は、最小限のエネルギーで垂直離陸できる装置を開発していました」

浅子によると、これが実用化されたら空飛ぶ絨毯《じゅうたん》みたいなものができると、藤村が自慢していたらしい。

「それに僕ら四人が色々と工夫を加えて、こんな模型を作ってみました」

それは一メートル四方の薄いアルミ箔《はく》のような帆《セール》だった。中央に直径二〇センチほどの円形のフレームがあり、そこに回転翼《ブレード》が付いている。

久万田がリモコンを操作すると、小さなモーター音とともにセールが広がり静かに宙に浮かんだ。

「ほお、なんか分からんけど、凄いなあ」

周囲から歓声が上がった。

「我々はインターネット上で共同設計を行い、つい最近、完成形といえそうな試作品をものにしたんです」

久万田の手には、ヘリコプターと飛行機が合体したようなフォルムのラジコン機がある。

「三年前からアメリカ海兵隊で運用を始めたオスプレイという飛行機があるんですが、それよりも安定性が高いんです。しかも翼の研究によって、飛行に要する燃費が格段に安くなりました。名付けて『バード』。皆さん、外に出てください」

久万田はラジコン機を持って工場の外に出ると、駐車場の空いているスペースに飛行機を置いた。

リモコンを操作すると、機体の底部に取り付けられたアルミ箔のような素材のセールが膨らみ、音もなく真上に離陸した。次いで翼の両翼のブレードが回り一気に上昇した。

青い空の上で静止しているラジコン機を、皆が見上げた。

「ヘリコプターよりはるかに静かに、かつ安定して一点で静止できるのは、藤村が開発した技術とインド人のアリが開発した回転翼のコンビネーションのおかげです」

やがてラジコン機は、一気に速度を上げて上空を旋回した。

「速いなあ。ほんまに兵器になりそうや」

望が感心して呟いた言葉に、周囲が頷いている。

「無駄なく滑空できるのは、フランス人のロベールが徹底的に鳥の翼を研究した成果です。彼の研究によって、翼を操作することで逆風を上手に利用することも可能になりました」

そんな凄いラジコン機を東大阪の町工場が作り上げたのだ。

「ファブラボというのは、世界中をネットワークで繋いで作り上げたイメージを、形として具現化するためにあるんです」

久万田の誇らしげな言葉が、芝野の胸に響いた。

藤村が生きている間に見せたかったと思った。

第六章　破滅の連鎖

1

二〇〇八年一〇月二日　東大阪市俊徳道

村尾が支店に戻ると、客が待っていた。部下が受け取ったという名刺には「ＡＤキャピタル　田端」とある。

一体、何の用だ。マジテックの債権交渉の当日に一方的にアポイントメントをキャンセルしたうえに、こちらからいくら連絡しても電話にも出なかったくせに。

応接室に案内したと言うが、村尾はすぐには向かわず、空調の前に立って汗をぬぐった。一〇月だというのに、スーツ姿で重いカバンを持ち歩くといまだに汗がにじむ。

それにしても……。田端が訪ねてくるなんて、どういう風の吹き回しだ。

小笠原が聞いたところによると、AD側では、マジテックの債権のまとめ作業が進まないのは村尾が強情なせいだと言っているらしい。ばかばかしくて話にならないと詳細を質さなかったのだが、こうなると情報が欲しかった。だが、小笠原はまだ「外回り」から戻っていない。村尾は、女子職員が入れてくれた生ぬるい麦茶を飲み干すと、タバコを手に喫煙室に向かった。窓口係の女子二人がだべっていたが、村尾と目が合うとそそくさと退出していった。いかにも毛嫌いしているというそぶりが不快だったが、気にせずタバコをくわえた。

田端は、売る気か、買う気か。

いずれにしても、天下のADキャピタルの債権回収担当責任者が、わざわざ信組のちっぽけな支店にまで足を運ぶのだから、相当に追い詰められているということだろう。

切羽詰まっているのは、村尾も同じだった。

金融庁の検査が厳しくなってきた最中に、複数の支店で反社会勢力への融資が発覚して大騒ぎになっている。

村尾が融資を担当している先に怪しい企業はいくつもある。もっとも発覚した案件はもっと露骨かつ杜撰な融資をしていたが、それでも、いつ矛先が自分に向かうかもしれず、身辺整理を始めていた。

その一方で、英興技巧が保有するなにわのエジソン社の特許権買い取り交渉も続けていた。こちらも困難を極めていて、ずっと停滞している。すでにホライズン・キャピタルの隅田からは、「期限は一〇月七日です」と最後通牒《つうちょう》が来ていた。

それだけに、田端と会うことに不安も感じる。きっと何らかの決着をつけるつもりだろう。

問題は、その決着の内容だ。

ＡＤキャピタルがマジテック債権を売る気なら、絶好のチャンスだ。逃すわけにはいかない。だが、不正融資調査で信組内のチェックが厳しく、以前なら容易《たやす》かった「誤魔化し」が難しくなっている。先方から提示された額に応じられるだけのカネが調達できるかどうかが問題だ。ダメなら、交渉が停滞している英興技巧向けの資金を融通するまでだ。

それより厄介なのは、ＡＤキャピタルが債権を買い取るつもりの場合だ。こちらが売らざるを得ない〝武器〟を持って乗り込んできたのであれば、対抗できるだけの策を考えつかなかった。

「村尾さん、ADの方が、支店長代理に会えないなら支店長を出せとおっしゃっていますが」

それは、困る！

村尾はタバコを灰皿に押しつけて応接室へと走った。

「お待たせしてしまいました。ご一報いただければ、お待ちしておりましたのに」

「それには及びません。お忙しい村尾さんに無駄なお時間を取らせては申し訳ありませんから」

田端は恐縮しながら突然の来訪を詫びている。なのに、待ちくたびれて支店長を出せと言ってたのか、この男は？

田端の前に置かれたグラスが空なのも気にせずに、村尾はタバコに火を点けた。

「それで、ご用件は」

田端は薄ら笑いを浮かべたまま答えた。

「弊社で集めたマジテックの債権をお譲りしたいと思います」

ホッとした。だが、まだ安心はできない。

「ほお、確か私からお買いになりたいはずでは」

「方針変更ですよ。ウチは外資ですからね。日夜方針が変わるんです。いかがでしょう、額面の四割でお譲りしたいのですが」

こいつはバカかと、睨みつけてしまった。

「冗談きついなあ、田端さん。もし四割で買ってくれる金融機関があるなら、私がそこに売りますよ」

「村尾さん、今マジテックの評価は急上昇ですよ。SSCからの大型受注に続き、なにやら若い連中が面白い研究所を立ち上げた。すでにメガバンクが連日営業をかけているぐらいだ」

「そんな時に、なぜ御社は債権を売っ払うんです」

「だから、申し上げたじゃないですか。社内の方針変更です」

厚顔無恥では田端も負けていない。

「具体的に、どんな変更なんです？」

そもそもADキャピタルは、マジテックと大型契約を結んだSSCから依頼されて債権を集めたのではなかったのか。それを反故《ほご》にする理由を知りたかった。

田端は考え込んでいる。

ならば答えを待とうと、村尾は席を外した。そして、職員用の冷蔵庫から冷えたミネラルウォーターを二本取り出して部屋に戻った。

栓を開け、空になった田端のグラスに注いだ。そして、自分はボトルから口飲みした。

「これは村尾さんの胸の内にしまっていただくということで」

村尾は肩をすくめた。

「リーマンショックの影響で、弊社のアメリカ本社で財政的な問題が起きています。そこで、保有している債権や株等をすべて現金化するように、という指示が来たんです」

アメリカが今、壮絶な金融危機の渦中にあるのは知っていた。破綻したり、吸収合併された投資銀行以外の金融機関でも、軒並みリストラが断行されている。外国の支店を次々と店じまいしている金融機関も後を絶たないらしい。

「御社が経営危機に陥っているということですか」

「いや、そこまで酷くはないようです。ただ、日本から撤退する可能性はあります」

「じゃあ、SSCの案件は？」

「SSCの設備投資に関する融資業務は、すべてアメリカ本社で決済が下りて支払い済みです。問題ありません」

なるほど、すべてが真実ではないかもしれないが、とりあえず腑には落ちた。

「そういう事情です。どうですか村尾さん、三割五分で」

事情説明をしたにもかかわらず、値を下げたのに驚いた。

相当、切羽詰まっている証だ。

「一割五分です。それ以上は出せません」

田端の表情から柔らかさが消えたかと思うと、鋭い目で睨まれた。だが、その程度で怯んでいては、金儲けはできない。

「マジテックに目をつけたあなたの先見の明に敬意を表して、最初に儲け話を持ってきたんですが、それではお話になりません」

心外だと言わんばかりの顔で田端は立ち上がった。

「話になるかどうかではなく、ここで交渉を打ち切って大丈夫なんですか、田端さん」

「打ち切るも何も、交渉になっていないじゃないですか」

言ってくれる。村尾は自分を見下ろす田端から視線をそらした。

「では、ファイナルアンサーです。二割。それで承服できなければ、どうぞ、お引き取りください」

村尾の視界には、田端の下半身しか入ってこない。怒っているのだろう。ベルトからせり出した腹にまで力が籠もっている。それでも、見上げるつもりはなかった。説明には納得したが、この男はそれ以外の理由があって債権を俺に押しつけたいのだ。だから、売らずには帰れないに決まってる。

村尾はそう確信していた。

大きなため息とともに、田端が腰を下ろした。

「分かりました。ただし、三日以内に全額を振り込んでいただきたい」

2

二〇〇八年一〇月六日　東大阪市森下

ＡＤキャピタルの田端と浪花信組の村尾、この二人が顔を揃えてやって来た時点で、芝野は警戒した。おそらくは凶報に違いない。浅子も怪訝そうに二人の前にお茶を出している。

話を切り出したのは、田端だった。

「本日は、大変申し訳ないご報告にお邪魔しました」

「なんですのん、いきなり」

浅子は大きな目で田端を睨みつけた。

「実は、弊社で進めて参りましたSSC関連の新規融資を除く御社の債権おまとめ案件につきまして、誠に不本意ながら、このたび浪花信用組合様のほうでお願いすることになりました」

「はあ？　何言うてはりますんや」

「あの藤村社長、お叱りはいくらでもお受けします。まさに私の不徳の致すところなのですが、その前に事情を説明させてください」

押しの強い脂ぎった田端が、冷や汗を額ににじませている。

「先般アメリカで起きましたリーマンショックの影響で、弊社の財務状況が大変厳しくなってしまいました。もちろん、経営危機という訳ではまったくございませんし、SSCの事業におけるご融資についても、何ら影響はございません。ただ、アメリカ本社の方から、現在保有の債権、株式等をすべて現金化するようにという指示が出まして」

「それで、ウチがお願いしていた約束を勝手に反故にしはるんでっか」

「あいすみません」

「無責任な話ですなあ。これは、重大な信用問題とちゃいますんか」

浅子の怒りがどんどん増幅している。だが、芝野は宥めるつもりはなかった。浅子には、すでにこういう可能性を耳打ちしていた。それでも彼女が怒りをぶつけるのは、自社の債務の返済等で少しでも有利な条件を獲得するためだ。

「一言もございません。そこでと申し上げてはなんですが、たまたま弊社よりも早く、御社の債権のおまとめのご提案をされていた浪花信用組合様に、弊社で集めました債権をお譲りして、浪花様にご対応いただくようお願いした次第で」

「どうせ安う買い叩きはったんやろ、村尾さん」

それまで目も合わせず俯いていた村尾が驚いたように顔を上げた。

「いいえ、適正価格で譲渡してもらいました」

「あほくさ、こんな切羽詰まっている人から適正価格で買うお人好しがおますかいな。まあ、よろしいわ。ウチは借りている身ですから。ただね田端さん、この不始末の落とし前をちゃんとつけてもらわんと」

「と、おっしゃいますと」

田端には、浅子の意図が理解できていないようだ。

「おたくで持ってはる借金は半分にしてください」

さすがの芝野も驚いた。だが浅子は、当たり前でしょという顔だ。

「あの、社長。おっしゃっている意味が分かりかねるのですが」

「ADさんでまとめはった額はいくらでっか」

「約一億一〇〇〇万円ほどでしょうか。ここには、SSCのご融資は含まれておりませんが」

「ほな、そのうちの五〇〇〇万円は、そっちで面倒みてください。村尾さんは別にかまへんのでしょ？」

「つまり、ADキャピタルさんがお持ちの債権の五〇〇〇万円分を繰り上げ返済されるという意味ですよね。ならば、弊社はまったく問題ございません」

「さすが、芝野さんの元部下や。よう分かってはるやんか。そういうことや、田端さん。その繰り上げ返済分、ADさんでもってください」

田端は呆気にとられている。

芝野も気持ちは分かる。

どう考えても理屈に合わない。だが、浅子だけは至極当然だろうという態度を崩さない。

「大変申し訳ないのですが、それはちょっと難しいかと」

「なんでですのん？　お宅さんの都合で、勝手に約束を破りはるんでしょ。そういう場合、ペナルティが発生して当然でっしゃろ」

村尾が下を向いて笑っているのが見えた。

確かに、彼には笑いが止まらない話だろう。五〇〇〇万円分を額面通り繰り上げ返済してもらえれば、それだけで相当の利益を得られる。

状況を考えると、浪花信組はＡＤキャピタルの保有債権を半額以下で買い取るつもりだろう。そこにペナルティとして五〇〇〇万円という現金が、さらにＡＤから流れてくるのだ。ほぼ無料《ただ》で、一億一〇〇〇万円分の債権をもらったようなものだ。こんなおいしい話はない。

とはいえ、この場で含み笑いを浮かべる村尾の無神経さが、芝野には不快だった。

一方の田端は、怒りとも失意ともつかない険しい顔で黙り込んでいる。

「田端さん、ウチは来週にはＳＳＣのラインの一部を動かし始めるんでっせ。そんな最中に、こんなケチつくのはスプラさんも嫌でしょう」

借金返済は、借りた側が強いと言われることがある。本来は、一旦借りてしまうと債務側が開き直って返済を拒否するような場合にそう表現されるのだが、浅子の場合はその上をいく。

さて、田端はこの状況をどうやって切り抜けるつもりだろうか。

「藤村社長、僭越ながら御社の債権の売買について、本来であればここまでご説明に上がるまでもなく、弊社と浪花さんとの間のやりとりで済むものです。したがって藤村社長のご要望にお応えする義務は我々にはまったくございません」

浅子の顔つきが変わった。田端は、彼女が口を開くよりも早く話を続けた。

「しかし、SSCの記念すべき新製品で、御社にはひとかたならないお力添えを戴き、SSCからも御社が安心して業務に専念できるだけの支援をするよう言われております」

「けど、今日の話は、私らのやる気を大いに削ぎまっせ」

「おっしゃる通りです。まさしく私の不徳の致すところです。そこで、これは異例中の異例でございますが、額面で二五〇〇万円分につきまして、弊社で対応をさせていただきます」

まさか、そこまで譲歩するとは思っていなかった。芝野は、もしかするとADは田端が言う以上に追い詰められているのではないかと訝った。

浅子は腕組みして考えている。もしや、もっとぶん取ろうという腹づもりなのだろうか。

「しゃあないな。ご事情は分かりましたし、それを文書で戴けますか」

「と、おっしゃいますと？」

「ADさんがどこの債権をお持ちかという明細と、総額から二五〇〇万円分を減額したという証拠ですな」

田端はすぐに答えられないようだったが、やがて、観念したように頷いた。

「ほな明日、ご持参ください。で、村尾さん、改めて〝おまとめ君〟の明細と返済計画についてのプランを頼みます。言っておきますが、ウチがADさんにお任せしようと考えたのは、条件が良かったからです。今回、ADさんから債権を譲られはった以上、すべてをADさんの条件と同じにしてもらいます。よろしいな」

今度は村尾が慌てる番のようだ。

「いや、藤村社長、それは無茶だ。弊社には弊社のルールがありますので」

「とにかく、しっかり勉強した額を出して頂戴。話はそれからや」

タイミング良く電話が鳴った。

浅子の代わりに芝野が電話を受けた。

「お世話になります。英興技巧の越智《おち》と申します。藤村社長はいらっしゃいますか」

浅子はまだ両金融機関の連中と話し込んでいる。

「ちょっと来客中でして。私は専務の芝野です。用件を伺います」

「ああ、芝野専務さんですか、お世話になります。実は、大変申し訳ないのですが、現在、御社にお願いしている金型製造を当分の間、中断して欲しいんです」


村尾の営業車に乗り込むなり田端が、ハイライトに火を点けた。

「聞きしに勝るな、あれは。ハゲタカよりエグいよ」

「大阪のおばはんは最強ですから」

「確かに。まぁ、あそこと縁が切れるのは幸いだよ。この際、しっかり稼ぎなさい」

田端は煙を吐き出すたびに、元気を取り戻している気がする。

「で、繰り上げ返済の件ですが」

「まあ、あれぐらいなら、そっちでもてばいいだろう」

何だと。

「田端さん、冗談きついなあ。二五〇〇万円も繰り上げ返済する約束を、今したばかりでしょうが」

「私は、額面でと言ったんだ。だとすれば、たかだか五〇〇万円じゃないか」

呆気にとられた。ここにも厚顔無恥な輩がいる。確かに、この男「額面」と言っていた。

「いいでしょう。じゃあ、五〇〇万円はしっかり払ってください」

いきなり封筒を渡された。

「一〇〇万円入っている。色々面倒をかけたので、差し上げるつもりだった。それを懐に入れて忘れたまえ。額面変更はこっちでやる。それで商談成立だ」

3

二〇〇八年一〇月七日　東大阪市高井田～大阪市梅田

朝、自宅を出たところで、村尾の携帯電話が鳴った。ホライズン・キャピタルの隅田からだ。

外資の連中は皆早起きだと思いながら、出るべきかどうか悩んだ。どうせ、またお小言に決まっている。とはいえ無視すれば、出るまで電話は鳴り続ける。諦めて通話ボタンを押した。

「今からすぐに、梅田のリッツ・カールトンまで来てください」

「急用ですか」

「大至急です」

否を返す暇も与えず、電話は切れていた。

やれやれ――。ため息が出たが、隅田がわざわざ会うということは、相当に重大な用件があるのだろう。

普段は自宅から高井田中央駅まで歩いて、ＪＲおおさか東線に乗るのだが、市営地下鉄中央線高井田駅から梅田を目指した。

支店には途中で電話を入れて、「重要な営業先から呼び出されて、急遽梅田に向かっている」と告げた。

ＡＤキャピタルからの債権譲渡が完了したことを隅田に報告したのは、四日前だ。残る課題はなにわのエジソン社がかつて保有していた特許権の譲渡交渉だけだ。

しかし、こちらの処理は一向に進んでいない。そのお叱りを受けるのだろうか。

いや、隅田はその程度で呼びつけるほど暇ではない。それより、なぜ大阪に来ているのか。

考えに集中しようと思ったが、呼吸困難になりそうな混雑ぶりに苛立って何も思いつかない。おおさか東線なら、こんなに混まないのに。

三葉銀行を追い出されてひとつだけ良いことがあったとすれば、通勤ラッシュに揉まれなくなったことだ。

本町駅で四つ橋線に乗り換えたら、ラッシュはさらに酷くなった。二駅分を耐えて西梅田駅のホームに吐き出されると、ベルトコンベアに載せられた荷物のように改札を押し出された。

今日もまたリッツ・カールトンに辿り着くまでにへとへとになった村尾は、ロビーから隅田に連絡を入れた。

「今、ちょっと手が離せないので、四階のエレベーターホールまで来てください」

指示通り四階に到着したが、森閑としている。このフロアには宴会場しかない。だが、ここで待てと言われたのだ。

携帯電話を開くと、何度も支店から着信があった。留守録にも一件入っていた。

小笠原がメッセージを残していた。

〝村尾さん、支店長が朝から激怒して探しているんですけど、どこにいらっしゃるんですか。とにかく大至急支店にお電話ください〟

何かバレたか。暴かれるとまずいことが多すぎて、見当がつかなかった。

まだ、隅田が来そうにないと判断して、小笠原の携帯電話を呼び出した。

「もう、村尾さん！　ずっと探してたんですよ！　今どちらですか」

「梅田だ」

「梅田なんかに、何の用です！」

「決まってるだろ、仕事だ。それよりおまえ、今どこにいるんだ」

「営業車の中です」

ならば、誰かに聞かれる心配はない。

「支店長は何を怒ってるんだ」

「知りませんよ。支店に来るなり、村尾はどこだって！　そりゃあ酷い怒りようです。今すぐ帰ったほうがいいですよ」

怒られるのが分かっていて、戻るなんて愚の骨頂だ。

いずれにしても、小笠原では埒《らち》があかないと判断した。電話を切って、支店長付きの庶務係に尋ねようと直通番号をプッシュしたら、名前を呼ばれた。

「お待たせしました」

隅田が立っていた。

「どうも」と立ち上がった村尾を、隅田は宴会場の一室に招き入れた。室内にはスーツ姿の男女一〇人余りがいた。村尾が挨拶しても顔も上げず、目の前の書類やノートパソコンに集中していた。

「何事ですか」

「今日中に、英興技巧を買収することにしました。その作業に追われているんです」

「今、英興技巧を買収、とおっしゃったんですよね」

「そうです。あそこは大証一部上場企業なのですが、全体の四割の株をオーナー社長が保有しています。それをそっくり買い取り、市場でも三日ほどで買い集めて、まもなく過半数を手に入れます」

隅田の口調はあまりにも普通すぎた。大証一部上場企業をお買い物感覚で買うというのに激しい違和感を抱いた。

「どうしてそんなことに？」

「あなたが、なにわのエジソン社の特許権取得に手を焼いていると聞いたんでね」

「まさか、特許のためだけに？」

「それだけじゃないですよ。英興技巧を調査したんです。そうしたら、株価が企業評価に比べて格段に割安なのが分かったんですよ。また、オーナー社長に色々問題があって、それを解決して差し上げれば、株も手に入ると分かったものでね」

まさにハゲタカファンドの面目躍如ってところか。

「お呼びしたのは、来週にでもマジテックも買ってしまうつもりなので、そのご相談をしようと思いまして」

村尾は、隅田の顔を覗き込んでしまった。

「マジテックも買収するつもりなんですか」

「そのほうが、手っ取り早いでしょう」

隅田は平然と答えた。

確かにそうかもしれない。しかし、いとも簡単に企業を買うと公言する隅田の神経に、さすがの村尾も鳥肌が立った。

会社とは、そんなに〝軽いモノ〟だったのか……。

驚いている村尾を促し、隅田は隣室に入った。

4

二〇〇八年一〇月八日　東大阪市森下

自宅で朝食を摂りながら日経新聞を広げていた芝野は、その記事を見て声を上げた。

「何、どうしたの？」

テーブルを挟んだ正面で、ミルクティーを飲んでいた妻の亜希子《あきこ》が驚いている。

だが妻に答える前に、芝野は携帯電話を手にしていた。

英興技巧がホライズン・キャピタルに買収された、と書かれている。その真偽を知りたかったのだ。

呼び出した先は話し中だった。

おそらく皆が、この記事を読んで同じ反応をしているのだろう。

「すぐに出かける」

食べかけのトーストを皿に残して、芝野は席を立った。

突然、来月以降の発注を停止するという通達が英興技巧から来たのは一昨日《おととい》のことだ。製造管理部長の説明に今ひとつ合点がいかなかったのだが、最大の理由はこれだったのか。自社が買収されるかもしれない最中で、将来の経営方針が揺らぎ、マジテックを切り捨てたのではないか。

もちろん、買収交渉中だからといって、自社の製造を停めるようなことは通常はあり得ない。メーカーにとって生産ラインを停めるのは、死を意味する。

スーツに着替えてダイニングルームに戻ると、開きっぱなしにしていた日経新聞を亜希子が読んでいる。

「ホライズン・キャピタルって、鷲津って人がいたハゲタカファンドでしょ」

「そうだよ。彼はとっくに辞めているがね」

「英興技巧という会社は、あなたの会社と関係があるの？」

「重要な取引先でね。それが一昨日、急に発注を当分凍結するって言ってきて、解せなかったんだ。そしたら、こんなことになっていたわけで」

妻がネクタイの歪みを整えてくれた。

「せっかくマジテックの将来が明るくなった時に、こういう野蛮なのに荒らされるなんてムカつくわね」

まさしく。

妻に「頑張れ！　健闘を祈る！」と励まされて、芝野は家を出た。エレベーターを待っている間に、浅子に連絡していなかったのに気づいた。

「おはようさん。どないしはったんです？　こんな朝早く」

まだ、午前七時過ぎだった。

「英興技巧がホライズン・キャピタルに買収されたっていう記事が、今朝の日経新聞に出ているんですよ」

「何やて！」

思わず携帯電話を耳から離さなければならないほどの大声だった。「望、日経新聞どこや！」と叫ぶ声も聞こえた。

「英興の越智さんの携帯電話を鳴らしているんですが、ずっと話し中なので、直接本社に行ってみます」

「なんで、よりによってホライズンなんかが!?」

妻と同じことを、浅子まで言うとは。

「偶然じゃないでしょうか。あそこは今、技術力の高い中堅中小企業を買い集めてプラットフォーム企業を作ろうとしているらしいですから」

「ウチは大丈夫やろか」

さすがにマジテック規模の企業に食指を伸ばすとは考えにくかった。

「大丈夫だと思いますよ」と言いながら、芝野は浪花信用組合の村尾から、ホライズン・キャピタルがマジテックの債権を密かに集めていると聞いたのを思い出した。

「なんか、いやな感じやわあ。こういう偶然、引っかかりますねん。私も東淡路《ひがしあわじ》の本社に行きます」

英興技巧は、大阪市東淀川区東淡路に本社がある。

「いや、それには及びませんよ」

「芝野さん、ウチは英興技巧とは古いつきあいです。管理部長の越智さんどころか、社長もよう知ってますねん。こういう時は私のほうが話を通しやすいと思います」

「じゃあ、現地集合ってことで」

マンション前で運良く通りかかったタクシーを拾って、英興技巧の住所を告げた。

英興は工作機械メーカーとして、海外からの受注も受けるほどの高い技術力を誇っている。ホライズンはそこに目をつけたのではと、日経新聞は分析していた。

ただ、同社は三代続くオーナー企業で、大証一部上場企業とはいえ、オーナー社長一族が四割以上の株を保有していると聞く。つまりは、そう簡単に買収されない防御をしていたはずだ。

にもかかわらず、ホライズンが過半数の株を取得したということは、創業者が身売りしたと考えて間違いないだろう。

芝野は英興技巧について詳しくないし、社長にも会ったことはなかった。だが、国際競争力を持つ企業のオーナー社長が、外資の軍門に降《くだ》ったのが残念だった。

よほどの高額を提示されたか、あるいは弱みを握られたのかもしれない。

いずれにしてもホライズンは強引に奪取に動いた気がする。そのやり方が気になった。

芝野は名刺入れを取り出すと、村尾の名刺を探した。気が進まないが、やはり村尾から情報収集を行わなければ。

支店に連絡すると、村尾はすでに出社していた。電話に出た村尾は「これは、芝野さん。お世話になっています」とやけに愛想の良い挨拶を返してきた。その明るさが引っかかった。

「朝早くから申し訳ない。実はつかぬことを尋ねたくて電話したんだが」

芝野は、日経新聞の英興技巧買収の記事について尋ねた。

「あれ、そんな記事が出ていましたっけ？　すみません、見落としています」

またもや、あっけらかんと返された。

芝野が概要を説明しても、村尾は興味を示さなかった。

「以前、君はマジテックの債権をホライズンが買い漁っていると言っていたよね」

「失礼しました。あれは、私の間違いでした」

「間違いとは？」

「知り合いの地銀の支店長から、ハゲタカ外資が御社の債権を買い集めていると聞きまして。その支店長がたぶんホライズンだと言ったんで、鵜呑みにしてしまったんです。でも、もう一度確認するとADキャピタルだったんですよ。お騒がせしました」

それは筋が通らない。そもそもADキャピタルがマジテックの債権をまとめようとしていた時に、ホライズンが動いているからと言って浪花信組の〝おまとめ君〟を強く勧めたのだ。

「しかし、ホライズンとADキャピタルは間違わないだろう。それに君は確か、ホライズンから接触されたとも言ったぞ」

「いや、ほんとにすいません。あの時は、せっかく私と小笠原で汗を流して集めた御社の債権を、ADキャピタルに横取りされそうになったんで、ちょっと話を誇張したんです」

　この話を信じていいのだろうか。

「じゃあ、君は実際はホライズンの社員とは会っていないんだね」

「会いはしました。でもさすがにハゲタカ外資の手先になるのはイヤでお断りしたんです」

　いや、この男はハゲタカでもマフィアでも金儲けのためなら喜んで手先になる。

「ところで、ホライズンが御社を物色しているというような話があるんですか」

「いや、そうじゃないんだ。ただ、英興技巧は弊社と長いつきあいなんでね、ちょっと気になっただけで」

「なるほど……」

　このあたりが潮時かと諦めた。

「もし、ホライズンあるいは別の金融機関が、君のところに預けている債権を買いたいと接触する者があれば、連絡して欲しい」

「もちろんです。でも、ご安心ください。御社の成長を誠意を込めてご支援するように、上層部からも言われていますので」

　思わず失笑した。良い値がつけば、即答で売却するつもりのくせに。浪花信組の方針はともかく、村尾はそういう男だった。

渋滞に捕まっていたタクシーが、ようやくスムーズに動き始めた。

5

大阪市東淀川区

英興技巧本社の玄関ロビーにはマスコミがひしめきあっていた。芝野は彼らの対応をしている広報担当者の話に耳をそばだてた。

「先ほどから何度も申し上げております通り、現在のところ記者会見の予定はございません」

「でも、おたくがホライズン・キャピタルに買収されたのは事実なんでしょ」

「お答えできません」

「どうして！　あんたの会社の話をしてんだよ。自分の会社が買収されたかどうかを知らないっておかしいでしょう」

企業買収は、経営陣しか与《あずか》り知らないトップシークレットだ。広報担当者が事実関係を把握していない可能性はある。それにここはオーナー企業なのだ。社員に知らせずオーナーが勝手に物事を決めるのは珍しくない。

「御社は大証一部上場企業なんですよ。株主に対して事実関係を説明する義務があるのでは。あなたで分からないのであれば、社長が会見してくださいよ」

女性記者が詰め寄ったが、広報担当者は「その予定はございません」と繰り返すばかりだった。

背後から肩を叩かれた。振り向くと望が立っていた。

「搬入口から中に入れますんで」

望に案内されて社の外周を半周すると、搬入口と書かれた大きな門があった。マスコミは誰もいない。「すんません、マジテックです」と望が守衛に告げると、あっさりと通してくれた。

一〇トン車でも余裕で入れそうな大きな搬入口はシャッターが下りていた。その前で、スーツ姿の浅子が待っている。彼女は軽く手を振ると、携帯電話で誰かと話していた。

「なんで、英興さんみたいなええ会社をハゲタカが買うんですか」

歩きながら望が尋ねてきた。

「望君、良い会社だから買うんだよ。自分で経営しても堅実に利益を上げてくれるし、転売しても儲かる」

「あり得へん！　会社はモノやないですよ」

そうだ。社員の生活もかかっているし、取引先の死活問題もはらんでいる。だが、企業買収者はそんなことは気にしない。

浅子に続いて芝野が社内に入ると、すぐに扉は閉められた。どうやら、望は外で待つつもりらしい。

「藤村さん、このたびは本当にご迷惑をおかけして」

彼女に頭を下げているのは、確か総務部長のはずだ。芝野がマジテック専務就任の挨拶の時に名刺交換をした記憶がある。

「もう、びっくりですやんか。取るものも取りあえず、お邪魔さしてもらいました。社長さんは？」

「それが、昨晩から連絡がつかへんのです。自宅にも人を遣《や》ったんですが、留守のようで」

雲隠れしたのか……。

「あの部長、僭越ですが、一刻も早く記者会見はなさったほうがよろしいですよ」

「けどねえ、私らは何にも聞かされてないんですよ。朝起きたら、いきなり日経新聞に記事が出てて、大慌てで社長に連絡を入れたんですが、出てくれません。大番頭格の専務は東京出張中で、さっき連絡がついたんですが、やっぱり何にも知らんと」

創業者である社長とホライズンの間だけで買収交渉を取り仕切ったのだろう。さらに社長は当分姿をくらませておけとでも、ホライズンが言ったに違いない。だとすると、この買収は英興技巧にとって不幸な結果を生む可能性が高かった。

「専務がお戻りになる時刻がお分かりなら、今後の予定などの情報ぐらいは出すべきです。そうしないと、取引先や顧客、さらには金融機関の信用不安を招きます」

「牧山《まきやま》さん、知っての通りウチの芝野はハゲタカ外資とずっと闘ってきた人です。この人のアドバイスは聞きはったほうがよろしいで」

「そうか、曙電機にいらしたんですよね。確かホライズン・キャピタルもよくご存じだったのでは？」

「彼らと接点があったのはもう随分昔で、知り合いは残っていません。それはともかく、買収された側はとにかく落ち着いて日常を取り戻さないと、パニックが起きます。それは食い止めるべきだと思います」

「なるほど。会社がいきなり買われたと言われても、全然実感が湧かなくって。ぜひお力添えを頼みます」

　本当は、そんなことのために英興に駆けつけたわけではない。だが、取引先が困っているのに傍観もできなかった。

「工場は、今日も動いてるんですか」

「ええ、とにかく事情が分かったら説明するので、通常通りの業務をするようにと、先ほど、社員たちには伝えました」

「それは何より大事なことやわ。越智さんから一昨日、来月分から発注を停止すると連絡を受けてびっくりしたんですけど、それも今回の買収と関係してますのん？」

　さすが浅子だ。心配しているふりをして、しっかり自社にとって最も知りたい情報収集を始めている。

「えっ、そんな話があったんですか。いや、越智が買収の件を知っていたとは思えないので、別の理由だと思いますよ」

「リーマンショックの影響が出ているんですか」

　芝野も口を挟んだ。

「それはあるでしょうね。弊社は外国のお取引先も多くて、発注がキャンセルされたり、凍結という連絡も多いようです。専務が東京出張しておりましたのも、発注キャンセルを撤回してもらうためなんで」

リーマンショックによって派生した大不況の波が、いよいよ日本にも到達したか。

急遽、桑島《くわしま》専務による記者発表が行われることになった。ただ、記者からの厳しい追及が予想される会見など開いた経験がないだけに、総務部は準備に手間取っている。見かねた芝野は、会場設営についてアドバイスした。すると、桑島をサポートして欲しいと牧山に頭を下げられてしまった。

桑島専務が帰社したのは、午後二時を過ぎた頃だった。専務は牧山だけを呼びつけて、自室に籠《こも》った。

三〇分ほどして専務室から牧山が顔を出して、芝野を部屋に招き入れた。温厚な雰囲気に見えた桑島だったが、芝野と目が合うと表情が硬くなった。

「お恥ずかしい話なんですが、途方に暮れています。先代から現社長をしっかり後見するようにときつく申しつかっておりましたのに、こんな不始末をしでかすなんて。まさに万死に値する落ち度です」

桑島の全身から無念の情が溢れ出ていた。同情はする。だが今は、会見をどう乗り越えるかのほうが重要だった。

「桑島さん、早速本題に入りますが、社長ご自身が保有されている英興技巧株をホライズンに売却されたかどうかの確認は取れていますか」

「連絡を取っておりますが、まったく繋がりません。仕方なく、弊社の幹事証券会社である浜北《はまきた》証券に問い合わせたところ、社長保有の株式はすべてホライズン・キャピタルに売却されたと言われました。また、この五日ほど市場で英興技巧株を買う動きがあったそうなんですが、一社が大量買いした形跡はないため見落としたとも……」

にわかには信じがたい話だった。

英興技巧の総株式数は約四〇〇〇万株で、そのうち約一六〇〇万株を社長が保有していた。また、親族で五％ほどを持っており、それもすべて社長自らが市場の二倍の価格で買い取ったらしいと、桑島の調べで判明した。残る八％ほどが市場で買われたことになる。

いくら中堅企業とはいえ、五日ほどで八％に当たる三二万株も買い注文が入ると、市場では注目されるはずだ。なのに、幹事社が何も気づかなかったなどあり得ない。

ひとつだけ考えられるのは、ホライズンが市場の株式取得のために浜北証券を巻き込んだ可能性だ。信義則《しんぎそく》に悖《もと》るが、違法ではない。彼らは英興技巧に対して沈黙するだけで、大きな手数料プラスαを手に入れられる。リーマンショックによる損失を少しでも穴埋めしようと、証券会社が「おいしい儲け話」に転んだ可能性はあった。

とはいえ、ここでそんな猜疑心《さいぎ》を英興の経営陣に植え付けたところで致し方ない。

「ホライズン・キャピタルが社長に接触したのがいつなのか、ご存じですか」

「ずっとそのことを考えていました。一体、社長とハゲタカはどこで接触したのか……。でも、まったく思い当たらないんです」

専務は膝の上に置いた拳を握りしめている。

「社長の行動は、社で把握されていますよね」

「秘書がスケジュール管理をしております。ただし、プライベートについてはほとんど把握できておりません」

「失礼なことをお尋ねしますが、社長はご自身の責務を果たしておられたのでしょうか」

視点が定まらなかった専務の目が、芝野を見据えている。しばらく睨み合いが続いた後、専務は肩を落とした。

「情けない話ですが、社長業を全うしていたとは申し上げにくいです」

隣に控えていた牧山も同意見のようだった。

「ご承知のように、弊社は工作機械メーカーとして世界中からご注文を戴いております。小さくとも誰も真似ができない技術があれば会社はいつまでも元気だ、が先代の口癖でした。その言葉を社是に、社員が一丸となって邁進して参りました。おかげさまで、不景気でも堅実に業績を伸ばしてこられたのです。したがって、社長に重大な経営判断を仰ぐという習慣があまりございませんでした。そういう意味では退屈されていたかもしれません」

退屈か……。贅沢な話だ。だが、そういう中堅企業のトップは珍しくない。そして、暇を持て余した挙げ句に社外活動ばかりが盛んになり、時にはギャンブルや危うい投資に刺激を求め、社業を傾ける例はいくつも見てきた。

「何かプライベートで没頭されていたことはあるんですか」

専務と部長が顔を見合わせた。

「今、御社が最優先でやるべきは、社長を見つけ出し記者発表の席に着かせることです。社長のプライベートでの活動にヒントが見つかるかもしれません」

「祇園《ぎおん》に入り浸《びた》っておりまして」

カネのかかる遊びだな。

「どなたか、ご贔屓《ひいき》がいらっしゃるんですか」

「ええ、玉涼《たますず》という妓《こ》に入れあげてると……」

「いや専務、最近は、別の妓に乗り換えはったそうですよ」

総務部長の言葉に、専務が目を剥いた。

「誰や」

「玉芭《たまは》ちゅう妓やそうです」

「そのお二人に連絡は取られましたか」

総務部長がすぐに行動した。

企業のガバナンスを考えれば、そういう社長の遊興を管理するのも側近たちの使命だった。結局のところ、ぼっちゃんだからと甘やかした大きなツケを、彼らが払う羽目に陥っているのだ。

総務部長が顔を紅潮させて戻ってきた。

「専務、ぼっちゃんは玉芭と一緒にハワイへ行ったそうです」

「なんやて!」

こうなれば会見では、社長とは連絡がつかないと言い張るしかないか。

「桑島さん、今日の会見はあなたの頑張りにかかっています。腹を括って、とにかく社長の行方については現在探している、のひと言で押し通しましょう。そして、専務以下の従業員は平常通りの業務を続けているので、関係者の皆様はご安心いただきたいとだけおっしゃってください」

「それで一件落着しますかねえ」

「別に不祥事を起こしたわけではありません。それに、不確定なコメントを出したり嘘をつくよりは、格段に良い対応なんです」

本当は、ホライズン・キャピタルに連絡を入れて、買収の事実確認をすべきなのだ。しかし、彼らの買収意図が分からなかった。本来であればとっくに乗り込んでくるはずなのに誰も顔を出さない点を考えると、英興技巧側から下手に接触しないほうがいいと判断した。

「それと、どなたか社長を説得できる方がハワイに飛んでください。社長を連れ戻すんです。社員と取引先をはじめとする関係者に、売却に至った経緯を社長ご自身の口からきちんと説明する義務があるということを社長に理解してもらってください」

桑島専務は何度も頷きながらメモしている。

芝野は総務部長も交えて記者発表での想定問答集を作成し、二人の幹部を会見に送り出した。

社長の不在については非難の声も上がったが、それでも現状の業務に差し障りがないことと、事実関係を調査しているので分かり次第社長が会見するという意向だけは伝わったはずだった。

「芝野さん、色々と的確なアドバイスを戴き、ありがとうございました」

記者発表を終えた廊下で、牧山が深々と頭を下げた。

「少しでも私の経験がお役に立ったのであれば、幸いです」

「本当に助かりました。専務も感謝しております。まさかウチみたいな中堅企業がいきなりハゲタカ外資に乗っ取られるなんて、夢にも思いませんでした」

「牧山さん、これで終わったわけではありませんよ。いずれホライズン・キャピタルが乗り込んでくるはずです。その時には、決して感情的にならず真摯に先方の話を聞いてください。ハゲタカ外資などと悪しざまに言われていますが、彼らは御社に高い価値を見出したから買収したのです。一旦買った以上は、業績を上げたいと強く思っているはずです。なので、頭ごなしに敵だと思わずに交渉の席に着いてください」

それが難しいのは百も承知だ。実際、牧山は渋い顔をしている。だが事ここに至っては、それが最良の選択なのだ。

「頑張ってみます。また、厚かましくもご助力を賜ることになると思いますが、その時はぜひ」

「私でよろしければ、いつでもお手伝いします。それと牧山さん、こんな時になんですが、弊社への発注もできるだけ早く再開していただけると嬉しいのですが」

恩を押しつけるようだが、中小企業の経営者としては当然の駆け引きだった。

「そうでした。取り急ぎ、越智から事情を聞いてご連絡いたします。可能な限り、取引を再開するように努めますので」

芝野は礼を言って、浅子の待つ応接室に向かった。

「芝野さん、ひとつだけお耳に入れておきたい話があります」

牧山に呼び止められて芝野は振り向いた。

「実はこの一ヵ月ほど、浪花信組から弊社が保有する特許の一部を譲って欲しいという要請がありまして」

浪花信組と言われただけで、嫌な予感がした。ただ、彼らが英興技巧の特許を買いたいという話は、マジテックとは無関係に思えた。

「その特許というのは、御社の前社長である藤村さんから、なにわのエジソン社という会社ごと譲り受けたものなんです」

6

東大阪市長堂

浪花信用組合の本店は、近鉄布施駅前にある。

河内《かわち》市、枚岡《ひらおか》市と合併して東大阪市になるまで布施市の中心街だった布施駅前は、近鉄大阪線と奈良線の分岐点で、古くからの繁華街だ。

駅コンコースの真正面に正面玄関を据える浪花信組本店は、昭和四一(一九六六)年に建てられた七階建てのタイル張りのモダンなビルで、当時は地元でも話題になったという。だが、すでにその面影はなく、煤煙と経年劣化によって薄汚れた壁面は、そのまま凋落《ちょうらく》が止まらない信組の有り様を示していた。

「なかなかデカダンな建物じゃないの」

トミナガ社長の感想を隅田に通訳されて、村尾は苦笑いを返すしかなかった。

この日、信組の理事長とトミナガらを引き合わせる予定だった。組合の管理部から複数の融資について査問の召喚を受けていたが、村尾はそれを無視した。

七階の理事のフロアで拉致《らち》されて査問にかけられる可能性もあったが、昨夜、理事長宅を訪れて今日の約束の了解を得ていた。

秘書に来訪を告げると、特に何か言われることもなく理事長室に案内された。

理事長の彦野《ひこの》は、三葉銀行OBでもある。その縁で、三葉銀行を放逐された村尾を拾い上げてくれた。

取り立てて敏腕でもなければ愚鈍でもない調整型の経営者で、地域における信組の役割についても鷹揚に考えていた。そのため、金融庁などからは与信が甘いという指摘を受けているようだが、それものらりくらりとかわしているようだ。

「理事長、ホライズン・キャピタルのトミナガ社長と隅田マネージング・ディレクターです」

村尾が畏まって紹介した。

「これは、ようこそいらっしゃいました」

理事長は、トミナガ社長を満面の笑みで迎えた。

「どうも、初めまして。ホライズン・キャピタルのトミナガです」

「早速ですが、本日は折り入ってお願いがあって参上致しました」

切り出したのは隅田だった。

「御社がおまとめになったマジテック株式会社の債権のすべてを、弊社にお譲りいただきたいと考えております」

理事長はスーツの胸ポケットから眼鏡を取り出して、隅田が渡した文書を読んでいる。

「総額の一割というのは悪い冗談かな、村尾」

昨夜、今日の交渉について相談した時、村尾が一番厳しく叱責されたのは、一割で売却したら損が出る点だった。

――ハゲタカに目をつけられたという不可抗力はあったとしても、結果的におまえは組合に損をもたらしたんだぞ。命がけで、トントンになる努力をしろ。

「まもなくマジテックの債権はゴミになります」

隅田も負けていない。

「しかし私が知る限り、マジテックさんは、スプラという世界的コスメ企業と鈴紡化粧品で設立されたSSCから、大型の金型受注を受けたと聞いていますよ」

「これは極秘情報なのですが、SSCからスプラが撤退することが決まりました」

それは村尾も知らなかった。

「撤退って、両社による新会社設立の発表があったのは先日じゃないですか」

「そうです。しかし、ご存じのように、アメリカで発生したリーマンショックの影響はなおも拡大を続けています。日本は今のところさほど大きな影響がないようですが、アジア各国の被害は甚大です。そんな最中にアジア向けの高級化粧品開発とはナンセンスだ、とスプラ本社の上層部が判断したのです」

「何か裏付けがありますか」

思わず村尾が聞いていた。

「先ほど申し上げた通り、スプラ社内ですら一部の幹部しか知り得ない極秘情報です。裏付けはありません。ただ、アジア新興国で今何が起きているかをお調べになれば、ご納得いただけると思います」

隅田の言葉には、自信が漲っている。理事長もそれ以上反論しなかった。

「もうひとつ、マジテックの最大の取引先である英興技巧を弊社が買収したことは、ご存じですよね」

「そうでしたな。あの記事はびっくりしました。英興さんがハゲタカファンドに買収されるような不良企業だとは思ってもみませんでしたよ」

「我々が買収する企業がすべて倒産に瀕しているわけではありません。業績が良くても株価が割安であれば手に入れます」

それがブラフ《はったり》でないことを、ホライズンは英興技巧で証明したのだ。

一体どうやって四割も株を持っていた社長を籠絡《ろうらく》したのか。村尾は昨日、隅田に質した。

「飴《あめ》と鞭《むち》ですよ」としか答えなかったが、どうやら企業を手放す際に受けるゴールデン・パラシュートという特別ボーナスをちらつかせつつ、向こうの弱みを突いて追い詰めたらしい。

「怖いねえ。それで、御社が英興技巧をお買いになったことがマジテックとどう繋がるんです」

「マジテックの売上の三割強は、英興技巧との取引です。それが明日から完全に消えます」

それも初めて聞く話だった。ホライズンが欲しいのは英興技巧自体の高い技術力であり、さらにはなにわのエジソン社から譲り受けた特許権取得のためだと、隅田は説明していた。だが、今の話が本当なら、マジテックを潰す道具にもなり得るということだ。

理事長が苦しげな唸り声を上げている。

「しかし、マジテックは難病の子供を救う介助器具を発明したりして、まだまだ底力があるそうです。それに最近では、世界をインターネットで繋いで発明品を作る研究所を立ち上げ、ＭＩＴも出資を検討していると聞いていますよ。そちらの分野で高い将来性が見込めると、私たちは考えているんですが」

理事長はしっかり予習してきたようだ。

「実はマジテックが開発したマジテック・ガード（ＭＧ）に、重大な特許権侵害があると判明しました。さらに、彼らが立ち上げたファブラボが利益を生むまでには、相当の年数と莫大な費用が必要です。さすがにそこまではもたないでしょう」

さりげなく言っているが、ＭＧの特許権侵害など聞いていない。なのに、この自信は何だ。

まさか……。ホライズン自身が告発者になるというのか。

「ミスター彦野」とトミナガ社長が日本語で切り出した。

「私たちは、御社の村尾さんに色々とお世話になりました。そのせめてもの恩返しだと思って、今日ここに来ました。このチャンスを逃すと、明日にはマジテックの債権はゴミになります。なぜなら、私たちは明日からマジテックを潰すために動き出すからです。

三日で、会社を潰す――。おそらく三日で彼らを潰します」

二人を知らなければ、鼻で笑い飛ばすところだ。

だがトミナガという女は、一度やると決めたら本当にやる。だから、彼女がそう言うのであれば、余命三日という運命からマジテックは逃れられない。

そんな怖い女だとは知る由もない彦野は、ただ唖然と童顔の日系アメリカ人の美女を見つめていた。

「私の一存で、一割五分まで買い取り価格を上げましょう。これが最後のチャンスです」

トミナガが切り札を切った。

そこまで上がれば、さらに損失は減る。村尾はここまで、マジテックの債権の大半を一割五分で購入し、交渉が難航した相手とでも二割以下で取得している。

一瞬だけ村尾と目を合わせた後、理事長が答えた。

「一日だけ検討にお時間を戴けないだろうか」

「NO」

即答された。

「隅田。あなた、お土産を渡したの」

トミナガに言われて、隅田が額を叩いた。

「失礼しました」

「これは恐れ入ります」

とらやの羊羹の箱詰めらしい。

「よろしければ、今すぐ開封してください」

隅田は何を考えているのだ。羊羹の有名な店の包装紙で包まれているのだ。中身を確かめるまでもあるまい。

だが、彦野は素直に包装を解いている。

箱を開くと、羊羹が二本入っていた。ただし箱は三本用で、中央の箱には〝黄金〟と墨で書かれていた。

「これは？」

「トミナガの大好物です。お気に召すといいのですが。ぜひお確かめください」

箱を開けると、中央に携帯電話ほどの大きさの金塊が鎮座していた。

嬉しそうにトミナガは白い歯を見せた。

そして、身を乗り出した。

「理事長、即答してください。一割五分でマジテックの債権を私たちに譲ってくださ い」

7

二〇〇八年一〇月一四日　東大阪市小阪

「あっママ、希実ちゃんだ！」

娘がテレビを指さしたのにつられて奈津美は、画面を見た。

確かに希実が映っている。カメラの前で、一所懸命にレゴブロックのお城を作っていた。

一〇月一日から全国一斉に、希実が登場する清和生命のCMが流れるのは知っていた。だが、奈津美はオンエア後は一度も目にしていなかったし、できれば希実に見せたくなかった。

「ねえ、ママ。ほら、希実ちゃんがテレビに出てるよ！」

希実は純粋に喜んでいる。いや、大はしゃぎだ。

「びっくりしたね！　なんで、希実ちゃんがテレビに出てるの」

そこでナレーションが入った。

〝もし、希実ちゃんが生まれた時に、こんな保険があれば……、私たちは、そんなまさかの応援をずっと考え続けます〟

何度聞いても、このナレーションは母である奈津美を傷つけた。まるで保険がなかったから、希実がずっと苦しんだと言いたげだ。

芝野もそのあたりは、広告代理店や清和生命と随分交渉してくれた。おかげで、ナレーションの文言も随分、奈津美たちの要望に添ったものになった。それでも、やはり決して気持ちの良い文言ではなかった。

「ママ、大丈夫？　希実ちゃんがテレビに出たのに嬉しくないの？　出てほしくなかった？」

いつの間にか希実がそばに来て母の手を握っている。

「そうじゃないわよ。ママは感動してたのよ。希実ちゃんが本当に頑張ったから、テレビが取り上げてくれたでしょ。だからとても嬉しいの」

「そう？　希実ちゃん、なんだか不思議な気持ちだった」

「どうして？」

「だって、希実ちゃんをテレビで見るの、初めてでしょ」

奈津美は娘を強く抱きしめた。

この子は、私が思っているよりはるかに逞しい。そして、いつも私と夫のことを心配している。

「じゃあご褒美にアイスクリームでも食べる?」

「食べる食べる!」

希実が大喜びしてテレビの前に戻った。そして、「他でもやってないかなあ」と言いながら、テレビのリモコンを操作していた。やがて飽きてしまったのだろう。ニュース番組が映ったところで、ザッピングをやめた。

〝昨日、アメリカの投資ファンド、ホライズン・キャピタルに買収された大阪市東淀川区の機械メーカー英興技巧の新社長に就任したモーガン・テラー氏が就任会見を開きました。席上、同社の特許権が無断使用されているとして、東大阪市の製造業マジテックを特許権侵害で提訴すると述べました〟

昼過ぎから、マジテックの電話は鳴り止《や》まなかった。回線は三台あったが、事務所にいたのは芝野一人で、到底捌《さば》ききれない。そこでひたすら鳴り続ける二つの回線をジャックから引き抜いた。

「お待たせしました。とにかく事実関係がまったく分からないために、お答えできないんです。分かり次第、正式にコメントを出しますので」

〝清和生命のCMに使っている介助器具が特許権侵害の対象じゃないかという噂があります が〟

冗談だろ。だが、そうも言えず「それは、どこからの情報ですか」と返した。

英興技巧の新社長は、具体的な特許番号を明らかにしていない。

〝それはまあ、あくまでも噂で〟

「臆測はご容赦ください。特にあの器具は難病で苦しむ人のために、先代社長が精魂込めて製作したものですから」

その説明は適当に聞き流されて、電話は一方的に切られた。この調子で約三〇分ほど一人で悪戦苦闘していると、浅子が外出から戻ってきた。

「何かありましたんか」

電話の応対中に戻ってきたので、彼女はすぐに〝異変〟を察知した。芝野が事情を説明すると、「そんなアホな」と声を荒らげた。

「英興さんは、自分とこの社長の不始末で芝野さんにあんなに世話になったくせに、その恩を仇で返すっちゅうんか」

芝野もそう抗議したい。だが、特許権侵害を訴えているのは、前触れもなくいきなり就任した新社長だと記者が言っていた。

そこに久万田が飛び込んできた。

「特許権侵害って、どういうことなんです」

聞けば、ＦａｂＬａｂ ＥＯのほうにも取材や問い合わせの電話が殺到しているらしい。

彼は持参したノートパソコンを開いて、英興技巧新社長による記者会見のニュース動画を見せてくれた。

金髪の若い新社長の写真と〝マジテック社を特許権侵害で提訴する〟というコメントが確かに掲載されている。

「具体的には、どの特許を指しているか分かりますか」

芝野の問いに、久万田は首を振った。

「僕もそれが知りたくて飛んできたんです」

だとすれば、やることはひとつだった。

芝野は英興技巧の専務の携帯電話を呼び出した。呼び出し音が二〇回近く鳴った後、桑島が出た。

「お忙しいところ恐縮です。マジテックの芝野です」

「ああ、芝野さん、先日はお世話になりました」

「実は、御社が弊社を特許権侵害で提訴されるというニュースを見たのですが」

「もう、本当に何とお詫びをしたらいいのか」

「つまり、何かの間違いだということですか」

しばらく相手が沈黙した。

「いえ、残念ながらそうではないようです。私も本日付で専務を解任されてしまったので詳しいことは分からないのですが、どうやら御社の特許権侵害は事実のようで」

桑島が専務を解任されたと聞いて驚いたが、それ以上に特許権侵害がショックだった。

「具体的には、どの製品が問題になっているのでしょうか」

「私も詳しくは分からないのですが、どうやらマジテック・ガード（MG）ではないかと」

「間違いありませんか」

「おそらく」

電話をかけてきた記者が〝噂ですけどね〟と言った情報は、事実だったのか……。

よりによってなぜ、MGなんだ。

「桑島さん、あの器具は難病で苦しむ子供たちを救う貴重なものです。亡き藤村が精魂込めて作り上げ、それが3Dプリンタ技術によって、より多くの方にも商品化できるようになるんです。そのマジテック・ガードのどこが特許権侵害だと言うんです！」

声を荒らげてしまった自分に驚いて、芝野は桑島に詫びた。

「芝野さん、私も正確なことは分からないんですよ」

「お願いです。一体何が起きているのか、調べていただくわけにはいきませんか」

先日の恩返しに、という言葉は呑み込んだ。だが、桑島には通じたはずだ。

「少しお時間をください。何とか調べて今日中にはお返事を差し上げます」

電話を切った芝野は、放心したように椅子にへたり込んだ。

「MGが特許権侵害やなんて、ふざけんのもええ加減にして欲しいわ」

電話のやりとりを聞いていたのだろう。浅子が泣きそうな顔で怒っている。

その時、郵便局員が訪れた。

「すんません、内容証明郵便です。ハンコをお願いします」

芝野は嫌な予感を抱きつつ、応対に出た。受け取った封書の差出人は「英興技巧」とある。

おそらくは、特許権侵害についての警告状だろう。

なんだ、この手回しの良さは。

開封すると、やはり警告状だった。

特許権侵害は、MGについてだ。数ヵ所の部品が、英興技巧が保有する特許を無断使用していると。しかも、特許権侵害を承知のうえで使用しただけではなく、いかにもマジテックが発明したようなテレビCMまで放映しているのは極めて悪質だと決めつけていた。そして、速やかな製造の中止と謝罪、さらには慰謝料を含む損害賠償として三億円を要求していた。

「三億円やて⁉ なんやねん、それ。あり得へんやろ」

浅子の言う通り、常識ではあり得ない。だが、賠償金にルールはない。英興技巧買収の直後に、なぜホライズン・キャピタルはこんな暴力的な行動に出たのか。

英興技巧の業績を考えれば、MGなんて大したモノではない。しかも商品化はこれからだ。無論、本当にマジテックが特許権を侵害しているのであれば、しかるべき対応はするだろう。だが、新社長就任の会見で、いきなり小さな町工場に敵意むき出しの攻撃を仕掛けてくるなんて、常軌を逸している。

おそらくこれは何かの前触れなのだろう。

ホライズンは、もっと別の目的でマジテックを攻撃してくるに違いない。

第七章　チェックメイト

1

二〇〇八年一〇月一四日　東大阪市森下

「ちょっと前に、芝野さんが英興さんとなにわのエジソン社の関係を尋ねはりましたやん？　あの時は気が進まへんかったんで、改めて話すと誤魔化してしまいましたけど、今日はちゃんと話します」

英興技巧からの内容証明を受け取ったショックで、しばらくひとり会社の屋上に上がってしまった浅子が、オフィスに戻ってくるなり話し始めた。

オフィスには、芝野と久万田に加えて、営業先から異変を聞いて戻ってきた望もいた。

「なにわのエジソン社の経営が苦しくなったんは今から一〇年ほど前、つまり日本中で銀行や証券会社がバタバタ潰れていた頃や。それまでは〝博士〟の発明と古くからおつきあいのある企業に恵まれて、〝博士〟が若い子らに投資しても、十分やっていけてました。それが、融資を受けてた信金が倒産して、繋ぎ資金に困ってしまった。さらに、例の東大阪でロケット開発をしようとしたプロジェクトで〝博士〟が他の社長さんと揉めて、ウチはえろう損を出したうえに、プロジェクトから抜けてしまいました。間の悪いことに、その頃に私が株にハマってしもうて。一億円ほどすってしまいましたんや」

「お母ちゃん、そんな話、初めて聞く！」

望が抗議すると、浅子がしばらくうなだれてしまった。

「ごめんなあ、お父ちゃんにそれは誰にも言うたらあかんと口止めされてましたんや。せやから、お兄ちゃんも知らん話や。で、もう夜逃げするか、首吊るかというとこまで追い詰められてしまいましてん」

オフィス内に重苦しい沈黙が漂い、金型を製造する機械の音だけが階下から響いてくる。

「そんな時ですわ。〝博士〟が起死回生の妙案を思いついたから安心せえ、と上機嫌で帰ってきましてん」

　妙案とは、なにわのエジソン社の売却だった。

「当時、ウチの特許の半分ぐらいは、英興技巧さんからの依頼で〝博士〟が考案したもんでした。英興技巧さんが世界からいろんな注文をもらえたのも、〝博士〟の発明があったからです。それで、先代の英興の社長さんが私らの窮状を見かねて、救済を持ちかけてくれはったわけです」

　それで負債も特許も含めて英興技巧がなにわのエジソン社を引き取り、さらに英興の先代社長は個人保証人になって、新会社のマジテック設立時に融資を受ける後押しまでしてくれた。

「心機一転、会社を立ち上げるに当たってマジテックという名を付けたのは、単に〝博士〟の発明力をアピールするためだけやないんです。英興の先代社長の下の名前、真治《まさはる》を音読みした〝マジ〟にあやかってなんや」

「マジで。そんなんも初めて聞くわ」

　望の驚きは、芝野や久万田も同様だった。それにしても、社名変更の陰にこんな話があったとは……。何より英興技巧の先代社長の器の大きさにも感動した。

「エジソン社の特許の一部は、〝博士〟が個人名で取ったものもあったと思います。けど、ああいう性格なんで、エジソン社売却の際に、特許権を全部エジソン社に移転したうえで、英興さんに渡したんです」

藤村のせめてもの心意気だったのだろう。

「ほな、エジソン社時代に親父が発明したもんは、全部英興さんが特許権を保有しているんか」

望の問いに浅子は大きく頷いた。

「ただね、英興の先代は鷹揚な人やったから、〝博士〟が特許のアイデアを使って自社製品を作るんやったら特許料なんて取らへん、と口約束してくれたらしいですわ」

それは、英興の提訴に対抗できる好材料だった。文書化されていないのは不利だが、そういう商慣習だったと証明できれば、無断使用には当たらないはずだ。

「それで久万田くん、警告状にある特許権侵害なんだけど」

芝野は、警告状にある特許について久万田に調べさせていた。

警告状では、MGの部品の接続部分の加工法と無理な動きにも柔軟に稼動するアクチュエーター技術について、〝博士〟が開発したうえで特許権を取得し、英興技巧に譲ったものだとある。

「桶本のおっちゃんともチェックしたんですが、指摘箇所は〝博士〟がエジソン社時代に発明したもんでした」

つまり、先代と故藤村との口約束を認めてもらえないと、特許権の無断使用に該当するわけだ。

「私はこれから英興技巧に行って、新社長に会ってこようと思います」

「芝野さん、会ってどうしますんや」

「彼らの真意を知りたいんです。これは本当に特許権侵害だけを問題にしているのか。それとも、もっと別の意味があるのかを」

「別の意味って？」

望が反応した。

「英興の動きを見ていると、明らかに我々に攻撃を仕掛けています。だとすれば、もしかするとホライズンはうちを買おうとしているんじゃないかと思っているんです」

「芝野さん、それは考えすぎや。ウチみたいなボロ会社、買《こ》うてどないしますんや」

だが、そういうリアクションをしたのは浅子だけだった。望は驚いているが、母親の意見には同調しない。久万田は腕組みをして考え込んでいる。

「なんやクマちゃんまで。あんたら、妄想するにもほどがあるで。ウチは青息吐息の零細企業でっせ。英興さんみたいに海外に製品を輸出しているわけでもない。そんな会社を買う酔狂もんはおらんでしょ」

「けどね、おばちゃん。ヒット商品でクレームつけるならまだしも、MGなんて希実ちゃんのためにあるようなもので一般向けに発売もされてないんですよ。それに賠償金が三億やなんて、どう考えても異常や。一体どういう気なんやろうと思ってたんですけど、別の思惑があるんやったら、こんな無茶ないちゃもんも分かる気がするんです」

「せやけどクマちゃん、別の思惑て何やのん？」

「まあ、お二人とも、あまり先走らないでください。別に私も確信を持っているわけじゃない。でも、ここは相手と腹を割って話すべきじゃないかと思うんです。もし、新社長がMGに興味を持っているのであれば共同開発を提案してもいい。そのほうが量産できますからね。そのあたりの先方の考えを探りたいんです」

「すんませんけど、芝野さんに全部お任せします。いずれにしても、私は振興協会に行って弁護士とかの相談してきますわ」

芝野が出かける準備をしていると、久万田が近づいてきた。

「僕もご一緒させてください。特許問題はよくアメリカでも揉めたんで、何かお役に立つかもしれません」

それは心強いと、芝野は快諾した。

2

東大阪市中央環状線

「クリエイティブ・コモンズという言葉をご存じですか」

営業車のハンドルを握る久万田が言った。車は、中央環状線で渋滞に捕まっている。

「いや、初めて聞く言葉だな」

「アメリカで始まった著作権に関する考え方なんですが、権利をうるさく主張せず、一定の条件を守るなら自分の作品や技術を自由に使っていいよっていうルールなんです。こういう知的財産に関するオープンな考え方は、特許などにも広がりつつあります」

特許は、製造業にとって競争に打ち勝つ生命線だと言われている。実際、家電や機械メーカーは、他社を凌駕するための技術革新や特許の創出に莫大な投資をしている。それを否定しようというのか。

「もちろん、製薬とか先端技術のキラーコンテンツは、従来通り厳しく特許を守るという姿勢です。でもね、何でもかんでもがんじがらめにするより、もう少し技術や作品を広く知らしめて自由に活用させたほうが結果的に技術は進化するし、社会も豊かにするんちゃうかって僕は思います。実際、欧米ではそういう風に考える研究者やアーティストが増えているんですよ」

久万田が在籍していたMITのメディアラボなどが先導して、この新しいルールを広げているらしい。なるほど、世界最高峰の研究機関であるMITが主導すれば、それは大きな影響力も及ぼすだろう。

「たとえばファブラボなんていうのも、クリエイティブ・コモンズの発想があるからこそ、より有効に活用できるんですよ」

理屈では分かる。だが、特許に、しかも日本に馴染むのだろうか。

「日本では時間がかかるんじゃないのかな」

「実はね、日本にもこの考え方を推奨するクリエイティブ・コモンズ・ジャパンという団体が、すでにできているんですよ。僕もそのメンバーですけど、僕らは、いずれ大手メーカーでも、特許の内容によってはオープンにするものが出てくるかもしれないと予測しています」

クリエイティブ・コモンズというのは、すべての著作権をフリーにしようというのではない。たとえば、非営利に限るとか、元の著作や特許をベースに開発した際は、双方のクレジットを入れた権利にするなど様々なグレードがあるのだという。

これを有効活用すると、若き研究者たちが世界中に点在する知恵を利用してさらなる技術開発に挑もうとする可能性が出てくる。そうすれば、自社で巨大な研究施設を抱える必要も、莫大な投資も不要になるとも言われているらしい。

「今回のMGだって、クリエイティブ・コモンズ的なオープンな発想があれば、裁判所になんて持ち込む必要もないんですよ。英興技巧が〝博士〟が開発した特許や技術を利用して、MGみたいな新製品を作るのは無理やったと思うんです。そういう意味でも残念です」

久万田の悔しさと怒りは、芝野にも理解できる。

なるほど、彼らのようにインターネット上に英知を集結させて発明を行うことが常識だと考える世代には、がんじがらめの特許制度は窮屈だろう。

眠っている特許や作品から、他社の才能のおかげで新たな何かが生み出されていくという文化は、もっと注目されてもいいかもしれない。

「特許を気にしない時代が、日本に来ると思うかね」

「すぐには難しいでしょうね。でも、アメリカだけではなく、ヨーロッパやアジアでも、クリエイティブ・コモンズの波は広がっています。それは必ず特許にも波及するだろうと、僕は確信しています」

廃《すた》れたといっても日本の製造業は、まだ世界競争を勝ち抜くだけの技術力を誇っている。それを裏打ちしているのが特許なのだ。それを誰もが自由に使えるようにせよという要望が、後進国からは起きるだろう。しかし、日本がそこを許せば、一気に優位を損なうことにもなりかねない。

「日本ってね、下手なんですよ。あれダメ、これダメって、頑《かたく》なに閉じてしまうでしょ。でもね、欧米なんていかにも自由市場を掲げて、特許フリー推進って言いますけど、その一方で絶対守りたい技術の保護については一段と厳しくなっています。硬軟取り混ぜて、有利に試合を運ぶ。そういうのが日本人はでけへんのですよねえ」

まさに、その通りだった。だが東大阪の町工場では、特許は死活問題だ。だから英興が無断使用を非難するのは当然だと、芝野は考えていた。おそらく、今マジテックに降りかかっている特許問題にしても、英興技巧の背後にいるホライズン・キャピタルは強かな策を弄して攻めてくるに違いない。

果たして、我が方にそれに立ち向かうだけの力があるか。

かつて外資系企業に振り回された時の苦い想い出が蘇ってきた。

一瞬でも隙《すき》を見せると、必ずそこから攻めてくる——そういう猛獣を相手にする覚悟が必要だった。

3

大阪市東淀川区

アポイントメントもない不躾《ぶしつけ》な訪問にもかかわらず、英興技巧は丁重な対応をしてくれた。受付に名刺を渡して社長との面会を求めると、若い男性が迎えに来た。頭の先から靴の先までトレンドを意識した、今まで英興技巧で見かけたことのない雰囲気だった。

「曙電機でCROを務められていた芝野さんですよね」

エレベーターに乗り込むなり言われた。

そうだと返すと、若者は右手を差し出した。

「ホライズン・キャピタルの東松《とうまつ》と言います。僕の夢は、芝野さんのようなＴＡＭ（ターンアラウンド・マネージャー）になることです」

「それはどうも」と返すのが精一杯だった。

「それにしても、びっくりしましたよ。こんなところで芝野さんにお会いできるなんて。マジテックという会社は、よほど凄い会社なんですね」

「なに、どこにでもある零細の町工場ですよ」

「でも、あなたが専務をされているということは、すでに我々の攻撃を予知されていたわけでしょうから」

この若造には、守秘義務とかガバナンスという意識がないのだろうか。伝えるべきではない話までベラベラと喋り続けている。しかも芝野とは初対面なのだ。ならばこの口の軽さを利用しよう、と頭を切り替えた。

「もっと早く仕掛けてくるかと思ったんだがね」

「ちょっと、債権奪取で手こずってしまいまして」

債権奪取だと。

一体何の話をしている。確か英興技巧は、創業者一族の株を集めて買収したはずだ。

エレベーターが目的階に到着した。そこで案内役が代わったが、後でチャンスがあれば続きを聞こうと、芝野は若者の顔をしっかり記憶した。

「申し訳ないのですが、芝野さんお一人でお願いします」

社長室の前で案内の女性に冷たく言われ、さすがの久万田も素直に従った。

社長席には、ネットニュースで見た外国人男性ではなく、アジア系の女性が座っていた。

そして、その脇にいた男性が口を開いた。

「ようこそ、いらっしゃいました。こちらは、ホライズン・キャピタル社長のナオミ・トミナガです。私はMD（マネージング・ディレクター）の隅田と申します」

ホライズンの社長だと……。

以前、ホライズンの四代目社長が日系アメリカ人女性だという記事を読んだのを思い出した。

それにしても、なぜ彼女がここにいるんだ。

ベビーフェイスに満面の笑みを浮かべて、トミナガ社長は芝野に握手を求めてきた。

「初めまして、トミナガです。芝野さんのご高名はかねがね伺っていました」

「私に高名なんてありませんよ。あなたこそ、その若さでＫＫＬの日本法人代表を務められる凄腕と伺っています」

英語で挨拶されて一瞬戸惑ったが、錆《さ》び付いた頭を揺さぶって英語で返した。トミナガは褒め言葉を素直に受け入れて、嬉しそうだった。

「私が本日お邪魔しましたのは、お二人ではなく、英興技巧の新社長であるテラー氏に折り入ってご相談があったからです」

ソファに座るなり、芝野は単刀直入に言った。

「テラーは今、外出しています。特許のことでしたら私がお伺いします」

ホライズンの代表自らが対応するのか。

「まずは、お詫びしなければ」とトミナガが口火を切った。

「テラーは物事を拙速に運ぶ悪い癖があります。それで、御社にいきなり警告状を送りつけたとか。とても無礼な行為だときつく叱責しました」

「正直申し上げると、大変驚きました。前触れもなしに警告状がくるというのは、特許権侵害では異例ですから」

いかにも、とトミナガは頷いている。

「あの件は忘れてください」

それはまた、無茶苦茶だな。

「よろしいんですか？　実は、あの件については、英興技巧の創業社長と弊社の前社長の間で口頭での取り決めがあって、それをご理解いただこうと思って今日はお邪魔したんですが」

「そんな説明も不要です。もう、提訴の必要はないんです」

なんだって！

トミナガ社長の意図がまったく分からなかった。しかも、彼女がどんどん上機嫌になっているのも解せない。

「差し支えなければ、必要がなくなったという言葉の意味をお聞かせ願えますか」

「もちろん。実は本日、御社にお電話を入れようと思っていたんです。いわゆる〝挨拶の電話〟っていうのかしら。御社を買うことにしましたっていうね」

今、英語を正しく理解できなかったのではないかと、芝野は隅田のほうを向いた。

「あなた方がマジテックを買うことにしたという〝挨拶の電話〟をかけるつもりだったと、トミナガ社長はおっしゃったんですか」

「まさしく、その通りです」

隅田は慇懃に返した。

全身が麻痺《まひ》したような衝撃に襲われた。

「あら、さすが芝野さんね。驚かないわ」

「いえ、心底驚いていますよ。あまりに驚きすぎてリアクションできないだけです。トミナガさん、なぜホライズン・キャピタルのような一流投資ファンドが、弊社のような何の取り柄もない零細企業を買収しようなんてなさるんです」

「それは愚問よ、芝野さん。買いたいから買うの。新しい洋服やバッグを買いたいと思う衝動と、同じよ。その感覚、あなたほどの方ならお分かりでしょ」

いや、まったく分からない。分かりたくない。

「折角ですが、マジテックは売り物ではありません」

「私が買うと決めたら、売り物よ。あなたの意向はどうでもいいの」

なるほど、そういうタイプの買収者か。東洋人ながらニューヨークの一流ファンドでのし上がってきただけのことはある。

「トミナガさん、私の意向とかではなくマジテックは売り物ではありません。すべての株は社長が保有しています。どうやって弊社をお買いになるんです？」

トミナガが頷くと、隅田がアタッシュケースを開き、分厚いファイルを取り出した。そして、一枚の文書を取り出した。

「御社の債権、総額六億二〇〇〇万円余りは弊社が保有しています。これらを今週一杯でご返済いただけないのであれば、しかるべき対応を致します」

村尾が裏切った。そして、ADキャピタルがSSC新製品の金型製造のために用立てたローンまで含まれているのも分かった。

「耳寄りな情報をお伝えしておくわ。スプラ社は明日、鈴紡化粧品との合弁を一時凍結すると発表します。もちろん、アジアの富裕層向けの新製品の製造も当分見合わせます」

到底返せそうにない債権返済を突きつけられたうえに、大型受注が宙に浮いたのか……。

もはや、マジテックは座して死を待つしかない。

だから、特許で争う必要なんてない——トミナガはそう言いたいのだろう。

「無駄な抵抗はやめましょうよ。私たちが、技術力のある日本企業を集めてプラットフォーム企業を設立しようとしているのは、ご存じでしょ。芝野さんには、そのプラットフォーム企業の経営をお任せしたいと思っているんですよ。なんなら、マジテックの社員の皆さんも、そこで働いてもらって結構です。それに、この場でマジテック売却に便宜《べんぎ》を図ってくださったら、ゴールデン・パラシュートのご用意もします」

なめられたものだ。

芝野は思わず、トミナガを睨みつけてしまった。冷静にならなければと分かっているのに、怒りの感情を抑えられなかった。

「敵意からは何も生まれませんよ。それは、あなたのほうがよくご存じのはず。もうマジテックもあなたも、完全にTHE END《ジエンド》なの。ここは大人になって、一緒に未来を考えましょうよ」

4

どうやって英興技巧本社を出たのか記憶がなかった。久万田に声をかけられても、芝野は一切何も言わず車に乗り込んだ。

もはや東松とかいうガキに情報を得る必要もない。あのバカは、凄い情報をすでに提供していたのだから。

「芝野さん、何があったんですか」

それでも答えなかった。とにかく、この会社から一刻も早く離れたかった。

「芝野さん！　どないしたんですか⁉」

「とにかく車を出してくれ。話はそれからだ」

それっきり芝野は口を開かなかった。久万田はハンドルを握りしめながら何度もこちらを伺ったが、我慢してくれた。

「マジテックを買うと言われたよ」

渋滞にはまった時に、芝野はようやく口を開いた。事の次第を伝えると、久万田は深いため息をついた。

「冗談きついな……」

「いつの間にか、浪花が集めたおまとめ君の債権、さらにはADキャピタルがSSCの金型製造のために用意したローンまで、全部ホライズンが持っていた」

久万田の大きな掌がハンドルを叩いた。

「久万田君、安全運転をしてくれよ。とにかく、今週中に六億二〇〇〇万円を耳を揃えて返せと言っている」

さらに、SSCがアジア向け高級化粧品の製造を一時凍結するとも伝えた。

「無茶苦茶ですやんか。そんなの、どこの新聞記事にも出てませんでしたよ。それどころか、スプラがヤバいという記事すらありませんでした」

だが、ホライズンの情報網は確かだろう。

芝野は久万田に、梅田のSSC本社に向かうように言うと、浪花信組の村尾の携帯電話を呼び出した。

電源が入っていない、というメッセージが流れた。

そこで、支店にかけた。

〝村尾は、昨日付で退職いたしました〟

言葉を失ってしまった。

大至急で尋ねたいことがあると頼んだが、〝連絡先は分かりかねます〟とつれなく返された。仕方なく小笠原と話したいと言ったが、彼は外回りだという。小笠原の携帯電話の番号は知らない。浅子なら知っているだろうが、もう少し状況を把握するまで、彼女には伝えたくなかった。

代わりに、ADキャピタルの田端の携帯電話を呼び出した。こちらも、電源が入っていなかった。次いで、大阪支店に連絡を入れたが、「長期休暇で連絡がつかない」とのことだ。

どいつもこいつも逃げ足が速い。

芝野は、ため息をついてSSCに電話を入れて、製造管理部長に繋いでもらった。

「芝野です」と告げただけで、相手が息を吞む音が聞こえた。

「どうも、お世話になっています」

「部長、つかぬことを伺いますが、御社のアジア向け富裕層の化粧品の製造が一時凍結されると聞いたんですが」

「えっ、芝野さん、どこからそんな情報を……」

その慌てぶりで、トミナガの情報は正しいと認めざるを得なかった。

「外資系の金融機関が教えてくれましたよ。どうなんですか」

「今は何とも申せません。明日にはきちんとご説明しますので、しばらく待ってください」

もう少し事情を聞きたかったのに、とりつく島すら与えられず一方的に電話を切られた。

「久万田君、SSCに行ってもダメかもしれない」

「じゃあ、ほんまに化粧品製造の件はなくなるんですね」

すなわち、ラインは開店休業状態になる。それだけじゃない。SSCの金型製造のために、臨時採用とはいえ新たに一〇人も雇ったのだ。彼らへの支払いだけでも、莫大な額になる。

いっそ製造中止なら違約金も取れるが、トミナガ社長は「一時凍結」と言っていた。その場合の規定は契約書にはなかった気がする。

遂に久万田が車を路肩に寄せて停めた。とても運転している心境ではないのだろう。

「特許権侵害はどうなったんですか」

「提訴は必要なくなったそうだ」

「なんや、それ」

「買収するんだから意味はない、と」

「だったら、なんであんな派手なことをしたんです！」

最初は分からなかった。だが、少し冷静さを取り戻した今なら、理由が分かる。

「マジテックのシンボルを貶《おとし》めるためだよ。MGは、マジテックが世界に向けて技術力をアピールできるものだった。清和生命のCMはインパクトがあったし、実際に海外からの問い合わせも来ているじゃないか。その栄光を叩き潰して我々のプライドを引き裂き、買収を有利に運ぼうとしたんだ」

「そんなつまらん理由でMGが穢されたんですか」

だが、効果的ではある。浅子はすっかり意気消沈してしまったし、芝野でさえパニックに陥った。その状況で買収提案をされたら「もはや、これまで」と白旗を揚げたくなる。

「それにしても、何でウチなんです。あいつら、ウチの何が欲しいんですか」

そうなのだ。それがどうしても分からない。債権を集めるに当たって、ホライズンは強引な取引をしているはずだ。だとすれば費用もかかっているだろう。そこまでしてマジテックを買収する理由が分からなかった。

唯一考えられるのは、やはり特許だ。

「社内保有の特許権で、高く売れるものがあるんだろうか」

「久万田君、どうだ？」

久万田はムスッとしたきり答えない。

「僕には分かりません。ハゲタカ外資が狙うくらいですから、生半可《なまはんか》な価値やないもんやと思います。でも、そんなお宝があるんやったら、僕らがそれを利用してとっくに復活してますやんか」

だが、ここまで手の込んだ買収を仕掛けてくる以上、何かあるのだ。その見当さえつかないのが、もどかしかった。

その時、不意にあるアイデアが閃いた。

「ちょっと電話するから、このまま待っていてくれ」

芝野は車を降りると、歩道を渡って反対車線の沿道にある公園に入った。

果たしてこの番号がまだ生きているのか、繋がったとして芝野の無理な頼みを聞いてくれるのか――。ほとんど賭けだった。

長い間呼び出し音が鳴った。やはりダメかと思ったが、留守番電話に切り替わるまでは粘るつもりだった。

「これは、お懐かしい。芝野さん、お元気ですか」

アメリカ人とは思えない流暢な日本語が返ってきた。

「大変ご無沙汰しています、キャンベルさん。突然お電話して申し訳ありません」

サム・キャンベル――、かつてはクーリッジという英米の情報機関ＯＢで組織する調査会社の幹部だった人物だ。そして、鷲津政彦の右腕として様々な調査活動を続けていた。芝野がキャンベルを知っているのも、その縁からだ。

「実は大変なピンチに陥っておりまして、厚かましくもキャンベルさんにおすがりしたいことがあるんです」

「私にできることなら、喜んで」

芝野はその言葉に背中を押されて、現状をすべてぶちまけた。そして、ホライズンがマジテックに固執する理由を知りたいと伝えた。

「ミズ・トミナガは、聞きしに勝る女傑だそうですね。お察しします。限られた時間でどこまでやれるか分かりませんが、調べてみましょう」

キャンベルの要望で、芝野は私用アドレスを伝えると、もう一度礼を言った。

「しかし、彼らが御社を欲する理由を知ったところで、買収の対抗策にはならないと思いますよ。芝野さんなりの手立てを何か講じておられますか」

「正直なところ途方に暮れています。もはや救世主《ホワイトナイト》を待つしかないでしょうね」

おそらくは、芝野にもキャンベルにも、同じ人物の顔が浮かんでいるに違いない。

しかし、互いにその名は口にせず通話を終えた。

そのまま芝野はじっと携帯電話を見つめた。その人に電話すべきかを悩んだのだ。

答えは分かっている。

あの男は、同情や慈悲ではカネは出さない。

だが、こんな卑劣なやり方で、貴重な技術を有する日本の企業を翻弄するファンドを見過ごしてよいのか。しかも、この悪辣ファンドは、あの男が立ち上げたファンドだ。創業者としての責任があるだろう。

自分勝手な理屈を積み上げて、芝野は電話をする勇気を奮い立たせようとした。

その時、浅子からの着信があった。

「芝野さん、クマちゃんから聞きましたでっ！　どうしたらええんです！」

芝野は、「落ち着いて」と繰り返した後、浪花信組の小笠原の携帯電話の番号を尋ねた。そして、自分が帰社するまで待機して欲しいと告げた。

車に戻ると、小笠原に電話した。

「はい、もしもし」

やけに明るく脳天気な声が応答した。

「マジテックの芝野です」

「あっ、芝野専務、お世話になってます」

「村尾君が辞めたと聞いたんですが」

「そうなんですよ。もう、僕もびっくりしちゃいまして」

こういうタイプは、何があっても日々お気楽に生きるんだろうな。人生もさぞ楽しいだろう。

「彼に連絡をつけたいんだが、携帯が繋がらない。プライベート用の番号はないのかな」

「いやあ、ないと思いますよ。電話、やっぱり繋がりませんか。僕も朝から何度もかけているんですが、ずっと電源が切れたままで……困りましたよねえ」

まったく困ってなさそうな声を聞き流した。

「では、君に伺うが、そちらでまとめてもらった弊社の債権が、勝手にハゲタカ外資に転売されていたんだが、どういうことですか」

「えっ、マジですか。いや、それは何かの間違いでは。そんなのあり得ないですよ」

聞くだけ無駄だったか。

「その、あり得ないことが起きたんで村尾君を探しているんです。とにかく、おまめ君の転売について、調査して今日中に連絡してくれませんか」

あまりにも危機感が希薄な相手との通話に疲れて、芝野は目を閉じた。

カーラジオからは、昭和に流行った演歌が流れていた。

5

東大阪市森下

「そんなん、あり得へんやろ！」

ＳＳＣの発注が凍結される見通しだと知って、浅子は激怒した。望が拳を机に叩きつけている。

芝野と久万田の二人は、何も返せなかった。

「それで、合点がいきましたわ」

ひとり、部屋の隅でタバコをふかしていた桶本が言った。

「何の合点がいったんや、おっちゃん」

望が言うと、桶本が咳払いをしてタバコの火を消した。

「昨日から、原材料の納品が遅れてるんや。問い合わせたら、ＳＳＣからちょっと待てと言われているの一点張りやった。そのうえ金型の引き取りも、昨日から止まってる」

「ちょっと桶本さん、何でそんな大事なこと黙ってたんや」

浅子が詰め寄ると、桶本は白髪の目立つ短髪をかき上げた。

「いや、浅子さん、この程度の遅れは誤差の範囲やからね。特に立ち上げの時は、色々混乱もする。今回もそれやと思てましてん」

桶本を責められないことは浅子にも分かっているのだろう。すぐに「おっちゃん、怒鳴ってしもてごめん」と素直に詫びた。

「芝野さん、僕はラボに行ってきます」

久万田が立ち上がった。

久万田にはFabLab EOがマジテック買収の煽りを受けないための回避処置を指示していた。せめて、EOだけは救いたかったのだ。具体的には、マジテックの出資をゼロにして、さらにマジテックから貸与を受けていた機械関係は、すべてEOが買い上げる。

EOの資金には余裕があったし、それでも足りない場合は、芝野が用意した〝資本金〟一〇〇〇万円を投入してもいい。

「じゃあ久万田君、大急ぎでやって。夕方には中里弁護士が来てくれるんで」

芝野はEOを救うための方策を、浅子らにざっと説明した。

「我々にできるのは被害を最小限に食い止めることです。FabLab EOは世界中の若い天才が集っていろんな夢を実現していくために生き残って欲しい。ここをホライズンに穢されてはいけない」

それを聞いて浅子は気持ちを切り換えたようだ。

「せやな。嘆いていても何も変わらへん」

「あいつらにやりたい放題されてんのに、黙って白旗上げるんですか」

血気盛んな望は我慢ならないようだ。

「望、子どもは黙っとき。芝野さんは私らの財産守ろうとしてくれてるんや」

浅子に噛みつかれても望は怯まない。それどころか芝野に詰め寄った。

「何言《ゆ》うてんねん！　僕らが一番守らなあかんのは、桶本のおっちゃんや学やろ。それ以上に、僕らみたいなボロ会社に仕事をくれてた得意先ほったらかして自分らだけ逃げるやなんて、そんなん人間のクズやで」

「望！　あんた芝野さんになんちゅうこと言うねん！」

浅子が息子の肩を摑んだが、彼はあっさり振り払った。

「望君、私も同じ考えだよ。桶本さんや田丸君を守るため、お得意先との関係を続けるために、今やるべきことは、マジテックという殻を捨てることなんだ。つまり我々はヤドカリだと思えばいい」

「しょうもないこと言わんといてください。マジテックという殻を捨てるやて？　昔なにわのエジソン社という殻を捨てたから、希実ちゃんのMGが特許侵害やと訴えられたんでしょ。捨てるんは社名だけやないんですよ。マジテックが取得した特許も信用も、全部捨てるんです」

胸が痛んだ。望の主張は真っ当だ。だからこそ辛い。なぜなら、自分たちにはそれに抵抗できる手段がもはや何ひとつないからだ。

圧倒的な数の爆撃機が攻撃準備を整えて上空で待機している状況で、守れるものには限りがある。

「救えるものは救う。その選別をするしかないんだ」

「あんた、世界最強といわれたハゲタカと闘ってきたんやろ。なのに、なんでこそこそ夜逃げの準備すんねん」

「望！　あんたええ加減にしいや！」

浅子がいきなり息子の頬を張った。

「おかん、俺、ずっと芝野さんを尊敬してきた。有名なエリートやからやないで。この人は、俺らに誇りを持つことを教えてくれたんや。どんだけしょぼい地味な会社でも、胸張って頑張ってたら扉は開くんやって俺はこの人から学んでん。せやから、嫌なんや。そんな人が逃げることしか考えへんて、俺には我慢ならんねん！」

「望君、撤退するからといって誇りを捨てるわけじゃない。むしろ誇りを守るために退くんだ。これ以上、がんじがらめに周囲を固められてホライズンに追い詰められた時に、少しでも次に繋がる手を打たなかったことを後悔したくないんだ。確かにマジテックという殻を捨てれば、社名だけではなく多くのものを失う。けどね、すべてを失わないために必死であがこうと思う。それが今やれるベストだ」

望も理屈では納得したようだが、同時に彼の目に宿った無念の情を見るのが忍びなかった。

「桶本さん、MGの部品、さらに第二第三のMGを作るために必要な機械のリストアップをしてくれませんか」

「リストアップして、どないしますんや」

「EOで買います。一部の大型機械は、おそらく債権の担保になっているでしょう。それでも原価償却が終わった物や、マジテックが独自で作った工作用の道具があるでしょ。そういうものだけでも残したいんです」

桶本はタバコを灰皿に押しつけると立ち上がった。そして、望の肩を叩くと「望ちゃん、あんたも手伝ってんか」と声をかけた。

部屋には、浅子と二人だけになった。浅子が深々と頭を下げた。

「知らん間《ま》に、あんなことを言うようになってたやなんて……。芝野さん、私なんてお礼言うたらええんやろ。このところ失うもんばっかりやったけど、代わりにかけがえのないもんをもろた気がします。芝野さんのおかげです」

芝野も望の成長に感動していた。だからこそ、少しでも次に繋がる手を打ちたい。

「浅子さん、私は何もしていませんよ。あれは望君が必死にマジテックを盛り立てようと頑張った結果、彼の中に芽生えたスピリットです。それより、私がもっと早く村尾の動きに気づくべきでした。リーマンショックの影響についても読みが甘かった。こんな事態を招いたのは、すべて私のせいです。本当に申し訳ない」

「芝野さん、お願いですから謝らんといてください。こんなボロ会社、〝博士〟が死んだ時に、一緒に閉じたら良かったんやね」

浅子の声が震えている。

「浅子さん、何を言ってるんですか。マジテックがあったから、希実ちゃんの未来が開けたんですよ。それよりも、浅子さんにもお願いがあります。浅子さん個人でマジテックに貸与しているお金が二〇〇万円ほどありますよね」

浅子は自分の役員報酬の大半を、毎月給料日の翌日には会社に戻していた。帳簿上は、浅子がマジテック株式会社にお金を貸したことになる。

「それぐらいになりますかな」

「今すぐ、浅子さんの口座に移してください。買収されたら、そういうお金も返ってこない可能性があります。それ以外にも、私物の一切をここから持ち帰ってください」

午後二時だ。今から銀行に走ればマジテックから浅子の口座に移せる。

浅子は何か言いたそうだったが、すべてを呑み込んで、愛用のデイパックを背負った。

「あっ、せや」と言って浅子は一度離れたデスクに戻り、抽斗《ひきだし》の中からクリアファイルを取りだした。

「先週、〝博士〟の遺品を整理していて、ちょっと面白《おもろ》いもん見つけました。もしかしたら、この人がお金を貸してくれるかも。この際、藁でも何でも摑まな損ですやん」

クリアファイルの中にはすっかり変色して黄ばんだ用箋が一枚入っていた。誓約書とある。

藤村が、もう二〇年以上前に一〇〇〇万円貸した相手の名を見て、芝野は声を上げた。

そこには、汚い字で鷲津政彦とあった。

6

〝誓約書
藤村登喜男より金百万円の投資を受けた鷲津政彦は、三年以内に大阪の大ホールでジャズピアノのソロ、あるいはトリオのライブを行うことを誓います。〟

日付が変わり誰もいないマジテックのオフィスで、芝野はじっとその誓約書を見つめていた。

まさか鷲津と藤村が繋がっていたとは……。

確かに、あの男がニューヨークでジャズピアニストの修業をしていたのは知っている。若き日の鷲津までも、藤村は応援していたのか。

世の中には時々信じられない巡り合わせがある。だが、芝野は年齢を重ねる中で、一見偶然にしか見えない巡り合わせも必然だと考えるようになった。そして、その必然は無視してはならない。

こうなればダメ元で相談をするしかないか。

浅子は「二〇年ほど前に貸した一〇〇万円やけど、六億円にして返してって頼んでみたらどうやろか」と言っていた。さすがにそれは無理としても、何か手立てを教示してくれるかもしれない。

その時、パソコンがメールの着信を告げた。サム・キャンベルからだ。

「仕事が早いなあ」と感心して、ファイルを開いた。

〝前略

お電話を戴き嬉しかったです。

曙電機を辞められて中小企業の再生をされていると聞いて、さすがは芝野さんと思っていたところだったので、電話に運命を感じました。

さて、お尋ねの件です。

結論から申し上げると、ホライズンが狙っているのは御社のマジテック・ガードという製品です。確か、難病の女の子のために先代社長が開発されたものですよね。〟

そこまで読み進んで、芝野はため息をついた。

〝ホライズンは、ある軍産ファンドから依頼されて、軍事転用できる特許技術の収集を行っているようです。

ただ、それを露骨に行うと、国際的な政治問題や投資家からの非難が予想されるため、名目は「日本で眠る特許技術を発掘して有効活用する再生プラットフォーム企業の設立」という隠れ蓑を用意したのです。

現在、アメリカでは軍事ロボットや軍人の力を補強する技術開発を行っておりますが、MGの技術は、そこで活用できると期待されているようです。〟

MGを軍事利用だと!

〝さらに、もうひとつ。垂直離陸式高速ジェット「バード」もターゲットになったようです。あれを実際の戦略機として使いたいのだとか。

今回のホライズンの強引ともいえる買収攻勢の狙いは、どうやらこの二つの技術と思われます。

以上、ご不明の点があれば、遠慮なくご連絡ください。

サム・キャンベル拝〟

「バード」も欲しいのか……。ＥＯのオープニングでお披露目した時に、地上からふわりと浮上するバードの技術は、亡き藤村が開発した技術だと久万田は言っていた。

だが、あれは試験機で、製品化にはまだ時間がかかると聞いている。

芝野は久万田の携帯電話を呼び出した。

「お疲れさまです」

すぐに久万田が出た。

「今、どこにいるかな」

「まだＥＯにいます」

「ちょっと、マジテックまで来てもらえないか。聞きたいことがあるんだ」

次に、芝野はキャンベルに電話を入れた。

「夜分に申し訳ありません」

「とんでもありません。あれで、お役に立ちましたか」

「パーフェクトでしたよ。それで、少しお尋ねしたいことがあるのですが。ホライズンが欲しているＭＧの特許とは、具体的に何でしょうか」

「ＭＧの場合は、特許というよりＭＧ自体を欲しているようです。海兵隊やシールズなどの強靱な体格の兵士を、より長時間、かつパワーアップして闘わせるための補強器具にバージョンアップできると考えているようです」

なんてことだ。

「止める方法はないんでしょうか」

「MGの商標登録は？」

「していますが、保有者はマジテックです。今から名義変更をしても、手続きに時間がかかるので間に合わないと思います」

「なるほど。だとすれば残念ですが、御社が買収された暁には対抗措置はないと考えるべきです」

「今、ある少女が使っているんですが、使えなくなる可能性もあるということですか」

「それは、メーカーが決めることですよね」

ならば、マジテックを買収から守り抜かない限り、希実がMGを失う可能性は高い。

「もうひとつ、ホライズンに買収を命じている軍産ファンドとはどこですか」

キャンベルの返事がなかった。

それは、答えているのと同じだった。

「もしかしてプラザ・グループですか」

「そうです」

最悪だった。

プラザ・グループとはかつて、曙電機に買収攻勢をかけてきた世界最強の軍産ファンドであり、芝野と鷲津は、彼らを相手に死闘を繰り広げた。

「まさか、マジテックに私がいたから、目をつけられたんじゃあ……」

「それは考えすぎです。すでに、プラザのトップはカッツェンバック氏ではありません。ただ」

ただ、なんだ。

「マジテックに芝野さんがいらっしゃるのは、知っているようです」

何という皮肉な巡り合わせだ。それもまた、必然なのか……。

「芝野さん、政彦には相談されましたか」

キャンベルからその名が出たのに驚いた。

「いえ。そもそも彼に救いを求めるのは筋が違うでしょう」

「かもしれません。しかし、あなたもご存じのように、彼は浪花節が好きですよ」

芝野の指が無意識に、古い誓約書をなぞっていた。

「いずれにしても、本当に助かりました。調査費の振込先を教えてください」
「そんなものは結構ですよ」
「いや、それでは申し訳が立ちません」
「芝野さん、私も浪花節が好きなんです。健闘をお祈りしています。おやすみなさい」

電話が切れると、夜の静寂が身に染みた。

藤村が、一人の少女のために考案した外骨格補助器具が兵器として利用される。ビジネスという名の〝悪魔〟なら平気でやるだろう。そんな非道があっていいのか。そのうえ、希実ちゃんのMGが奪われるかもしれない。いや、希実ちゃんと同じような難病に苦しむ子供たちを救うチャンスも潰されてしまうのだ。

くそっ！

力任せに、芝野は足下にあったゴミ箱を蹴飛ばした。

「どないしはったんです、芝野さん」

EOから戻ってきた久万田が足下に転がってきたゴミ箱を見つめながら言った。

＊

「バード」の離陸技術も藤村が特許出願していたが、幸運にも藤村個人の保有だった。

「つまり、マジテックとは無関係ということか」

「あの技術を発明した時、〝博士〟から連絡があって、あれは僕とクマちゃんの夢のための発明やから、会社じゃなくて自分の名前で特許出願すると言ってはりました」

問題は、開発中の「バード」の所有権を誰が持つかだ。現段階では何の手続きもしていない。

プラザ・グループはどこまで把握しているのだろう……。

「けど、ウチを狙っていたのが、プラザ・グループっちゅうのは納得です」

「そうなのか」

「最近、アメリカはものづくり力が低下しています。そこで、日本の町工場で持っている技術を漁っているらしいという噂を聞いたことがあるんです。それに、僕がアメリカで立ち上げたロボットベンチャーも、プラザに買われちゃいました」

自嘲気味に話しているが、久万田の心中は辛いに決まっている。

「芝野さん、それで、ひとつ提案があるんです」

久万田が堰《せき》を切ったように話し出した。

7

携帯を数回鳴らしただけで、鷲津は電話に出た。

「そろそろかかってくる頃だと思ってましたよ、芝野さん」

相変わらず嫌みな男だ。

「夜分に申し訳ありません」

「日本は深夜でしょうが、私がいる街は今、燦々《さんさん》と日が照りつけているかもしれない」

どうも話しにくい。芝野は黙り込んでしまった。

「ご用の向きを伺いましょうか」

何となく意地悪をしたくなった。

「一九八六年一〇月、あなたはある人物に誓約書を書いてらっしゃいますが、覚えていますか」

「深夜に何の冗談ですか」

「そちらは、太陽が燦々と照りつけてる時刻では？　そういう誓約書を書いた記憶がありますか」

「随分昔の話ですね。その頃、私は大阪にいた」

「大阪のジャズクラブで時々、ライブをされていたとか」

「若気の至りってやつですよ」

電話の向こうから大きなため息が漏れた。

「なるほど。そんなものが、まだ残ってたんですね」

どうやら思い出したようだ。

「あなたを援助した藤村さんの会社は、よりによってあなたが設立した会社によって叩き潰されようとしている」

「光陰矢のごとし。そして因果は巡る糸車ってところですかね。それで、私にどうしろと。フェスティバルホールでも借り切って、ジャズライブでもやりますか。チケットが何枚売れるのか分からないけど、売上は全部、御社にプレゼントしましょう」

やはり、私はこいつが好きになれない。

「自分で椅子に座ることも、スプーンでアイスクリームを食べることもできなかった少女がいます」

「サムから事情は聞いていますよ。だが、ホライズンは慈善事業をしているわけではない。くそったれプラザ・グループの商売は、武器を開発し製造することです。人道的には許されないかもしれないが、違法ではない。それをどうしろと？」

もやもやがイライラに変わった。それでも、ここは我慢のしどころだ。

「藤村さんは、発明によって多くの人を幸せにしたいと思って頑張ってきました。その可能性を広げるために、若い才能にどんどん投資した。あなたもその一人だ」

「だが、私への投資は失敗に終わった。今も鮮明に覚えていますが、私はカネをドブに捨てるようなことはするなと彼に警告したんです。なのに彼はカネを押しつけ、誓約書にサインさせた」

迷惑だったとでも言いたいのか、この男は。

「あなたは、それでニューヨークに行って、ジャズピアニストとして修業をした。その夢は破れたかもしれませんが、代わりにあなたは買収者としての才能を開花させたんですよ。それもこれも、あの時の一〇〇万があったからでは？」

「だから、どうしたんです」

「弊社には、あなたと同様に藤村さんから投資されて、ＭＩＴで研鑽を積んで帰国し、発明で恩返しをしようとしている若者がいます。そして彼のおかげでマジテック、いや、日本に新しいものづくりのスタイルができるかもしれない。それを頓挫《とんざ》させたくないんです」

「芝野さん、遠回しな言い方はやめましょう。単刀直入にお願いします」

「マジテックのために、六億二〇〇〇万円を融資して欲しい。あるいは、ホワイトナイトとして名乗り出てもらえないだろうか」

「サムからも頼まれたので、御社の企業価値を計算してみました。その結果、残念ですが御社に六億円もの価値はない。また、あなた方は大型新規受注で莫大な投資をした直後に、製造凍結という憂き目に遭っている。これは救いようがないですね」

身も蓋《ふた》もない冷たい回答だった。

「芝野さん、そろそろ学習しませんか」

「何をです？」

「資本主義の原理原則です。いや、自然の摂理、と言ってもいい。弱肉強食と淘汰こそが、生物の繁栄を生むんです。資本主義のルールも同様です。したがって、潰れそうな企業を延命させれば、かえって残酷な結果を生む。無駄なあがきはおやめなさい。それより一円でも多くカネを会社から引っぺがし、逃げることです」

しばらくの間、鷲津が電話を切ったのにも気づかなかった。ビジートーンの音すら聞こえていない。

ただ、あまりにも残酷な真理の前に、己のふがいなさを噛みしめるばかりだった。

夜が更けていく。すでに工業団地で作業をしている者は誰もいない。

芝野は窓際に立って、夜の闇に埋もれた工場街を眺めた。

こうなれば、久万田が提案したプランBを実行するまでか。

自分たちも自然の摂理を貫こうではないか。ただし、もっと泥臭いが——。

すなわち、もがきあがいて、生きた証《あかし》を残す。

無駄死にだけはしない。

8

二〇〇八年一〇月一五日　大阪市中央区大手前《おおてまえ》

二〇〇八年一〇月一五日午前一〇時、芝野は浅子と望を連れて、大阪市中央区大手前の大阪合同庁舎内にある近畿経済産業局に出向いた。同局内にある記者会で、記者発表を行うのだ。

早朝、東京と大阪に拠点のあるすべての新聞社とテレビ局、さらには経済誌、週刊誌の編集部に向けて、「マジテックが、ハゲタカファンドから買収提案を受けた件について」記者発表を行うと告知した。

予想以上の記者が集まったため、会場として急遽、合同庁舎の大会議室が用意された。

雛壇に立って一礼した芝野は、今日ほど誇りを持って臨める会見はないと実感していた。

「急なお願いにもかかわらず、多数のマスコミ関係者にお集まりいただいたことを感謝いたします。ご案内の通り、弊社マジテック株式会社は昨日、米国系投資ファンドのホライズン・キャピタルから買収提案を受けました」

会場では望が資料を配っていた。今朝になって望に方針変更を告げ、久万田と練った腹案《ふくあん》を説明すると、すぐに納得してくれた。

奪い合うように資料を手にした記者たちが、食い入るように文書を読んでいる。ホライズンが債権の全額返済を求め、無理なら会社を引き渡せと無理難題を押しつけている旨を、芝野から説明した。

「この場をお借りして、その提案について弊社の回答をお伝えしたいと思います。彼らの目的は、弊社の前社長が難病で苦しむ少女のために開発した外骨格補助器具の技術であり、それを軍事利用するつもりです。そんな非人道的なもののために、弊社の大切な技術を利用されたくはありません。したがいまして、断固としてハゲタカファンドと闘いたいと思います。多くの皆様のお力添えを戴ければ幸いです」

「勝算があるんですか」

記者が質問を始めた。

「まさか。相手は世界最大の買収ファンドですよ。相手になりません。しかし、カネで負けても、私たちはスピリットで負けたくないんです」

「でも、スピリットなんていくらあっても、カネがなければ最後は会社を取られるのでは？」

芝野はそこで、ホライズン・キャピタルが債権を集めた経緯を説明した。そして、浪花信用組合とＡＤキャピタルに対して、背任で提訴すると告げた。

「さらに、ホライズンが集めた債権は、ローンとして毎月返済するとＡＤキャピタルにお約束したものです。それを一度に払えというのは契約違反です」

その点についても、場合によっては法廷で争う姿勢だと言い添えた。

無駄な抵抗であることは百も承知だった。

だが、とにかく今は時間を稼ぎたかった。

久万田が提案したアイデアとは、現在保有しているマジテックの特許権のすべてをオープンにする、すなわち特許権を放棄するというものだ。そうすれば、いくらマジテックがホライズン、ひいてはプラザ・グループに買収されても、ＭＧの製造を続けられる。

買収防衛策の中に、クラウンジュエルと呼ばれる方法がある。

敵対的な買収提案を受けた企業が、要となる技術や事業部を第三者に譲渡したり分社化して、自社の魅力を削ぐことで、買収者の意欲を失わせるという捨て身の戦法だ。

今回は、マジテックが保有する特許権という〝宝石〟を誰もが使えるようにすることで、ホライズンの裏をかくのだ。

この捨て身の作戦に踏み切った裏には、もうひとつ大きな理由がある。

英興技巧からの特許権侵害の訴えを受けて、ＭＧに使用されている、なにわのエジソン社保有の特許権を久万田が精査した。その結果「問題の特許を使わんでも、ＭＧ

を製作できる方法」を見つけたのだ。すなわち、英興技巧の特許を外し、MGという名を捨てたら、希実ちゃんは今まで通り外骨格補助器具を使用できる。しかも「MGより動きやすい工夫もできます」と久万田は太鼓判を押した。

ただ、マジテックの資産を可能な限り浅子らに残すためには、時間が必要だった。その時間稼ぎのために、無駄な抵抗に出ることにしたのだ。

特許を無事に放棄したら、買収を取り下げられるかもしれない。その代わりに特許というマジテックの強みを手放した中で事業を継続するのは至難の業となり、負債も残る。そのまま生き残るのは相当難しいはずだった。

それでも、希実ちゃんや彼女のような障害を抱える子供たちの希望は奪われずに済む。

発明は人の笑顔のためにやるのだ、という藤村の遺志を守る――。それが、芝野たちが選択した道だった。

約一ヵ月にわたったホライズン・キャピタルに対する買収防衛の間に、マジテックは保有する国内外すべての特許を放棄した。そして、マジテックはホライズンの軍門に降《くだ》った。

エピローグ

二〇〇八年一〇月二九日　東大阪市森下

大勢のマスコミ関係者に囲まれても、希実は緊張ひとつしていない。それどころか、本当に嬉しそうに笑顔を振りまいている。

「じゃあ希実ちゃん、ちょっとの間、MGを外すよ」

田丸はベッドの上で希実をうつぶせに寝かせると、慣れた手つきでMGの装着ベルトを外した。

ぐんぐん成長する少女のために、久万田と中森准教授は当初の計画を前倒しにして、外骨格補助器具を新調した。また器具の名称も〝HOPE〟と改めた。さらに旧型に改良を加えて、腕の可動域がいっそう広がった。軽量化にも成功し、部品の交換も容易になったという。

　ＭＧのおかげで、最近は希実の全身の筋肉が随分と発達した。

　そのため、ガードを外されてもそのまま起き上がるんじゃないかと思うことがある。以前はＭＧがなければ操り師がいない人形のようにベッドの上にしぼんでいたのが、今はその状態になっても元気溌剌《はつらつ》としている。

「田丸ちゃん、希実が作ったお人形を使ってくれてありがとう」

　作業を続ける田丸の腰の携帯フォルダーで、希実が田丸の誕生日にプレゼントした手作りの「田丸ちゃん人形」が揺れていた。

「そら、当然や。こいつは僕といるのが一番嬉しいって、いっつも言うてるもん」

「あのお人形はお嬢さんの手作りだときいたんですが、本当ですか」

　急に背後から記者に囁かれて、奈津美は慌てた。

「ええ、布に絵を描いて、丁寧にはさみで切るところまでは希実がやりました。さすがに針はまだ危ないので、縫製だけは私がやりましたけど」

「本当に感動的ですね。お嬢さんが、ひとりで手作りの人形が作れるようになるなんて」

「はい。もう嬉しくてたまりません」

　昔は、今のような言い回しで尋ねられると反発した。どうせ希実を「可哀想な女の子」として扱いたいだけの偽善者だと嫌悪した。でも、自分たちの会社を外資に乗っ取られそうになっても、希実のためにＭＧを守ってくれたマジテックの心意気を知って、意識が変わった。

本当に希実は幸せ者だ。

それを多くの人に伝えることが、彼らに対する恩返しなのだと思う。

「よし、じゃあ希実ちゃん、お待たせ」

田丸がそう言って希実の肩を軽く叩いた。ＨＯＰＥを装着すると、希実は無駄のない動きで、上手に上体を起こした。

そこで、テレビカメラやスチールカメラが少女を取り囲んだ。

希実は、彼らに親しみを込めた笑みを浮かべて両手を振った。

「皆さん、こんにちは。希実は、〝ＨＯＰＥ〟をつけてもらって、いろんなことができるようになりました。中ちゃん先生、クマちゃん、田丸ちゃん、本当にありがとう」

希実はそう言って、自分の恩人たちに向けて拍手を送り、一礼した。

＊

二〇〇八年一一月二日　ハワイ州オアフ島

ハワイというのは、時間の過ぎるのが日本の倍以上遅いのではないか、と村尾は真剣に思っていた。

到着した直後は、カネに飽《あ》かして豪遊しまくった。日本でマジテックが追い詰められていく記事を、毎日パソコンで読むのも楽しかった。

しかし、マリンスポーツにも買い物にも興味がないから、すぐに時間を持て余すようになった。

その挙げ句、連れの女と大喧嘩し、遂に彼女は日本に帰国してしまった。

ちょっとうざったいと思っていたからラッキーとは思ったが、ひとりになるとますます時間の経過が遅くなった。

そろそろ場所を変えるべきかな。

コンドミニアムの最上階のベランダから、海を眺めてぼんやりそんなことを思い始めた。

カネはまだ、三億円以上ある。

長年の仕事で上手にため込んできた裏金、マジテックの債権集めで荒稼ぎした分、そして最後はホライズンがくれたボーナス。これらを信託預金にでもしたら、死ぬまで贅沢に暮らせる。

ここにいるのを知っているのは、別れた女だけだ。浪花信組在籍時に使っていた携帯電話は捨ててきたし、パソコンのメールアドレスも変えた。

さて、次はどこに行こうか。

暑すぎず、寒すぎないところがいい。

北半球はこれから冬だ。ならば、オーストラリアかニュージーランドが良いかもしれない。

その時、部屋のチャイムが鳴った。

遅い朝食をルームサービスで頼んだのだ。

上半身裸だった村尾は、アロハシャツを羽織るとドアを開けた。

「り、理事長……」

立っていたのは、浪花信組の理事長、彦野だった。

「やあ、ご無沙汰だねえ。ほんと、探しましたよ」

彦野の後ろには、このくそ暑いのにスーツを着た男が四人控えていた。

まずい、とドアを閉める暇は与えてもらえなかった。

男たちに両脇を抱えられると、村尾は部屋のソファに座らされた。

「いやあ、あなたにはすっかり欺《だま》されましたよ。おかげで私も理事長を辞めざるを得なくなりましてねえ」

「そうなんですか！」

本当に知らなかった。

「君がしでかした不始末の落とし前をつけさせられたわけですよ。なのに、あなたはこんな所で楽しそうに暮らしている。不公平ですよね」

「理事長、しかし、別に私はあなたにご迷惑をおかけしたわけでは」

それどころか、この男だって時価三〇〇万円相当の金塊をホライズンから受け取っている。

「うちの信組からちょろまかした額だけで三億。凄いですね。どうやって、そんなにくすねたんです」

厳密には三億一四七三万円だった。

「もう、どうでもいいんですけどね。ただ私としても、このまま引き下がれないんですよ。なんだか、むかっ腹も立つじゃないですか」

　穏やかだった彦野の顔つきが険しくなった。

「それに、この怖いお兄さんたちのボスにも少々お金を借りているものでね。どうでしょう。村尾君、お詫びの印として、あなたがお持ちの匿名口座からお金を融通していただけませんかね」

「いや、理事長、私に匿名口座なんて」と言ったところで、いきなり男に左手を摑まれて、テーブルの上に置かれた。次の瞬間、その手に激痛が走った。手の甲のど真ん中にナイフが突き刺さっている。

　悲鳴を上げようとしたら、口を塞《ふさ》がれた。恐怖と痛みでパニックに陥った。

「嘘つきは泥棒の始まりですよ、村尾君。まあ、君の場合は大泥棒だから、嘘はつき放題でしょうがね。言ったでしょ、この人たち怖いですから。ラッキーなことに右手は無傷です。ここの手帳に、匿名口座がある銀行名と口座番号、暗証番号を書いてください」

　反論しかけたら、ナイフを握っていた男が、力を入れた。気を失いそうになった。

「それ、痛いでしょ。もうひとつ言っておくと、このお兄さんたち、気が短いですから」

分かったという意思を示すために何度も頷くと、口を塞ぐ手が離れた。

全身から滝のように汗が流れている。やがて歯が鳴り始めた。

「さあ早く、書きなさい。そうすれば、治療もしてあげます」

村尾は観念して、スイスの銀行名と口座番号、それから暗証番号を記した。

「いくら入ってるんです？」

「い、一億余り」

「これで、私の借金はチャラですね」

理事長はそう言って、男の一人にメモを渡した。

「言っておきますが、もし嘘だった時は、そのナイフが別の所に刺さりますよ。逃げても無駄。地球の裏側だろうが宇宙だろうが追いかけますから。そして、決して見つからないようにあなたのご遺体は処分されます」

「嘘じゃないです。だから、殺さないで！」

「結構。では、次は私への慰謝料分です」

痛みで声が出ない。首を横に振った。

「またまた。まだ持っているでしょう。あと一億お出しなさい。そうすれば、私は引き揚げます」

吐き気が襲ってきた。頭痛もひどい。村尾は震える右手で、スイスのもうひとつの口座名を書いた。

「額は？」

「い、一億」

「結構。ご苦労さん、じゃあ皆さん、引き揚げましょうか」

「なんで、ここが？」

それだけは聞いておくべきだった。

「女とつきあう時は口の堅いのにしないとダメですよ、村尾君。それから、別れる時のカネもけちらない。彼女、あけみって言いましたかね。二〇〇万円であなたを売っちゃいました」

彦野はそこで立ち上がった。だが、他の四人は動かない。

「理事長、あんたは先に行ってくれ。俺たちはもう少し仕事が残っている」

一瞬、彦野の顔が引きつった。

「そうですか。じゃあ、私はこれで」

「理事長、行かないで。助けてくれ」

だが、彦野は躊躇なく部屋を出て行った。

「おまえ、信組でちょろまかしたカネの額は三億円だったそうじゃないか。残りの一億、俺たちに分けてくれないか」

掌をテーブルに打ち抜いたナイフに、さらに力が加えられた。

＊

二〇〇八年一二月九日　東大阪市森下

マジテックの引き渡しまであと二日。芝野たちは黙々と会社の後始末を続けていた。

やるだけのことはやった。

ホライズンのトミナガ社長が、マジテックの特許すべてをオープン化する戦略に気づいた時には、すでに特許を取り戻せないところまで来ていた。

「善人の仮面を被ったペテン師！」と罵《ののし》られたが、芝野は「お褒めにあずかって光栄です」と返してやった。

ひとつ心残りだったのは、ＦａｂＬａｂ ＥＯの立ち退き要請を阻止できなかったことだ。

ＥＯはもともとＮＰＯ法人として立ち上げているし、マジテックとは無縁になっている。念のために、久万田も記者会見当日にマジテックを解雇した。

したがって、マジテックを失ってもＥＯは存続できた。また、桶本はＥＯの顧問として、田丸は主任研究員として働くことも決まった。芝野は望にもＥＯで働くことを勧めたが、「会社を興したい」と言って固辞されてしまった。

ところが、ＥＯのスペースはマジテック名義で借りていたので、現在の場所が使えなくなったのだ。又貸ししてくれた町工場の社長も面倒に巻き込まれたくないと、ＥＯに直接貸すことを拒否した。

そのため組織としては残っても、ＥＯはラボとしての場を失ってしまった。

融資を検討してくれた金融機関も次々と撤退する中で、研究所用地を借りる財力はもはやＥＯにはなかった。

産業技術支援センターの曾根が大阪府や東大阪市と掛け合って、現在の場所の利用存続について交渉をしているのだが、マジテックの売却が決まった直後、大阪府は東大阪第二工業団地の売却を発表してしまった。

久万田は、「まあ、ゆっくり考えましょ」と元気だが、芝野はまたもや自らの読みの甘さを痛感していた。

「ほら芝野さん、黄昏《たそが》れてたら日が暮れまっせ」

浅子に促され、芝野は自分の私物を段ボール箱に入れる作業を再開した。

その時、事務所のドアが勢いよくノックされた。

「どなた」と浅子が無愛想に尋ねると「曾根です」と明るい声が返ってきた。

芝野が慌ててドアを開くと、曾根はやけに興奮している。

「EOの研究所、移らなくても大丈夫です。このまま継続して借りられます」

「何やって！　曾根さん、一体どんな奥の手を使いはったんです」

浅子の言葉に、曾根は手を振った。

「いや、私が何かしたんやないんです。ほら、工業団地は大阪府が売却しましたやろ。競争入札がさっきあったそうなんです。そこの代理人の弁護士がセンターに来ましてな。EOにそのまま居て欲しいと言いますんや。しかも資金援助もする、言《ゆ》うてくれましてん。なんでも、この一帯をベンチャー企業用の工場街にしたいと言うてるんです」

跡地には大阪府が老人ホームを建てると聞いていたのに。

「なんですか、そのウソみたいなええ話。曾根のおっちゃん、今日はエイプリルフー望がそう言いたくなるのも分かる。

「弁護士さんの話では、ファブラボ施設を複数設けて様々な発信をしようと考えているとか。その新オーナーはベンチャーキャピタルも経営していて、入居を条件に融資の相談にも乗るそうなんや」

いくらなんでも話がうますぎる。

「曾根さん、一体どういう人物が落札したんですか」

「それがよう分かりませんのや。そんなええ話やったら、直接ＥＯの所長に伝えてあげてくださいと言ったんですが、頑なに遠慮されましてねえ。それに、ベンチャー工業団地の運営はセンターに委託したいとも言《ゆ》うてはります」

「へー。今どき奇特な人がいたもんやねえ。まるでドラマみたいやな」

浅子もまったく信じていない。

「ちなみに、その弁護士さんのお名前は？」

芝野が尋ねると、曾根が弁護士の名刺を見せてくれた。東京の大手町に事務所があるようだ。名前は、青田《あおた》大輔《だいすけ》。聞いたことがある名前だったが、はっきりとは思い出せない。

「あっ、そうや、弁護士さんがけったいなことを言うてましたわ。工業団地の中心に、小さいホールを作って欲しいそうですねん。完成したらコンサートするんやて。そして芝野さんらマジテックの皆さんを招待したいそうです」

「ホール？　こんなところにホールなんて作ってどないするねん」

望が呆れかえっている。

だが、芝野はそれで腑に落ちた。

「もしかして、その弁護士はジャズピアノのコンサートをやると言いませんでしたか」

「芝野さん、なんで分かったんです。そう、その通り言うてましたわ」

やっぱり俺は、あの男を好きになれない。

芝野は、内心で毒づきながらも、かつての上司の〝格言〟を思い出していた。

――カネは毒にもクスリにもなる――。


【了】

主要参考文献一覧（順不同）

『日本型モノづくりの敗北――零戦・半導体・テレビ』湯之上隆著　文春新書
『ものづくり成長戦略――「産・金・官・学」の地域連携が日本を変える』藤本隆宏・柴田孝編著　光文社新書
『日本でいちばん大切にしたい会社』坂本光司著　あさ出版
『図解 金型がわかる本』中川威雄著　日本実業出版社
『トコトンやさしい金型の本』吉田弘美著　日刊工業新聞社
『図解入門 よくわかる最新金型の基本と仕組み――三大金型を中心に学ぶ、金型のイロハ日本製造業を支える金型の基礎知識』森重功一著　秀和システム
『自動車エンジン基本ハンドブック――知っておきたい基礎知識のすべて』長山勲著　山海堂
『自動車エンジン要素技術II――進化を続けるテクノロジーのすべて』エンジンテクノロジー編集委員会編　山海堂
『イラスト図解 特許・知的財産の基本の「き」』辻本一義・辻本希世士著　日東書院本社
『知的財産戦略』丸島儀一著　ダイヤモンド社
『MAKERS――21世紀の産業革命が始まる』クリス・アンダーソン著　関美和訳　NHK出版
『インクス流！――驚異のプロセス・テクノロジーのすべて』山田眞次郎著　ダイヤモン

ド社
『ロボットとは何か——人の心を映す鏡』 石黒浩著 講談社現代新書
『アンドロイドを造る』 石黒浩著 株式会社ココロ協力 オーム社
『SFを実現する——3Dプリンタの想像力』 田中浩也著 講談社現代新書
『Fab Life——デジタルファブリケーションから生まれる「つくりかたの未来」』 田中浩也著 オライリー・ジャパン発行 オーム社発売
『Fab——パーソナルコンピュータからパーソナルファブリケーションへ』 Neil Gershenfeld著 田中浩也監修 糸川洋訳 オライリー・ジャパン発行 オーム社発売
『実践Fabプロジェクトノート——3Dプリンターやレーザー加工機を使ったデジタルファブリケーションのアイデア40』 Fabの本制作委員会他著 グラフィック社
『不可能を可能にする3Dプリンター×3Dスキャナーの新時代——あらゆるモノがデータ化され、あらゆる人が作り手となる』 原雄司著 日経BP社
『3Dプリンターがわかる本』 洋泉社MOOK
『あなたの小さな会社を潰すのは〝わがまま銀行〟と〝ワガママ税理士〟だ!』 佐瀬昌明著 あっぷる出版社
※右記に加え、政府刊行物やHP、ビジネス週刊誌や新聞各紙などの記事も参考にした。

謝辞

今回も多くの専門家の方々からご助力を戴きました。深く感謝しております。お世話になった皆様とのご縁をご紹介したかったのですが、敢えてお名前だけを列挙いたします。
また、ご協力いただきながら、名前を記すと差し障る方からも、厚いご支援を戴きました。ありがとうございました。

水野祐・倉﨑伸一朗（シティライツ法律事務所）、原雄司、岡本梨沙、河野浩之、片山浩晶、吉澤文、山田眞次郎、毛利宣裕、中村翼、梅澤陽明
中田公明、吉田徳雄、寺西正俊、髙徳祐一、土屋博、神田典子
小玉秀男、丸島儀一、小川嘉英、鈴木一永、生越由美、萱田正夫、田中誠、中森貴和、関雅史
上原正樹、中川威彦、入澤英明、今吉智彦、出原直朗
清水量介、柴田むつみ

金澤裕美、柳田京子、倉田正充、花田みちの

【順不同・敬称略】

真山　仁

解説

田中　博

町工場の天才発明家で、もじゃもじゃ頭に身なりも構わぬ——。東大阪の中小メーカー、マジテック創業者の藤村登喜男は、天才肌ゆえに軋轢《あつれき》も気にしない反面、周囲にいる人を魅了してしまう愛すべきキャラクターの持ち主だ。ハゲタカファンド総帥の鷲津政彦や、元エリート銀行員で事業再生家として名を上げた芝野健夫も若き頃、藤村の〝磁力〟に惹きつけられたことがある。

ところがその藤村が急逝したことで、マジテックは窮地に陥ってしまう。大手電機メーカー、曙電機で再生に取り組んでいた芝野が恩義を感じて救済に駆けつけるものの、金融機関の悪巧みやリーマンショックによる環境の激変に翻弄されていく。ハゲタカファンドも虎視眈々《こしたんたん》と狙いを定め、様々な奸計《かんけい》を張り巡らせる。各者の思惑がテンポよく交錯し、謀略・知略が繰り広げられるだけでなく、時代背景も綿密かつ効果的に盛り込まれているため、ラストページまで一気に読み進めることができる作品になっている。

本書『スパイラル』は、「ハゲタカ」シリーズ4・5として世に送り出された。本編の第4弾『グリード』と最新の第5弾『シンドローム』の間で展開されたパラレルストーリーという位置付けだ。

ご存知のように、これまで鷲津が買収に挑んできたのは、日本の老舗企業や大企業、米国の超巨大企業などである。エスタブリッシュメントの代名詞である大銀行とも恐れることなく対峙し、誰もがひれ伏す権威を腕一本で屈服させる姿に惹かれた読者も多いはずだ。

それらと比べると本書は異質だ。これまで鷲津のライバルではあるが防戦一方に追われてきた芝野を主人公として描いているだけでなく、舞台となるのも町の中小企業。ニヒルなダークヒーローが既成の秩序に挑むのと違って、日本型のエリートサラリーマンが弱い立場の者を守ろうと奔走する。

しかし、これを弱者・中小企業イコール「善」のシンプルな勧善懲悪ものと考えると読み誤るかもしれない。

日本の中小企業、ことにモノづくり企業は、創業者の技術力や創意工夫で成功しても経営には関心が薄く、カリスマ一代で行き詰まることが少なくない。事業承継をめぐっても後継者候補が魅力のない企業を継ぐより、サラリーマンとしての安定を求めある時はギルド的なインナーサークルの中で醸成されてきた大企業の傲慢さを暴き力で逡巡もなく掘り出していく。

真山氏は、そのメッキを容赦なく剝がし取り、下に潜んでいた　真の造形をペンの過ぎなかったことを証明してきた。

と、バブル崩壊以降の日本は金看板であったはずの経済が、メッキを施された虚構に評したことがある。戦後の焼け野原から立ち直った昭和の後半を黄金の時代だとする

かつて本人にインタビューした際に平成を「名前とは真逆の暗黒と混乱の時代」とていくような、そんな見事な腕さばきを披露してくれる。

師だと。希代の名工たちが、木の塊から元々埋まっていたかのように作品を作り上げ

真山仁氏の「ハゲタカ」シリーズを読むといつも思うことがある。彼は時代の彫刻人たちの集団ではない。

面もあり、要領よく立ち回っていつの間にかいいポジションを築いている。決して善文字で理不尽に耐え忍んできた人物ではなく、機を見るに敏なところ、利にさとい一の会社の大多数を占める中小企業の苦悩が集約されているのだ。芝野にしても忍の一も自己保身や出身母体の利益を守ることに必死で、からきし頼りにはならない。日本たがるため、存続の危機に瀕してしまう。銀行から財務の専門家を招き入れたとして

出し、そこで巧みに振る舞ってきたエリートたちの醜い欲望をむき出しにする。ある時は突然現れた買収者の攻撃に狼狽《ろうばい》し、自己保身に走る小市民的な悲哀も描く。そこにあるのは紛れもなく、体たらくを露呈し続けた日本経済の姿であり、そこにどっぷりと浸かり込んだ人々の精神の堕落である。実はハゲタカと忌み嫌われる鷲津は、醜い己の姿をこれでもかと見せつけるための鏡の役回りを演じていると取れなくもない。

思えば、平成は不作為と弱さの共犯関係が生み出したものだ。責任ある人たちがやるべきことをせず、今そこにある危機に気づいても見て見ぬ振りをしてきた。身を賭して戦うより、そのまま逃げ切った方が賢明だと本能的に計算してきたからだ。責任を負う立場にない人たちとて同様だ。誰かがきっとやってくれるからと、心地いいぬるま湯に肩までどっぷり浸かり、お湯が沸き始めたときは手遅れ。いわば茹でガエルの論理である。たとえ途中で気づいて外に飛び出てみようとしても、今さら寒風に晒《さら》されたら風邪をひくのは間違いないため決断ができない。だからチャレンジする人間を無謀と笑い蔑むが、実はそれは自らの弱さに対する言い訳に過ぎない。たちの悪いことに、こういったぶら下がる人間が圧倒的に多い以上、日本経済が保《も》つわけはない。こうして、先人が営々と蓄えてきた財産を使い果たしてきた。しかし、もう先はさほどない。

真山氏は独特の観察眼で平成を浮き彫りにしてきたが、そこには地道な取材の裏付けがあることも知っている。筆者は「週刊ダイヤモンド」在職中、副編集長、編集長として『グリード』と『シンドローム』の連載を担当させてもらったことがある。

それぞれ、リーマンショック後のアメリカ企業、東日本大震災後の電力会社というとてつもなく難解な相手が買収対象だっただけに、専門家から荒唐無稽と切って捨てられないよう綿密な取材を重ねていた。

取材では同僚の記者を同行させることもあったが、真山氏の取材姿勢に圧倒されてばかり。私自身も度々、氏の取材への熱い思いを耳にしていた。取材量が膨大に積み上がっても、さらに先を求めようとする貪欲さに仰天したことは一度や二度ではない。真山氏には2年半の新聞記者経験があるのだが、今や絶滅危惧種となった昭和の「ブン屋」の匂いを嗅ぎ取っていたのは私だけではないだろう。加えて記者にとって最も重要な無尽蔵の体力で、歴史の襞《ひだ》から次々に真実を引っ張り出す取材力に驚きの声を上げたものだ。

連載時に楽しみだったのは、取材で肉薄した真実をどう小説として仕上げてくるかであった。毎週、原稿を受け取っては、展開の大胆さ、着想力の豊かさにいつも唸らされていた。ブン屋ではなく小説家である以上、当然なのだろうが同じ素材をこう料理するのかと、いい意味で裏切られてばかり。編集者としての務めよりは、小説の「最初の読者」としての特権を存分に堪能させてもらっていた。その連載が大幅に加筆修正されて本の形になったり、登場人物のスピンオフものとして単行本で世に出たりすると、長く見守ってきた親戚の子が成長するのを見るようで不思議な気持ちになる。

ところで、本書では鷲津と芝野が火花をバチバチ散らす場面はない。これ以上はネタバレになるので本書をお読みいただきたいが、鷲津ファンを唸らせる仕掛けが埋め込まれているのは真山氏ならではだろう。時代の彫刻師は遊び心を併せ持つ細工師でもあるのだ。

（経済ジャーナリスト）

本書は、二〇一五年七月にダイヤモンド社より刊行されました。

※本作品はフィクションであり、実在の人物、企業、団体などとはいっさい関係ありません。

|著者|真山 仁　1962年、大阪府生まれ。同志社大学法学部政治学科卒業。読売新聞記者を経て、フリーランスとして独立。2004年、熾烈な企業買収の世界を赤裸々に描いた『ハゲタカ』（講談社文庫）でデビュー。「ハゲタカ」シリーズのほか、『虚像《メディア》の砦』『そして、星の輝く夜がくる』（いずれも講談社文庫）、『売国』『コラプティオ』（いずれも文春文庫）、『黙示』『プライド』（いずれも新潮文庫）、『海は見えるか』（幻冬舎文庫）、『当確師』（中央公論新社）、『標的』（文藝春秋）、『バラ色の未来』（光文社）、『オペレーションZ』（新潮社）がある。

公式ホームページ
http://www.mayamajin.jp

ハゲタカ4.5　スパイラル

真山《まやま》 仁《じん》

講談社文庫
定価はカバーに
表示してあります

2018年9月14日第1刷発行

発行者——渡瀬昌彦
発行所——株式会社　講談社
東京都文京区音羽2-12-21　〒112-8001
電話　出版（03）5395-3510
販売（03）5395-5817
業務（03）5395-3615
Printed in Japan

デザイン—菊地信義
本文データ制作—講談社デジタル製作
印刷——株式会社廣済堂
製本——株式会社若林製本工場

ISBN978-4-06-512971-5

講談社文庫刊行の辞

二十一世紀の到来を目睫に望みながら、われわれはいま、人類史上かつて例を見ない巨大な転換期をむかえようとしている。

世界も、日本も、激動の予兆に対する期待とおののきを内に蔵して、未知の時代に歩み入ろうとしている。このときにあたり、創業の人野間清治の「ナショナル・エデュケイター」への志を現代に甦らせようと意図して、われわれはここに古今の文芸作品はいうまでもなく、ひろく人文・社会・自然の諸科学から東西の名著を網羅する、新しい綜合文庫の発刊を決意した。

激動の転換期はまた断絶の時代である。われわれは戦後二十五年間の出版文化のありかたへの深い反省をこめて、この断絶の時代にあえて人間的な持続を求めようとする。いたずらに浮薄な商業主義のあだ花を追い求めることなく、長期にわたって良書に生命をあたえようとつとめるところにしか、今後の出版文化の真の繁栄はあり得ないと信じるからである。

同時にわれわれはこの綜合文庫の刊行を通じて、人文・社会・自然の諸科学が、結局人間の学にほかならないことを立証しようと願っている。かつて知識とは、「汝自身を知る」ことにつきていた。現代社会の瑣末な情報の氾濫のなかから、力強い知識の源泉を掘り起し、技術文明のただなかに、生きた人間の姿を復活させること。それこそわれわれの切なる希求である。

われわれは権威に盲従せず、俗流に媚びることなく、渾然一体となって日本の「草の根」をかたちづくる若く新しい世代の人々に、心をこめてこの新しい綜合文庫をおくり届けたい。それは知識の泉であるとともに感受性のふるさとであり、もっとも有機的に組織され、社会に開かれた万人のための大学をめざしている。大方の支援と協力を衷心より切望してやまない。

一九七一年七月

野間省一